Greta Henning

Halligzorn

GRETA HENNING

HALLIG ZORN

Kriminalroman

Ullstein

Besuchen Sie uns im Internet:
www.ullstein.de

Wir verpflichten uns zu Nachhaltigkeit
- Klimaneutrales Produkt
- Papiere aus nachhaltiger Waldwirtschaft und anderen kontrollierten Quellen
- ullstein.de/nachhaltigkeit

MIX
Papier
FSC FSC® C083411

Originalausgabe im Ullstein Paperback
1. Auflage Februar 2022

Umschlaggestaltung: bürosüd° GmbH, München
Titelabbildung: mauritius images / Nora Frei (Haus)
Gesetzt aus der Quadraat Pro powered by pepyrus.com
Druck und Bindearbeiten: CPI books GmbH, Leck

ISBN 978-3-86493-146-8

Für Papa

Heut bin ich über Rungholt gefahren/
die Stadt ging unter vor sechshundert Jahren

Prolog

16. Januar 1362

Der Tag begann frostig und klar, mit einem eisblauen Himmel, der sich über die Nordsee spannte, und ein paar Möwen, die durch die kalte Winterluft segelten. Der Junge, der früh morgens am Strand stand, legte den Kopf in den Nacken und sah zu, wie sie dahinschwebten. Das Fliegen sah bei den Vögeln so leicht aus, als müssten sie sich gar nicht anstrengen. Er streckte die Arme, schlug ein paarmal auf und ab und stellte sich vor, er könnte dasselbe tun. Einfach davonfliegen, Everbeck hinter sich lassen. Den Hafen, wo jeden Tag Schiffe anlegten und wo er von früh bis spät Ladung von Bord schleppte. Davonfliegen von den Gassen der Stadt, die jetzt im Winter nur noch aus kaltem Matsch bestanden, vom scharfen Geruch der Torffeuer, der zu Everbeck gehörte wie die Möwen zur Nordsee. Weg von der ärmlichen Hütte, in der er mit seinen Eltern und den vielen Geschwistern hauste. Weg von den reichen Herren und herausgeputzten Damen der Stadt, die einen wie ihn gar nicht wahrnahmen. Ja, weit wegfliegen, das wäre schön. Der Blick des Jungen folgte einer einzelnen großen Möwe, die immer weiter hinaus auf das winterliche Meer flatterte. Sie wurde kleiner und kleiner über diesem unendlichen, kalten Wasser.

»He, Lütt!«, rief in diesem Moment eine ruppige Stimme hinter ihm. »Steh nicht rum – pack an! Gewürzladung aus Amsterdam.« Der Junge sah noch einen Augenblick sehnsüchtig auf den kleinen Punkt am Horizont. Dann drehte er sich folgsam um und begann seine Arbeit.

Kapitel 1

»Verkaufen Sie auch Briefmarken?« Die Frau mit Strohhut auf dem Kopf und einer schreiend bunt geblümten Sommerbluse wedelte mit einer Handvoll Fotopostkarten, alle mit dem Aufdruck »Gruß aus Jüstering und von den Halligen«.

»Ich brauche sieben Stück! Nein – lieber acht.«

Vor dem Laden in der Jüsteringer Altstadt drängten sich schon jetzt am Morgen die Urlauber um die Postkartenständer und Strandaccessoires. Ein kleiner Junge bettelte seine Mutter an, ihm eine Luftmatratze in Krokodilform zu kaufen. Ein Pärchen probierte Sonnenbrillen auf; ein paar Rentnerinnen mit viel Lippenstift besahen sich Badeanzüge, während eine zierliche Aushilfe das Regal mit der Sonnenmilch wieder auffüllte. Sonnenmilch ging seit Wochen weg wie warme Semmeln; über dem Küstenstädtchen und seinen beiden vorgelagerten Halligen Midsand und Nekpen lag ein Jahrhundertsommer. Jeden Tag stieg das Thermometer weit über dreißig Grad, die Straßen, der Deich, die Halligen, das Meer, alles glänzte im nordisch-hellen Sommerlicht. Ein freies Hotelzimmer oder auch nur einen freien Strandkorb gab es schon lange nicht mehr. Und die Krabbenbrötchen werden auch knapp, dachte Kommissarin Minke van Hoorn. Sie hatte gerade an ihrer Lieblingsfischbrötchenbude am Hafen noch das letzte zum Frühstück ergattert. Zufrieden biss sie nun hinein, während sie weiterging.

Die Stadt rüstete sich für einen weiteren heißen Sommertag: Eisdielen öffneten, die Straßencafés klappten ihre Tafeln mit Angeboten aus, bald würde hier wie jeden Tag alles bis auf den letzten Platz besetzt sein. In den Restaurants und an den Stränden war die Hölle los – das restliche Leben in der Stadt schien dagegen in einem tiefen Sommerloch zu stecken. Außer ein paar Taschendiebstählen und einer Schlägerei nach einer Sommerparty unten am Hafen war schon lange nichts mehr passiert, was Minke und ihre Assistentin Lisa von der Jüsteringer Polizei beschäftigt hätte. Der *Jüsteringer Stadtanzeiger* kämpfte seit Wochen mit einem veritablen Fehlen von Schlagzeilen, es gab einfach nichts zu berichten, abgesehen von der unglaublichen Hitze, bei der kein Ende in Sicht war. Minke biss wieder von ihrem Brötchen ab und verzog das Gesicht. Die Remouladensoße war schon nach den paar Hundert Metern unappetitlich warm geworden.

»Ich freu mich langsam auf den Herbst«, murmelte sie. Ihr Weg führte an der großen Stadtkirche mit dem Turmhelm vorbei und dann in eine gepflasterte Gasse. Dort umrundete sie eine Gruppe Senioren, die sich zu einer frühen Stadtführung versammelt hatte, und schnappte dabei ein paar Sätze der Stadtführerin auf: »Unsere Stadt blickt auf eine lange Seefahrer- und Walfängergeschichte zurück. Dieses große alte Gebäude aus Backstein dort drüben«, alle Köpfe drehten sich in die Richtung, in die die Stadtführerin zeigte, »gehörte zum Beispiel einst dem größten Fischhändler von Jüstering.«

Auf genau dieses alte Gebäude steuerte Minke nun zu. Über dem Eingang prangte ein steinerner Fisch aus den lange vergangenen Tagen eben jenes Fischhändlers – und direkt daneben ein blau-weißes Leuchtschild. »Polizei«. Minke war angekommen; der Tag begann.

»Na, war's heut Morgen schon wieder so voll an deinem Fischständle?«, rief eine Stimme mit eindeutig schwäbischem Akzent, kaum hatte Minke die Tür hinter sich geschlossen. Lisa Röhrle, Ende zwanzig, klein, rundlich, mit braunen Locken und freundlichen Rehaugen, streckte den Kopf aus ihrem Büro. Sie hatte sich nach einer kurzen Ehe und einer noch schnelleren Scheidung, über die sie beinahe nie sprach, im letzten Herbst von der Schwäbischen Alb an die Nordseeküste versetzen lassen – »Weisch, weiter weg ging's halt net« – und war seitdem Minkes Assistentin. Lisa war schwäbisch-fleißig, unerschütterlich freundlich und für nordfriesische Gewohnheiten viel zu redselig.

»Es ging«, nuschelte Minke mit vollem Mund und schluckte den letzten Bissen Krabbenbrötchen hinunter.

»Ach je, du hasch dich verkleckert.« Lisa deutete auf Minkes verwaschenes T-Shirt. Direkt neben dem kaum noch leserlichen Aufdruck »Projekt Nordseeauster« – ein Überbleibsel aus Minkes früherem Leben als Meeresbiologin – prangte ein Remouladenfleck. Minke rubbelte darüber.

»Nein – net reiben! Des macht alles nur viel schlimmer. Warte!« Lisa verschwand in ihrem Büro und kam gleich darauf mit einer kleinen Pappschachtel zurück. »Hier, ich hab immer Gallseife für solche Notfälle. Meine Oma hat immer g'sagt, es gibt fast nix, was Gallseife net wieder rauskriegt.« Sie nahm ein gelbliches Seifenstück aus der Schachtel und streckte es Minke entgegen. »Aber du musch dich beeilen, wenn es antrocknet, wird es immer schwieriger. Auf der Hochzeit meiner Tübinger Cousine isch auch mal so was passiert. Die hat sich Himbeerbowle auf das Brautkleid gekleckert, Himbeerbowle – das muss man sich mal vorstellen, auf weißer Spitze! Des konnte man natürlich net so lassen, wie hätt denn das ausgesehen?« Sie wedelte immer noch mit dem Seifenstück, während sie redete und drängte Minke in Richtung des Waschbeckens der kleinen Teeküche. »Jedenfalls, meine Tante hatte vorgesorgt und Gallseife im Handtäschle – und was soll ich sagen, des ging einwandfrei wieder raus und kein Mensch hat was gesehen. Die Hochzeitsfotos waren gerettet! Aber sie hat natürlich auch net gewartet, bis es angetrocknet war, und gerubbelt hat sie auch net ...« Lisa warf Minke einen vorwurfsvollen Blick zu.

Minke nahm die Seife und begann halbherzig, den Fleck auszuwaschen. Der Fleck war ihr egal, aber sie wollte sich weitere Gallseifengeschichten von Lisa ersparen. Das T-Shirt sog sich schnell mit Wasser voll. Immerhin ein bisschen Erfrischung, dachte Minke. Selbst in den dicken Gemäuern der alten Polizeistation staute sich seit Tagen die Hitze. Auch jetzt spürte Minke, wie sich auf ihrer Stirn ein unangenehmer Schweißfilm bildete. Lisa dagegen sah aus, als würde ihr die Hitze gar nichts ausmachen. Süddeutsche Gene, vermutete Minke.

»Du, übrigens, des wollte ich noch sagen – ich will am Wochenende schwäbische Laubfrösche machen«, plauderte ihre Assistentin währenddessen weiter. »Ich glaub echt, des würde dir auch schmecken. Ich bring dir welche mit, ja?«

Minke brummte etwas Unverständliches. Sie öffnete den Kühlschrank auf der Suche nach der letzten Packung Eistee und dachte an das letzte Mal, als Lisa ihr eine schwäbische Spezialität mitgebracht hatte. Ochsenmaulsalat war das gewesen und es schmeckte genau nach dem, woraus es bestand. Da wollte sie lieber gar nicht wissen, was schwäbische Laubfrösche waren.

»Hat heute Morgen schon jemand angerufen?«, wechselte Minke das Thema.

Lisa nickte. »Die alte Frau Vermeer von gegenüber – der isch mal wieder der Pudel ausgebüxt.« Der Pudel riss alle paar Wochen aus und meistens fand ihn jemand auf dem Deich wieder, wo er leidenschaftlich ein paar Schafe anbellte. »Dann hat David angerufen«, zählte Lisa weiter gewissenhaft auf. »Der wollte fragen, ob er dich heut Abend zum Fescht abholen soll oder ob du selber hinkommsch.«

David Holt, der Sohn des letzten Deichgrafen von Nekpen und Leiter der Seehundstation auf den Klippen war seit einem Jahr Minkes Freund. Sie hatte ihn bei ihrem ersten Fall kennengelernt; ein netter Naturbursche aus altfriesischer Familie, der meist in groben Strickpullovern und Gummistiefeln herumlief und trotzdem ihrer Meinung nach umwerfend aussah. Mit ihm würde sie heute Abend auf das Fest im *Halligprinzen* drüben auf Midsand gehen.

»Ach ja, und dann noch deine Mutter«, fuhr Lisa fort. »Die lässt fragen, welches Kleid du heute Abend für 's Fescht anziehen willsch.«

Minke lachte. »Ich besitze gar kein Kleid. Meine Mutter schnappt wirklich noch über wegen heute Abend.«

Das Fest – dieses Jahr unter dem Motto »Altfriesischer Abend« – wurde jeden Sommer vom Halligverein organisiert, dessen Vorsitzende Imma van Hoorn war. Seit Wochen hatte sie kein anderes Gesprächsthema mehr. Es war ihr sogar gelungen, Minkes Zwillingsbruder Eibo, genannt Bo, der in Kiel als Rechtsmediziner arbeitete und rein gar nichts für die kalte Nordsee, seinen traditionellen friesischen Vornamen und die nordfriesische Provinz, in der er aufgewachsen war, übrighatte, zu überreden, für diesen Abend nach Midsand zu kommen. Daran, ihre starrköpfige Tochter zum Basteln der Dekorationsgirlanden zu bewegen, war sie allerdings gescheitert.

»Also ich freu mich ja echt schon total«, plapperte Lisa in diesem Moment strahlend weiter. »Altfriesischer Abend, des klingt doch toll. Und der *Halligprinz* isch so ein hübsches Gasthaus, so richtig friesisch mit dem alten Reetdach. Dazu das wahnsinnig tolle Wetter. Ich lieb ja den Sommer – das wird sicher ein subber Abend heut.«

Minke hatte sich Eistee eingeschenkt und steuerte mit dem Glas aus der Teeküche in Richtung ihres Büros. Lisa blieb ihr auf den Fersen. »Ich dacht übrigens, ich zieh mein gelbes Sommerkleid an – weisch, welches ich meine? Oder vielleicht komm ich auch richtig friesisch-patriotisch in Blau-Rot-Gold? Was ziehsch denn du an, wenn schon kein Kleid?«

»T-Shirt mit Remoulade vielleicht.«

Minke erntete einen entsetzten Blick von Lisa.

In Minkes Büro trocknete auf der Fensterbank eine Topfpflanze traurig vor sich hin. Auf dem Schreibtisch stapelten sich die Fälle der letzten Wochen: Nachbarschaftsstreitigkeiten wegen zu viel Grillrauch, eine Anzeige wegen illegal vermieteter Strandkörbe und ein E-Bike-Diebstahl vor einer Ferienwohnung. Alles nicht besonders spannend. Minke setzte sich lustlos an ihren Schreibtisch und blickte zur Wand, wo als einziger Schmuck ein Zeitungsartikel über Kommissar Michael van Hoorn hing. Minkes Vater war eine Legende in Jüstering und auf den Halligen gewesen, es gab praktisch keinen Fall, den er nicht aufgeklärt hatte. Auf seinen plötzlichen Tod bei einem Segelunfall vor fünf Jahren hatte jeder in der Familie anders reagiert: Imma ging seither jeden Tag auf den Friedhof und pflegte dort die Blumen, Bo hatte sich ein schickes schwarzes Cabrio gekauft und Minke hatte ihr altes Leben als Meeresbiologin hingeschmissen und war auf die Polizeischule gegangen, um in die Fußstapfen ihres Vaters zu treten. Nun sah sie zu dem grobkörnigen Zeitungsfoto ihres Vaters, auf dem er am selben Schreibtisch saß wie sie jetzt. Moin, Papa – wie hast du eigentlich solche langweiligen Sommerwochen ausgehalten?, fragte sie ihn in Gedanken. Sie seufzte. Es half alles nichts. Sie startete den altersschwachen Computer und machte sich an den Bericht über das gestohlene E-Bike.

• • •

Das Mädchen, das über den sonnengefluteten Schulhof des Theodor-Storm-Gymnasiums ging, hatte lange braun gebrannte Beine, die durch den kurzen teuren Sommerrock gut zur Geltung kamen. Ihre blonden Haare schwangen bei jedem Schritt und sie strahlte ein Selbstbewusstsein aus, das man beinahe mit den Händen greifen konnte. Kichernd folgten ihr ihre Klassenkameradinnen, wohin sie ging, und die Jungs auf dem Schulhof verdrehten sich die Hälse nach ihr.

Wie es wohl war, so bewundert zu werden?, dachte Eida, die oben am Fenster des Lehrerzimmers stand und hinaus auf den Schulhof blickte. Leonie Schwarz war noch nicht lange auf der Schule und trotzdem kannte sie jeder. Ihr Vater war ein erfolgreicher Bauunternehmer, die Mutter wunderschön, Leonie selbst reich, jung und selbstbewusst. Die Lehrerin lehnte den Kopf gegen das warme Fensterglas, während sie weiter hinunter zu den Schülern schaute. Dort unten steckte sich Leonie gerade ein Kaugummi in den Mund und lachte dann über etwas, das eines der anderen Mädchen gesagt hatte. Über allem war der wolkenlose blaue Himmel. Eida im Lehrerzimmer sehnte sich nach Wind, nach Wolken und nach einem bisschen kühlen Regen.

»Eida? Dein Nachhilfeschüler wartet.« Die Sekretärin des Direktors steckte den Kopf zur Tür des Lehrerzimmers herein. Eida drehte sich um.

»Kommst du?« Die Sekretärin sah sie ungeduldig an.

»Natürlich, entschuldige.«

Vom Schulhof drang das Lachen der Mädchen durch die Fenster zu ihr herauf.

• • •

»Hallo? Hier ist der Professor«, bellte Jeske Hein in sein Handy. Er tigerte ungeduldig in dem kleinen, einfachen Pensionszimmer auf und ab. »Ich habe Sie schon gestern versucht zu erreichen. Sagen Sie – was haben Sie daran nicht verstanden, dass ich keine Post will?! Ich habe mich doch klar ausgedrückt, als ich gesagt habe ›Nur am Telefon‹, oder?«

Der Mann mit skandinavischem Akzent am anderen Ende der Leitung kam gar nicht dazu, etwas zu sagen. Als er dazu ansetzte, schnitt ihm der wütende Professor sofort das Wort ab. »Keine Briefe, keine Postkarten, keine Rauchzeichen. Kapiert?«

»Aber wir schicken immer ...«, wagte der Mann schüchtern einzuwerfen.

»Hören Sie, Mann, ich komme noch in Teufels Küche, wenn das so weitergeht.«

»Bei Ihrer Frau? Oh, das wollte ich natürlich nicht.«

Jeske Hein stutzte. Dann fiel ihm der Zusammenhang wieder ein.

»Ja, ja, genau – bei meiner Frau. Also hören Sie auf, Mann.«

Er legte auf, warf das Handy auf das schmale Bett und trat dann ans Fenster. Er sah hinaus auf die Wiese. Von Weitem konnte er das Camp sehen, die einzelnen Ausgrabungsfelder, die sie angelegt hatten, die Feldschirme. Alles lag friedlich in der Sonne. Hoffentlich bleibt das so, dachte Jeske Hein.

• • •

Zur selben Zeit lag in einer beeindruckenden, neu gebauten modernen Villa in bester Jüsteringer Lage Kristin Schwarz in der Badewanne. Eigentlich war es zu warm, um zu baden, aber sie hatte eben Lust darauf gehabt und außerdem hatte sie sich diese Badewanne gewünscht. Nun lag sie im zarten weißen Schaum und bereitete sich gedanklich auf den Tag vor. Sie betrachtete ihre perfekt gepflegten Füße, strich sich über den immer noch straffen Körper, tastete nach ihren blondierten Haaren, die sie zum Baden mit einer Klammer hochgesteckt hatte. Ja, sie war noch schön. Wenn ihr Mann das nur erkennen würde. Er hatte ihr versprochen, dass sich alles änderte, wenn sie erst hier in Jüstering wohnen würden. Traumvilla, Traumleben, hatte er immer gesagt. Und dass er hier in der nordfriesischen Provinz, aus der er stammte, nicht mehr so viel arbeiten würde wie in Hamburg, dass sie wieder ein richtiges gemeinsames Leben hätten. Versprochen hatte er es ihr, so oft versprochen! Doch hier war es genauso weitergegangen wie in Hamburg – eigentlich war es sogar noch schlimmer geworden. In Stephans Kopf gab es nur Projekte, Baugelände, Profite, Grundstückspreise, Strategien. Dauernd war er auf der Pirsch nach irgendwelchen unbebauten Quadratmetern, die er sich einverleiben konnte, irgendetwas darauf bauen, teuer vermieten – und dann das nächste Projekt. Wie er an all diese Grundstücke kam, das wollte sie eigentlich gar nicht so genau wissen.

Und währenddessen lag sie hier in ihrer neuen Badewanne, in ihrer neuen Villa und war in Jüstering genauso einsam wie in Hamburg. Die Halbtagsstelle, die sie als Modezeichnerin angenommen hatte, füllte sie nicht aus und sie täuschte vor allem nicht über die Schieflage in ihrer Ehe hinweg. Ja, Stephan liebte sie, aber er war besessen von seiner Arbeit und skrupellos, was seine Geschäfte anging. Ein Verrückter, dachte Kristin, mit viel Härte zu anderen und sich selbst. Er war nicht mehr der Mann, den sie einmal geheiratet hatte. Immerhin hatte er sich heute Zeit für den Termin im Strandhotel mit Leonie genommen, um die letzten Dinge für ihre Geburtstagsparty abzuklären. Dieser Geburtstag ging Kristin allmählich auf die Nerven. Leonies Ideen, was ihre Party anging, wurden immer ausgefallener. »Das wäre noch viel cooler, Papa. Bitte!«, brauchte sie nur zu sagen und schon stimmte er zu und mietete einen Schokoladenbrunnen, eine Schaumkanone oder was ihr noch so einfiel.

Kristin seufzte. Leonie war verwöhnt, das konnte jeder sehen – jeder außer Stephan. Sie blickte zu der riesigen Fensterfront, die es selbst hier im Badezimmer gab. Ihr Mann liebte Glas und Licht. Er war im Jüstering der Siebzigerjahre in einer einfachen, muffigen dunklen Fischerwohnung am Hafen aufgewachsen. Er hatte sich hochgearbeitet, mit grenzenlosem Ehrgeiz, mit Fleiß, mit Ellenbogen und dem richtigen Riecher. Er war stolz darauf. Sie konnte verstehen, warum er alles abstreifen wollte, was so war wie die Wohnung, in der er aufgewachsen war. Aber musste auch das Badezimmer so viel Glas haben? Von der Badewanne aus sah Kristin in den blauen Sommerhimmel. Was für ein schöner Tag, dachte sie. Einen solchen Tag musste man nutzen. Es nutzte nichts, in Trübsal zu versinken. Mit einem Ruck stand sie aus der Wanne auf, Wasser und Schaum liefen an ihrer Haut herunter. Sie griff nach dem flauschigen Handtuch und trocknete sich ab, dann rieb sie sich mit teurer, gut riechender Lotion ein. Stephan hatte ihr die Flasche von einer Geschäftsreise mitgebracht, weil er den Duft mochte. Während Kristin sich damit eincremte, fragte sie sich, ob er ihn überhaupt noch an ihr wahrnahm.

• • •

Niels stolperte müde über die weite Midsander Halligwiese und blinzelte ins Licht. Gestern Abend war es spät geworden. Lange hatte er mit den anderen Archäologiestudenten und ihrem Professor noch vor dem großen Arbeitszelt beisammengesessen. Sie hatten sich ein paar Flaschen Wein geteilt und sich ihre Zukunft ausgemalt, jetzt, wo die Ergebnisse der Ausgrabung so unerwartet sensationell waren – besser, als sie es sich jemals erträumt hatten. Erst um Mitternacht waren sie in ihre Pensionsbetten gefallen. Dort lagen jetzt auch noch alle, abgesehen von ihm. Niels war heute mit der Frühschicht an der Reihe. Er war dafür zuständig, das Grabungszelt aufzuräumen, die Werkzeuge so zu säubern, dass sie für den heutigen Ausgrabungstag wieder einsatzfähig waren, und die Feldschirme über den einzelnen Gruben aufzuspannen, sodass die Sonne später bei den Ausgrabungen nicht allzu sehr auf Rücken und Nacken stach. Natürlich hatten sie trotzdem alle Sonnenbrand, aber das nahmen sie gerne in Kauf. Man entdeckte nicht alle Tage eine versunkene Stadt.

Niels gähnte herzhaft. Die warme Luft roch salzig, die Nordsee war gerade dabei, von der nächtlichen Ebbe zurück an die Küste zu schwappen und dabei das dunkelbraune Watt rund um die grüne Hallig zu überfluten. Ein paar Möwen kreischten über Midsand, und das Camp der Archäologen mit den Zelten und den sieben fein säuberlich abgesteckten Grabungsfeldern lag still und friedlich in der Vormittagssonne.

Niels öffnete das große Arbeitszelt und begann, dort ein wenig Ordnung zu schaffen. Als Nächstes machte er sich daran, die Werkzeuge sauber zu machen, all die Kellen und Spatel, die Stechbohrer und schließlich auch die Handfeger und Pinsel, die für die Feinarbeiten gebraucht wurden. Als alles aufgereiht und sauber an seinem Platz lag, wandte er sich der wichtigsten Aufgabe zu – die erste Runde Kaffee für alle zu kochen. Nach gestern Abend war das besonders nötig. Niels schaltete den Generator an und befüllte dann die alte Kaffeemaschine, die Professor Hein auf jede seiner Ausgrabungen mitschleppte, mit Wasser und Kaffeepulver. Schließlich gluckerte die Maschine zufrieden vor sich hin, der Duft nach Kaffee waberte durch das Zelt. Niels betrachtete sein Werk und pfiff dabei zufrieden vor sich hin. Doch plötzlich blieb sein Blick an etwas hängen, das er vorher übersehen hatte – sein Pfeifen verstummte.

»Oh mein Gott!« Niels stand wie angewurzelt da. Sein Herz raste. »Nein, nein, nein«, stammelte er. »Das kann nicht sein! Das ist nicht wahr.«

Zitternd griff er zu seinem Handy und wählte die Nummer der Polizei.

...

Minke lenkte das leichte Polizeiboot über das noch recht flache Wasser, das verriet, dass die Ebbe noch nicht allzu lange her war. Wenn die Nordsee sich zurückzog, waren die Halligen und die Küstenstadt Jüstering für eine kurze Zeit durch Watt miteinander verbunden; schwappte das Wasser bei Flut zurück, lag zwischen den Halligen und dem Festland zwei Kilometer blaue Nordsee. Lisa klammerte sich an der Reling fest. Seit ihrem Dienstantritt hatte sie sich an Minkes rasanten Fahrstil sowohl an Land als auch auf dem Wasser gewöhnen müssen. Auch jetzt spritzte die Gischt einen feinen, salzigen Wassernebel in ihr Gesicht, während Minke, hoch aufgerichtet am Steuer, ungerührt noch einen Gang höher schaltete. Ihre ungewöhnlich weißblonden Haare, die sie wie so oft zu einem schlichten Pferdeschwanz gebunden hatte, flatterten dabei wie eine Fahne im Fahrtwind. Und die Freude darüber, endlich etwas zu tun zu haben, stand ihr ins Gesicht geschrieben.

»Und diesen Archäologen wurde was genau geklaut?«, schrie Lisa gegen Gischt und Motorbrummen an.

»Irgendeine Figur.« Minke steuerte das Boot in einer kühnen Kurve in Richtung Halligufer. »Gestern Nacht offenbar – der Anrufer war ziemlich aufgeregt.«

»Passiert so etwas auf Midsand öfter? Ich meine – Diebstahl?«

»Überhaupt nicht. In meiner Kindheit kam höchstens mal ein Kaugummi aus Ruths Laden weg.« Minke peilte die Anlegestelle vor der Markuswarft an. »Wer stiehlt schon etwas auf einer Hallig, auf der jeder jeden kennt und von der man bei Ebbe nur zu Fuß wegkommt?«

Sie bremste das Boot scharf ab und legte an. Erleichtert sprang Lisa auf festen Grund. Minke folgte ihr und gemeinsam schlugen sie den Weg über die Markuswarft zur Halligwiese ein. Die Markuswarft war die größte der fünf Midsander Warften, künstlich aufgeschüttete Erdhügel, die die Häuser darauf vor Sturmfluten schützen sollten. Minke war auf der Markuswarft aufgewachsen und seit sie zurück an die nordfriesische Küste gezogen war, lebte sie wieder auf der Hallig. Im Haus ihres alten Geschichtslehrers Paul Breitmann hatte sie sich eine winzige Wohnung unterm Reetdach gemietet. Dort lebte sie nun schon seit fast einem Jahr, zusammen mit ihrem dreibeinigen Kater Victor. Von der Anlegestelle aus konnte man das rote Backsteinhäuschen und Pauls verwilderten Garten mit dem alten knorrigen Pflaumenbaum erkennen.

Viel größer und beeindruckender war der *Halligprinz*, das einzige Gasthaus auf Midsand. Heute Abend würde dort der »Altfriesische Abend« stattfinden; von Weitem konnte Minke ihre Mutter ausmachen, die mit den anderen Mitgliedern des Halligvereins auf der Wirtshausterrasse gerade Girlanden aufhängte und Tische herumschob.

Auf Midsands größter Warft gab es auch einen Halligladen, eine winzige Bankfiliale und den Fething, den alten Süßwasserspeicher der Hallig, der heute nur noch ein Teich war. An diesem Vormittag lag er glatt und still in der Sonne, nur ein paar Enten paddelten darauf herum.

Neben der Markuswarft lag die Stinewarft mit weiteren Wohnhäusern und einem kleinen Gemeindezentrum. Als Nächstes kam die kleine Südwarft mit dem Midsander Landschulheim. Auf der Seite der Hallig, die zur Küste hin lag, folgten dann die Kirchwarft mit der alten Halligkirche, dem Friedhof und dem Pfarrhaus und im Norden die kleinste Warft, die Frankwarft, auf der die Bauernfamilie Frank mit ihren Schafen und Kühen wohnte. Zwischen den fünf Halligen breitete sich die weite Halligwiese aus, die alles miteinander verband. Dorthin steuerten Minke und Lisa.

»Man denkt gar nicht, dass das so weit isch«, keuchte Lisa und versuchte, mit Minkes deutlich längeren Beinen Schritt zu halten. »Die Hallig kommt einem eigentlich klein vor, aber diese Wiese isch echt riesig.«

»Genau sieben Minuten zu Fuß von der Frankwarft zur Markuswarft, neun von der Kirchwarft, dreizehn von der Südwarft und wieder sieben von der Stinewarft.« Minke grinste. »Ich muss es wissen – Bo und ich haben das eine halbe Kindheit lang ausgemessen. Das war eines unserer Spiele.«

Lisa hielt sich die Seite. »Bei uns auf der Alb haben wir eher Schnellerles gespielt.«

»Was bitte?«

»Auf Hochdeutsch: mit Murmeln«, schnaufte Lisa.

Sie hatten die Ausgrabungsstätte erreicht. Seit Beginn des Sommers hatte hier eine Gruppe Archäologen von der Universität Kiel ihre Zelte aufgeschlagen und nach und nach Gruben in die grüne Halligwiese gegraben. Am Anfang waren es nur zwei gewesen, jetzt zählte Minke sieben. Viel wusste sie nicht über diese Ausgrabungen, nur dass die Archäologen sich für den ganzen Sommer im *Halligprinzen* eingemietet hatten. Tjark, der alte Wirt, mit dem Minke eine nordfriesisch-wortkarge Freundschaft pflegte, seit sie alt genug gewesen war, ihr Taschengeld bei ihm in Fritten zu investieren, war darüber nicht unbedingt begeistert gewesen. »Die buchen mir den halben Gasthof aus und finden, dass ich darüber froh sein sollte«, hatte er bei ihrem letzten Besuch geknurrt. »Dabei treten sich in diesem Wahnsinnssommer die Touristen hier sowieso die Füße platt. Ich könnte jedes Zimmer doppelt belegen, wenn ich wollte. Hätten die nicht im Winter da draußen rumbuddeln können?«

Jetzt sah die ganze Archäologengruppe Minke und Lisa aufgeregt entgegen. Sie hatten sich vor dem großen Arbeitszelt versammelt und redeten hektisch durcheinander.

»Moin!« Minke rief über das Stimmengewirr hinweg. »Ich bin Kommissarin Minke van Hoorn, das ist meine Assistentin Lisa Röhrle.«

Das Stimmengewirr legte sich. »Gut, dass Sie hier sind.« Ein nervös wirkender rothaariger junger Mann mit Brille trat vor. »Ich bin Niels – ich war es, der Sie angerufen hat.«

»Sie haben also den Diebstahl entdeckt?«

Er nickte. »Ich habe mich so erschrocken!«, gab er zu. »Mit so etwas rechnet man doch wohl nicht.« Das Mädchen, das neben ihm stand, legte ihm beruhigend die Hand auf die Schulter.

Minke kannte sie; es war die Nichte ihres Vermieters, die bei ihm wohnte. Seit Wochen jobbte sie begeistert als Aushilfe bei den Grabungen.

»Okay, und was genau wurde geklaut?«, fragte Minke. »Eine alte Tonscherbe oder so etwas?«

»Nein – ein Kunstschatz, unglaublich wertvoll«, antwortete Niels. »Dieses Pferdchen ist eine archäologische Sensation.«

»Ein Pferdle?!«, echote Lisa verwirrt.

»Ganz recht. Ein Bernsteinpferd, vierzehntes Jahrhundert.« Eine sonore Stimme drang aus dem Halbdunkel des großen Arbeitszeltes, wo für einen Moment nur ein Schatten zu erkennen war. Dann trat der Mann ins Sonnenlicht. »Guten Morgen. Ich bin der Leiter dieser Ausgrabungen, Professor Jeske Hein.«

Er hatte einen dichten Dreitagebart, ein kantiges Gesicht und einen wachen Blick. Minke hatte ihn schon ab und an von Weitem auf der Wiese oder im *Halligprinzen* gesehen. Sie schätzte ihn auf Ende dreißig. In olivfarbenen Arbeitshosen und einem beigen Hemd kam er nun auf sie zu und streckte ihr die Hand entgegen. Der Händedruck war fest.

»Danke, dass Sie beide so schnell gekommen sind.« Er unterbrach sich und betrachtete Minkes Haare. »Eine bemerkenswerte Haarfarbe, Frau Kommissarin. Sind Sie eine echte Friesin?«

»Ich bin auf Midsand aufgewachsen, wenn Sie das meinen.« Minke musterte ihn ihrerseits. Gut aussehend und sehr selbstsicher, dachte sie, wahrscheinlich der Schwarm seiner Studentinnen. Außerdem ehrgeizig, sonst wäre er kaum so jung schon Professor.

Laut sagte sie: »Ein Pferd aus Bernstein wurde Ihnen also geklaut? Aber Bernstein ist doch nicht besonders teuer.«

»Heute nicht mehr, aber früher war es das.« Jeske Hein breitete die Arme vage über die Wiese aus. »In der Epoche, mit der wir uns beschäftigen, jedenfalls. Das Bernsteinpferd ist unser kostbarster Zeuge dieser Zeit.«

»Aha. Und wo haben Sie Ihren kostbarsten Zeugen aufbewahrt?«

»Im Tresor. Kommen Sie mit, ich zeige es Ihnen.«

Kurz darauf standen Minke und Lisa im Zelt vor einem kleinen Tresor neben dem ziemlich unordentlichen Schreibtisch des Professors. Die Tresortür war aufgehebelt worden, vermutlich mit einem Brecheisen. Minke betrachtete die Kratzspuren im Lack, wo das Werkzeug wohl bei den ersten Versuchen abgerutscht war.

»Ich mach mal ein paar Fotos.« Lisa zog ihr Handy aus der Tasche und begann eifrig, den aufgebrochenen Tresor von jeder Seite aus zu fotografieren. »Wissen Sie, Herr Hein, des isch ganz zentral, dass man gleich Fotos macht, weil sich ja später vielleicht was verändert, und dann sind Spuren weg, die vielleicht da gewesen wären und dann isch man dankbar, wenn man Fotos hat, auf denen man sich noch mal alles angucken kann, um vielleicht ...«

»Professor Hein, wenn ich bitten darf. Tun Sie, was Sie nicht lassen können. – Wissen Sie«, wandte sich der Professor dann wieder an Minke, »das Bernsteinpferd ist friesisches Kulturerbe, ein Kunstschatz, eine archäologische Sensation.«

»Wenn dieses Bernsteinpferd so sensationell ist – wieso haben Sie es dann nicht in einen richtigen Tresor getan, zum Beispiel drüben in der Halligbank?«, fragte Minke.

»Nun ja, aus Sentimentalität, schätze ich. Ich wollte es bei mir haben. Wissen Sie – so etwas zu finden, das ist der Jackpot. Das, wovon jeder Archäologe träumt.« Er machte eine Pause. »Die bringen es sicher auf Nimmerwiedersehen ins Ausland«, sagte er dann.

»Die? Haben Sie also einen Verdacht?«

Er zuckte die Achseln. »Na ja, das wird doch bestimmt nicht einer allein gemacht haben. Eine Bande vermutlich, Kunstdiebe.«

»Hm.« Minke betrachtete den kleinen Tresor und die Aufbruchspuren im Lack. Es war einfach zu denken, dass jemand Fremdes den Diebstahl begangen hatte und niemand aus der Halliggemeinschaft, in der sie aufgewachsen war. Fremde waren zurzeit viele auf der Hallig. Es wimmelte vor Badegästen – da würde jemand, der in Wirklichkeit etwas anderes im Sinn hatte, als ein paar schöne Urlaubstage an der Nordsee zu verbringen, tatsächlich nicht unbedingt auffallen.

»Wie viel ist die Figur denn wert?«, fragte sie.

Der Professor bedachte sie mit einem Blick, den sie nicht recht deuten konnte, dann winkte er ihr, mit ihm zu kommen.

»Ich denke, Sie verstehen das alles besser, wenn wir auf den Ausgrabungsfeldern sind.«

Minke folgte dem Professor hinaus auf die Halligwiese, während Lisa noch die Aussage von Niels aufnahm. Die anderen Mitarbeiter waren inzwischen auf den Ausgrabungsfeldern an die Arbeit gegangen und buddelten in großen rechteckigen Gruben in der dunklen Erde, in der Minke nichts Spannendes entdecken konnte.

»Also – was verstehe ich hier so viel besser als im Zelt?«, fragte sie.

Der Professor lächelte. »Lassen Sie mich mit einer Gegenfrage antworten: Sagt Ihnen der Name Everbeck etwas?«

Minke legte die Stirn in Falten. »Die Stadt, die es angeblich mal hier irgendwo an der Küste gegeben hat? Das zweite Rungholt?«

»Sehr richtig. Everbeck, eine reiche, stolze Handelsstadt im nordfriesischen Mittelalter. Sie soll, genau wie das berühmte Rungholt, während der Grote Mandränke, der Marcellusflut im

Januar 1362, untergegangen sein. Der Sage nach wurden beide Städte von der Nordsee verschluckt, weil sie so stolz und eitel waren – der Zorn Gottes hat sie ereilt, so sagt man.«

»Mhm«, machte Minke. Geschichte hatte sie noch nie viel abgewinnen können. Der Professor ließ sich nicht beirren.

»Und genau um dieses Everbeck geht es bei unserem Projekt. Im letzten Jahr wurde zufällig eine alte Textquelle entdeckt, die der Archäologie bisher unbekannt war. Sie ist der fehlende Schlüssel zu der Frage, wo Everbeck lag, denn sie liefert genaue Angaben von Seemeilen. Wenn man alles berechnet – und das habe ich im letzten Semester ausgiebig mit meinen Studenten getan –, dann kommt man genau auf diesen Punkt hier. Die Midsander Halligwiese.«

Minke starrte ihn ungläubig an. »Sie glauben also«, fragte sie, »dass hier einmal Everbeck lag?«

»Das glaube ich nicht nur, das weiß ich. Unsere Ausgrabungsfelder haben in den letzten Wochen Erstaunliches zutage gefördert. Kommen Sie zu meinem Vortrag, den ich in drei Tagen drüben im Gemeindezentrum halte, da erzähle ich das alles ausführlicher. Jedenfalls waren wir schon recht sicher, dass sich unsere These bewahrheiten würde. Der letzte Beweis fehlte noch – bis wir vor einigen Tagen in Grabungsfeld vier das Bernsteinpferdchen gefunden haben.«

»Was beweist das Pferd denn?«

Der Professor lächelte; offensichtlich hatte er auf diese Frage gewartet.

»Bernstein war damals sehr wertvoll, ein begehrtes Handelsgut der Nord- und Ostsee«, dozierte er. »Ein einfacher friesischer Bauer oder Fischer hätte sich so etwas niemals leisten können. Es ist Kunst – Kunst und Schmuck zugleich, also Luxus. Und Luxus leistet sich nur, wer Geld in einem gewissen Überfluss hat.

Außerdem ist Luxus etwas, das in Zivilisation entsteht. Dies alles passt zu dem, was uns über Everbeck überliefert ist. Eine Stadt, reich geworden mit dem Salzsieden aus Torf und mit dem Handel über das Meer. In so einer Stadt leben Menschen, die sich ein Pferdchen aus Bernstein kaufen können, die Geld ausgeben, um sich an Kunst und Schmuck zu erfreuen, die zivilisiert sind.« Er legte eine Kunstpause ein. »Was wir hier betreiben, ist mittelalterliche Siedlungsarchäologie. Die Archäologie ist darauf angewiesen, Funde zu interpretieren, über die es keinen schriftlichen Nachweis gibt.« Seine dunklen Augen funkelten. »Dieses Bernsteinpferd ist darum für uns Archäologen ein schon beinahe so unumstößlicher Beweis, als hätten wir ein Schild gefunden wie ›Hier lag Everbeck‹. Er strich sich selbstgefällig durchs dunkle Haar. »Um auf Ihre Frage von vorhin zurückzukommen, was das Pferd wert ist: Es ist unschätzbar.«

»Wem haben Sie denn alles von der Figur erzählt?«, fragte Minke.

Der Professor stutzte. »Wie bitte?«

»Na, wenn das alles so wichtig ist, haben Sie wahrscheinlich nicht damit hinterm Berg gehalten. Das erweitert den Kreis derer, die es hätten stehlen können.«

»Sie meinen, ein Kollege war das? Nein, niemals!«

»Ich sage nur: Je mehr davon wussten, desto größer ist der Kreis der Verdächtigen.«

Der Professor wiegte den Kopf. »Ja, da haben Sie wohl recht.« Er überlegte. »Also zuallererst wissen es natürlich alle, die hier bei den Grabungen dabei sind. Ich habe es auch meinen Kollegen an der Universität gemeldet und sonst noch einigen befreundeten Archäologen. Wissen Sie, Archäologie ist Besessenheit, sage ich immer. Wir wollen alle ständig wissen, was irgendwo gefunden wurde.«

»Das heißt, theoretisch hätten sehr viele von der Figur wissen können – und auch, wo sie war.«

»Ja, theoretisch«, sagte er zögernd. »Aber das glaube ich einfach nicht. Undenkbar, dass einer der Studenten oder Kollegen dahintersteckt.«

Minke blinzelte in die Sonne. »Was machen Sie denn jetzt mit Ihrem Vortrag, wenn das Pferdchen weg ist?«

Er zuckte die Achseln. »Ach, ich hätte es dort sowieso nicht gezeigt – nur die Fotos, und die habe ich ja.«

»Gut, die schicken Sie mir bitte.«

»Gerne – per Handy? Dann bräuchte ich allerdings Ihre Nummer.« Er grinste.

In diesem Moment kam Lisa aus dem Zelt und bedeutete Minke, dass sie fertig war.

»Meine Assistentin gibt Ihnen die Mailadresse der Polizeistation«, sagte Minke. Sie wandte sich zum Gehen.

»Kommen Sie zu meinem Vortrag, Kommissarin?«, rief der Professor ihr nach. »Ich erwarte Sie.«

Minke drehte sich noch einmal um. Ihr Pferdeschwanz wehte im Sommerwind. »Irgendeiner wartet immer.«

Er lachte. »Ist das nicht aus *Casablanca*?«

»Nein. Aus *Spiel mir das Lied vom Tod*.«

16. Januar 1362

»Ich sehe schön aus, Mutter, nicht wahr?« Das Mädchen breitete die Arme aus und drehte sich, sodass ihr weites Kleid schwang. Ihre Haare fielen lang und glänzend über den Rücken.

»Ja, Fricka.« Die ältere Frau, die auf einem weich gepolsterten Stuhl am Fenster saß, durch das das fahle Licht des Wintermorgens fiel, nickte ihrer Tochter wohlwollend zu. »Du wirst die schönste Braut sein, die Everbeck je gesehen hat.«

Das Mädchen besah sich in dem gebogenen Glasspiegel, den ihr eine Dienstmagd vorhielt. Sie lächelte. Dann wurde ihre Miene mit einem Mal besorgt. »Glaubt Ihr, mein Bräutigam wird mich auch schön finden?«

Die Mutter stand nun auf und legte ihren Stickrahmen beiseite. »Er wird sich nur noch mehr in dich verlieben.« Sie musterte zufrieden Frickas dichtes schweres Haar, ihre zarte Figur, ihre reine Haut. »Er ist ohnehin schon so schrecklich in dich verliebt, weißt du das denn nicht?«

Fricka kicherte. »Doch, Mutter.« Die ganze Stadt wusste, wie verrückt Johannes, der Sohn des Bürgermeisters, nach Fricka, der Tochter des reichsten Everbecker Kaufmanns war. Seit ihrer Verlobung hatte er jeden Tag ein Geschenk in das prächtige Haus am Heumarkt geschickt, in dem Frickas Familie lebte. Eines davon, eine silberne Fibel, mit kleinen Perlen besetzt, trug sie nun an ihrem Kleid.

»Helga, halt den Spiegel höher.« Fricka machte eine ungeduldige Geste in Richtung der Magd. »Ich will mich besser sehen können.«

Während sie sich ausgiebig betrachtete, dachte sie darüber nach, was für ein Glück sie hatte. Sie würde heute einen stattlichen Mann heiraten, der sie auf Händen trug. Sie war jung, schön und reich. Bald würde sie im Bürgermeisterhaus wohnen, direkt gegenüber der Stadtkirche. Sie würde Kinder bekommen und zu gegebener Zeit würde Johannes der nächste Bürgermeister werden. Dann würde sie, Fricka, die Erste Frau von Everbeck sein. Sie seufzte zufrieden. Und all das würde heute mit einem rauschenden Fest beginnen. Seit Wochen wurde alles vorbereitet und nun war es so weit. Der sechzehnte Januar, dachte Fricka, während sie ihr glückliches Gesicht im Spiegel betrachtete, der Tag des Heiligen Marcellus – es würde ihr Glückstag sein.

Kapitel 2

Kaum in Jüstering angekommen, schnappte Minke sich das Fahrrad. Falls der Professor recht hatte und Kunstdiebe auf Midsand am Werk gewesen waren, die nun ihre Beute nach Dänemark oder Schweden bringen wollten, musste sie schnell erfahren, ob irgendjemand – Halligbewohner, Urlaubsgäste oder jemand in Jüstering auf dem Festland – etwas beobachtet hatte. Dafür gab es nur eine verlässliche Adresse.

Während Minke losradelte, ging Lisa zurück ins Büro, um dort ihren Teil zu erledigen. Sie setzte sich an ihren Schreibtisch und schaltete den Computer ein. Ihr Mailprogramm zeigte eine neue Mail – der Professor hatte die Fotos der gestohlenen Figur geschickt. Lisa klickte sie an.

»Wow!« Nun verstand sie die ganze Aufregung. Das Pferdchen war wirklich ein Kunstwerk. Wer auch immer es aus dem goldbraunen klaren Bernstein geschnitzt hatte, hatte sein Handwerk verstanden. Alles an der Figur war stimmig: die Länge des Körpers, der Beine, des Halses. Das Gesicht wirkte edel, die Nüstern leicht gebläht, als würde das Pferd im nächsten Moment schnauben, und beinahe hatte man das Gefühl, die kräftigen Muskeln zu erkennen und das Trappeln der Hufe zu hören. Es war ein Schmuckstück.

Lisa griff zum Telefon, um den Zoll zu verständigen, wie

Minke es ihr aufgetragen hatte. Wer auch immer den Diebstahl begangen hatte – in Nordfriesland war das Meer und die dänische Grenze nicht weit und es war nur logisch zu versuchen, die Beute ins Ausland zu schaffen.

Das Freizeichen erklang; es dauerte eine ganze Weile, bis jemand abnahm.

»Bundespolizei, Justin Rehm am Apparat.« Die Stimme klang sehr jung. Im Hintergrund hörte Lisa elektrische Daddelgeräusche.

»Lisa Röhrle. Erwisch ich Sie gerade ein bissle ungünstig?« Sie presste den Telefonhörer fester ans Ohr, um neben dem Daddeln überhaupt etwas zu verstehen.

»Nö.« Der Junge klang gelangweilt. »Heute ist sowieso nichts zu tun.«

»Wirklich? Ich hab jetzt gedacht, im Sommer isch bei Ihnen der Bär los mit den ganzen Urlaubern. Von Deutschland nach Dänemark, von Dänemark zurück nach Deutschland ...«

»Ja, stimmt schon. Aber ich mach nur Telefondienst.« Wieder war das Daddeln zu hören. Es klang wie ein Computerspiel. »Hab mir beim Volleyballspielen ein paar Bänder gerissen.«

»Oh je, des tut mir jetzt aber leid.«

»Schon okay, ich unterhalte mich hier, so gut es geht.« Ein explodierendes Geräusch erklang, dann eines, das an klingende Münzen erinnerte. »Also – was gibt's denn?«

Lisa erzählte von dem Diebstahl.

»Hm.« Justin schien abgelenkt. »Also es geht um ein altes Pferd, hab ich das richtig verstanden?«

»Ein archäologisches Kunstwerk«, betonte Lisa nachdrücklich. »Sehr wertvoll und wichtig. Warten Sie, ich schicke Ihnen gleich ein Foto, damit Ihre Kollegen wissen, wonach sie fahnden müssen, wenn Sie die Autos kontrollieren.«

Das schien Justin aus seiner Lethargie zu reißen. Er lachte lauthals. »Oh Mann, Sie sind ja echt lustig. Wenn meine Kollegen jedes Auto, das in den Sommerferien hier über die Grenze fährt, nach irgendeiner kleinen Kuh filzen wollten – glauben Sie mir, da würde sich die Autoschlange bis zu Ihnen stauen.«

»Pferd«, korrigierte Lisa, »es isch ein Pferd, keine Kuh. Ein ganz arg schönes Bernsteinpferd, sehr alt und wahrscheinlich aus Everbeck. Kennen Sie Everbeck? Des isch diese verschollene Stadt, die es hier gegeben haben soll, verschluckt von der Nordsee – richtig gruselig, wenn man sich das so vorstellt.«

»Ja, von mir aus«, sagte der Junge, nun wieder gelangweilt, »aber das ändert auch nichts daran. Das können Sie vergessen, dass wir jeden durchsuchen.«

»Aber was ist, wenn die Figur über die Grenze geschmuggelt wird? Stellen Sie sich doch mal vor, die bringen das Pferdle nach Dänemark und von dort aus nach Schweden. Oder Russland. Oder ins Baltikum. Oder England, oder ...«

»Ich verbind Sie mal mit Interpol«, unterbrach Justin. Offensichtlich wollte er zu seinem Computerspiel zurück. »Die haben da so eine Datenbank.«

»Wie bitte? Interpol? Das geht doch gar nicht. Mit Interpol redet man nicht einfach gschwind ...«

Aber es war schon zu spät. In der Leitung klickte es, dann ertönte ein Freizeichen. Lisa starrte entsetzt auf den Hörer. Noch bevor sie entscheiden konnte, ob der junge Grenzpolizist sie gerade veralberte, meldete sich eine Männerstimme auf Französisch.

»Bonjour, vous parlez à Interpol – Département de vol d'art.«

»Oh Gott«, murmelte Lisa.

»Pardon?!«

»Ähm, ja, Bonjour. Isch des jetzt kein Scherz? Bin ich bei, na ja ... Interpol in – Lyon?!«

»Oui, Mademoiselle, Guten Tag. Was kann ich für Sie tun?« Der Mann wechselte gekonnt ins Deutsche, wenn auch mit schwerem französischem Akzent.

»Also hier isch die Lisa Röhrle von der Polizei Jüstering, Nordfriesland. Ich wurde mit Ihnen verbunden.« Lisa gab sich einen Ruck und erklärte, was geschehen war.

»Eine Bernsteinfigur aus dem 14. Jahrhundert?«, wiederholte der Mann interessiert.

»Ja. Sie wurde den Archäologen heute Nacht gestohlen.« Lisa erinnerte sich an das, was Justin gesagt hatte. »Und sie haben eine Datenbank für gestohlene Kunst?!«

»Oh ja, Mademoiselle. Möchten Sie, dass ich Ihre Anzeige dort aufnehme?« Sie hörte, wie er im Hintergrund kurz etwas tippte. Dann sagte er: »Sie rufen aus Nordfriesland an, sagen Sie? Dann ist es besonders wichtig, dass wir informiert sind. Über das Meer lassen sich Kunstwerke leicht verschiffen und dann wird es sehr schwierig, sie zu finden. Professionelle Täter suchen ihre Ziele teilweise sogar danach aus.«

»Professionelle?«

»Wahrscheinlich, n'est-ce pas? Der illegale Kunsthandel ist inzwischen das drittstärkste Standbein der Mafia nach Waffen und Drogen.«

»M...Mafia?«, stotterte Lisa. Mit einem Mal wünschte sie, sie wäre wieder auf der Schwäbischen Alb. Bis eben hatte sie geglaubt, sie hätte es mit einem einfachen Dieb zu tun, der sein Taschengeld aufbessern wollte oder etwas für Bernsteinpferde aus dem Mittelalter übrighatte.

»Oh ja, natürlich die Mafia. Kunstdiebstahl und archäologische Raubgrabung, damit lässt sich sehr viel Geld verdienen.«

»Kann sein.« Lisa fühlte sich plötzlich ganz matt. Interpol und Mafia – das war etwas viel für sie innerhalb von fünf Minuten.

Das schien auch ihr Gesprächspartner zu bemerken.

»Darf ich Ihnen etwas vorschlagen, Mademoiselle?!«

»Ja, bitte.«

»Sie schicken mir das Bildmaterial und die Eckdaten; ich nehme alles in der Datenbank auf und stelle sicher, dass unser Anliegen von den Länderpolizeien auch wirklich gesehen wird. Und Sie hören sich bei den umliegenden Antiquitätenhändlern und Kunstauktionshäusern um, ob dort ein Bernsteinpferd angeboten wurde. Vielleicht haben Sie ja Glück und alles ist doch nicht so international – bon?«

Lisa nickte. »Ja, isch gut – bon.«

Sie hatte das Gefühl, dass er schmunzelte. »Stecken Sie – wie sagt man – nicht gleich den Kopf in den Sand, Mademoiselle.«

Nachdem Lisa aufgelegt hatte, atmete sie tief durch. Dann begann sie mit schwäbischer Akribie eine Liste mit Antiquitätenhändlern, Auktionshäusern und Pfandleihern zusammenzustellen.

• • •

Leonie Schwarz fuhr mit dem Fahrrad durch die Straßen von Jüstering. Sie fühlte den warmen Sommerwind in den Haaren und war rundum zufrieden. Die Schule und die ätzende Nachhilfestunde lagen hinter ihr. In einer halben Stunde würde sie ihren Vater am Strandhotel treffen. Er würde dort schon dafür sorgen, dass sie den Strand am Partyabend absperren würden. Eine Geburtstagsparty am Privatstrand, das war ihre neueste Idee gewesen und sie wollte sie unbedingt durchsetzen. Diese Party würde ein Wahnsinn werden – dank Papi, der zu allem Ja und Amen sagte. Zur Band, zum Feuerwerk, sogar zu dem sündhaft teuren Glitzerkleid, das sie unbedingt hatte haben wollen. »Man wird nur einmal achtzehn, Papi«, hatte sie gesagt und ihn bittend angesehen. Wie immer hatte es seine Wirkung nicht verfehlt. Und inzwischen war die ganze Schule schon wild auf die Einladungen. Heute würde sie die ersten verteilen.

Leonie lächelte zufrieden. Sie hatte noch Zeit, die Nachhilfe hatte früher geendet, und so hielt sie an der Eisdiele am Marktplatz an.

Die Schlange davor war lang, aber Leonie tat so, als würde eine Freundin ganz vorne auf sie warten – der älteste Trick der Welt.

Als sie an der Theke angekommen war, lief der junge Eisverkäufer sofort rot an. »Hallo, Leonie«, stotterte er.

Leonie runzelte die Stirn. »Kennen wir uns?«

»Du bist in meiner Parallelklasse. Ich bin Jonas.«

»Ach ja, stimmt.«

»Was möchtest du denn?«

»Einmal Erdbeere.«

Er setzte eine extra große Kugel zartrosa Erdbeereis auf eine Eiswaffel und reichte sie ihr. »Geht auf mich«, sagte er, und das Rot seines Gesichts intensivierte sich noch.

»Oh, wie süß von dir.« Leonie schenkte ihm ein Lächeln. Als sie ihre glänzenden Haare schwang, sich umdrehte und mit ihrem Eis davonging, sah ihr der junge Eisverkäufer so lange nach, dass sein Chef ihn zur Ordnung rufen musste.

• • •

Minke war währenddessen vor einem heruntergekommenen Gebäude aus den Fünfzigerjahren angekommen. Sie stieg vom Fahrrad und lehnte es an die graue Wand, von der der Putz blätterte. Keine Stadtzeitung in ganz Nordfriesland hat wahrscheinlich ein so heruntergekommenes Redaktionsgebäude wie der *Jüsteringer Stadtanzeiger*, dachte sie. Seit Jahren schon diskutierte man über einen Neubau, immer ergebnislos. Minke nahm die rissigen Waschbetonstufen zum Eingang hinauf und betrat das Gebäude, in dem es muffig roch. Sie ging am unbesetzten Empfang vorbei und steuerte auf das erste Büro zu. An dessen Tür prangte ein zerknittertes Blatt Papier, mit zwei Klebestreifen angeheftet. »Cheffe« stand darauf und drei Ausrufezeichen. Minke klopfte.

»Was ist denn?«

Sie öffnete. Der Mann mit Stirnglatze, der rauchend hinter dem ausladenden Schreibtisch in dem aufgeheizten Raum saß, sah auf und grinste. »Van Hoorn, ich fass es ja nicht«, er stieß eine Wolke Rauch aus. »Was verschafft mir die seltene Ehre?«

Minke unterdrückte ein Husten. Kalle, der Chefredakteur des *Stadtanzeigers*, nahm genüsslich noch einen Zug und deutete auf den abgewetzten Stuhl vor seinem Schreibtisch. »Setz dich und erzähl mir, was du mir bringst. – Aber Vorsicht, der Stuhl ist ein bisschen wackelig und ab und zu rieselt Putz von der Decke.«

»Immer noch kein neues Redaktionsgebäude in Sicht, hm?«

»Nein.« Kalle knüllte ein Blatt Papier zusammen und versenkte es mit geübtem Wurf im Papierkorb. »Der Stadtrat treibt nichts voran und dieser verdammte Stephan Schwarz konzentriert sich lieber auf sein nächstes Wohnprojekt – Jüsteringer Luxuseigentumswohnungen direkt am Meer, wie man hört. Als er wieder hierhergezogen ist, der berühmteste Sohn der Stadt, wie unser lieber Bürgermeister so gern betont, haben wir gehofft, dass er sich mal unserer Bruchbude hier annimmt. Aber nein, keine Zeit.« Er wandte sich zum Regal, wo ein Wasserkocher und eine Auswahl Kaffeebecher mit Werbeaufdruck standen. Ohne zu fragen schenkte er Minke eine Tasse heißes Wasser ein und rührte großzügig Instantkaffeepulver ein. Dann hielt er ihr die Tasse entgegen. »Hier – Vanille-Karamell-Cappuccino. Schmeckt furchtbar. Gabi hat leider eine Jumbopackung davon gekauft, weil es im Angebot war.« Gabi war Kalles Dauerfreundin und die einzige Fotografin des *Stadtanzeigers*. Minke beäugte das Gebräu skeptisch. Süßlicher Geruch stieg auf.

»Also, Kommissarin meines Herzens ...« Kalle ließ sich wieder in seinen Bürosessel fallen. »Was kann ich für dich tun?«

»Hast du die Morgenausgabe schon im Satz?«

»Nein.« Kalle sah sie interessiert an. »Sag bloß, du hast wirklich etwas für mich?! Wenn ja, dann schickt dich der Himmel.«

»Ich brauche einen Zeugenaufruf – am besten auf der Titelseite, schön bunt und groß.«

»Okay, und worum geht es?«

Minke erzählte von der gestohlenen Bernsteinfigur.

»Und die stammt vielleicht aus Everbeck?! Wahnsinn.« Kalles Augen leuchteten auf. »Wann ist denn der Diebstahl passiert?«

»Gestern Nacht. Und ich muss wissen, ob irgendjemand etwas gesehen hat. Vielleicht ein Tourist, der spät noch unterwegs war, irgendeine Reisegruppe, die nachts ankam und etwas beobachtet hat. Irgendetwas«, sie zuckte die Achseln, »ich denke, einen Versuch ist es wert.«

Kalle klatschte in die Hände und reichte Minke mit großer Geste einen trockenen Keks.

»Ich nehme an, das heißt ja?«

»Van Hoorn, lass es mich so sagen: Bis du kamst, war unsere morgige Titelschlagzeile eine Warnung vor Salmonellen, die sich bei dieser Hitze in Remouladensoße verbreiten.« Er grinste und griff nach seiner Zigarettenschachtel. »Da ist mir ein gestohlener Kunstschatz aus einer untergegangenen Stadt doch ein bisschen lieber. Den Zeugenaufruf kriegst du, so bunt und groß, wie du willst.«

• • •

»Imma, was soll denn das hier sein?« Die Frau, die das mit spitzer Stimmer fragte, trug ein sehr schickes cremefarbenes Kostüm und ihre Haare waren mit Haarspray so festgeklebt, dass sich kein einziges davon zu rühren schien. Ihre Fingernägel waren knallrot lackiert und ihre Füße steckten in hochhackigen Schuhen, die Imma schon vom Zuschauen wehtaten.

Imma seufzte. Gunilla ging ihr schon den halben Tag auf die Nerven; dass sie die letzte halbe Stunde geschäftig irgendwohin verschwunden gewesen war, war eine viel zu kurze Erholung gewesen. Dass ausgerechnet Gunilla Petersen die Vizevorsitzende des Halligvereins war, war aus Immas Sicht ein mehr als unglücklicher Zufall.

»Gunilla, das ist die Eisskulptur, die du unbedingt haben wolltest – was denn sonst?« Sie standen am Eingang zum *Halligprinzen*, dort, wo der Fußweg zwischen den Häusern zum Strand vorbeiführte, und sahen auf ein gigantisches Ungetüm aus halb durchscheinendem Eis in der Form des nordfriesischen Wappens. Jedes Jahr richtete der Halligverein ein Sommerfest im *Halligprinzen* aus und immer stand es unter einem Motto. Letztes Jahr war es Asien gewesen, im vorletzten Jahr ein Schwarz-Weiß-Ball. Nun, mit den Archäologen, die die Geschichte Midsands erforschten, war es eben das alte Friesland. Die ganze Terrasse war in den Farben Nordfrieslands dekoriert: Blau, Rot und Gold. Alles war darauf abgestimmt – die runden Tische, an denen die Gäste sitzen würden, die Kerzen, die Girlanden und die Lampions, die später am Abend für romantische Stimmung sorgen sollten, genau wie die

Fackeln, die am Warfthügel aufgestellt worden waren. Jetzt senkte sich die Sonne allmählich, die Hitze war nicht mehr so groß und der Himmel färbte sich langsam zartrosa.

»Gunilla, lass es gut sein – wir haben alles vorbereitet und der Abend wird toll werden und dieses Ding hier am Eingang ist wirklich ein imposanter Empfang!« Imma legte ihre Hand auf Gunillas Schulter, aber alles, was sie spürte, waren völlig verspannte Muskeln. Gunilla ließ nie etwas gut sein. Schon als wir im Kindergarten waren, war sie so gewesen, dachte Imma. Ich habe nie wieder einen verbisseneren Menschen gesehen, auch nicht in meiner Praxis – und das will was heißen.

Laut sagte sie: »Ehrlich, Gunilla, es ist rundum perfekt. Du solltest dich entspannen.« Abgesehen davon, dass du bei dieser Hitze, die seit Wochen herrscht, auf eine Eisskulptur bestanden hast, schob sie in Gedanken nach. Was für eine bescheuerte Idee. Sie würden massenhaft Trockeneis brauchen, um zu verhindern, dass ihnen das nordfriesische Wappen nicht einfach davonschmolz. Allerdings – beeindruckend sah es schon aus, wie es stolz und glitzernd dort am Weg stand und die Gäste begrüßen würde, bevor sie auf die eigentliche Restaurantterrasse gelangten.

»Das ist kein Adler«, zischte Gunilla jetzt.

»Wie bitte?«

»Na dort, auf dem Wappen. Das ist doch kein Adler, es sieht eher aus wie ... eine Ente.« Gunillas Gesicht wurde noch verkniffener. »Wir haben aber auf unserem Wappen keine Ente.«

Noch ehe Imma einschreiten konnte, griff Gunilla nach dem Eispickel, den die Eisskulpturenfirma mitgeliefert hatte – auf Gunillas Anweisung natürlich mit einem Griff in Blau und Rot und mit einer goldenen Quaste daran. Imma verfolgte belustigt, wie Gunilla nun entschlossen mit dem Pickel am Schnabel des Entenadlers hantierte. Millimeter für Millimeter hackte sie ihn in eine spitzere Form.

»Ein – friesisches – Wappen – besteht« – Gunilla sprach abgehackt im Takt ihrer Schläge – »aus Krone – Grütztopf – Adler.« Das Eis spritzte. »Das ist doch nicht so schwer.«

Schließlich ließ sie den Pickel sinken. »Und?«

»Jaja, jetzt ist es eher ein Adler.« Imma verdrehte die Augen.

»Das finde ich auch.« Gunilla legte mit zufriedenem Lächeln den Eispickel wieder an seinen Platz und klatschte dann in die Hände. »Weiter geht's, uns bleibt nicht mehr viel Zeit. Imma, schau du noch einmal nach der Tombola. Ich sehe nach den Mädchen. Sie sollten inzwischen ja fertig umgezogen sein.« Gunilla klackerte eilig auf ihren hohen Absätzen davon, so schnell es der enge Rock ihres Kostüms zuließ.

Imma sah hinauf zu dem Adler. In der immer noch warmen Abendluft löste sich von der Spitze seines neuen Schnabels ein Wassertropfen. Bald würden die Gäste kommen – der Altfriesische Abend konnte beginnen.

• • •

Zehn Mädchen drängten sich im kleinen Toilettenraum des *Halligprinzen* vor dem Spiegel, das elfte stand mit verschränkten Armen an die geflieste Wand gelehnt und beobachtete die anderen. Jedes der Mädchen trug ein langes, bunt besticktes friesisches Trachtenkleid, vor der Brust mit klimpernden Kettchen geschnürt. Dazu hatte Gunilla elf Blumenkränze bestellt, die jetzt auf den Mädchenköpfen saßen. Kichernd probierten sie aus, wie die Kränze am besten aussahen. Raphaela tupfte sich Lipgloss auf die Lippen, Annika versuchte, einen Pickel abzudecken. Im Zentrum stand Leonie und tuschte sich vor dem Spiegel die Wimpern nach. »Wahnsinn, wie lang die sind!« Annika beobachtete ihre Mitschülerin neidisch. »Ich weiß nicht, wie du das machst.«

»Das ist die Wimperntusche. Die bestellt meine Mutter immer aus Frankreich. Du kannst sie ausprobieren, wenn du willst.« Während Annika sich mit Leonies Mascara die Wimpern tuschte, verdrehte Judith, das elfte Mädchen, die Augen.

Sie trug ihre Haare heute ausnahmsweise offen, so wie ihre Mutter Gunilla es gewollt hatte, und sie trug auch das Trachtenkleid und den Blumenkranz, aber man konnte ihr ansehen, dass sie sich damit nicht wohlfühlte. Ich weiß nicht, wie man Wimperntusche aufträgt, und Lippenstift sieht an mir albern aus, dachte sie, während sie die anderen weiterhin beobachtete. Und wie sie sich alle um Leonie scharen, was ist so toll an ihr? Nur weil ihr Vater reich ist? In der Klasse stichelte Leonie manchmal gegen sie, machte sich über ihre Begeisterung für Bücher lustig oder darüber, dass sie nie auf Partys ging. »Judith, die Brave«, nannte sie sie oft. Und natürlich gackerte dann Leonies alberner Hofstaat los. Wirklich – was fanden sie alle an ihr? Judith wünschte sich nach Hause, in ihr Bett, in Jogginghose und mit einem Buch. Aber nein, sie musste den ganzen Abend mit den anderen Mädchen in friesischer Tracht Kellnerin spielen. Warum hatte ihre Mutter nur darauf bestehen müssen?

Offensichtlich hatte sich Leonie nun genug im Spiegel betrachtet. Sie wandte sich um und lächelte den anderen zu. Ihre honigblonden Haare fielen wie ein glänzender Vorhang.

»Also, Mädels«, sagte sie geheimnisvoll, »ich habe die Einladungen dabei.« Kreischen folgte. Judith verdrehte ein zweites Mal die Augen. Leonies Geburtstagsparty war seit Tagen das Gesprächsthema in der Schule. Und natürlich würde sie, Judith, nicht eingeladen werden. Ich kann damit leben, dachte sie, wirklich – sehr gut sogar. Währenddessen zog Leonie aus ihrer Handtasche ein paar glitzernde Umschläge. Natürlich glitzerten sie, bei Leonie war alles mit Glitzer versehen – sogar ihr Nagellack schimmerte silbrig. Sie begann, die Umschläge zu verteilen, und die Mädchen bedankten sich überschwänglich. Sofort begannen sie zu besprechen, was sie anziehen würden, wer noch eingeladen war, welche Jungs wohl dabei wären ... Leonie stand zwischen ihnen allen und genoss lächelnd die Spekulationen. Schließlich kam sie auf Judith zu.

»Hier«, sagte sie lässig und reichte ihr den letzten Umschlag. »Du bist auch eingeladen. Nächste Woche Samstag.«

Judith starrte auf den glitzernden Umschlag. »Ist das ein Scherz?« Sie suchte in Leonies Augen nach irgendeiner Andeutung, dass sie sie nur ärgern wollte. Eine neue Stichelei, eines von Leonies Spielen.

»Nein.« Leonie zwinkerte ihr zu und lächelte. »An dem Abend bist du eben mal nicht um acht im Bett, verstanden?«

Dann drehte sie sich wieder zu den anderen und sie lachten über irgendetwas. Währenddessen stand Judith fassungslos mit dem glitzernden Umschlag in der Hand da.

In diesem Moment ging die Tür auf, Gunilla trat herein und klatschte in die Hände. »Mädchen, ich hoffe, ihr seid bereit. Die Gäste kommen.« Sie lächelte. »Oh, ihr seht alle fabelhaft aus. Los, los. Und vergesst nicht: Es soll ein Abend werden, den keiner vergisst!«

16. Januar 1362

Helga, die Dienstmagd, trug zwei Holzeimer zum Brunnen. Ihre groben Kleider waren im Laufe der Jahre mit einigen Flicken ausgebessert worden, das Kopftuch, das sie auf ihren Haaren trug, war schon lange nicht mehr weiß. Helgas Hände waren kalt und sie kam nur mühsam voran. Bei jedem Schritt sanken ihre klobigen Holzpantinen in den Matsch der vom Winterwetter aufgeweichten Gasse ein. Die Magd blieb einen Moment stehen und atmete die klirrende Januarluft ein. Vom Hafen her drangen die rauen Rufe der Matrosen, wahrscheinlich war gerade neue Ladung angekommen. Everbecks Hafen war ein Ort, an dem teuerste Stoffe und Gewürze verladen wurden. Helgas Dienstherr war damit reich geworden. Durch den Hafen und die Schiffe konnte er es sich leisten, Pelz zu tragen und feine Schuhe, und er musste nicht in Holzschuhen im Schlamm stecken und frieren. Helga seufzte. Der Priester in der Kirche sagte, jeder solle mit seinem Platz zufrieden sein. Aber gerecht erschien es ihr trotzdem nicht.

Die Magd ging weiter. Die Köchin wartete schließlich auf ihr Wasser und außerdem knurrte Helgas Magen. Ohne Wasser würde sich daran nichts ändern, also beeilte sie sich.

Als sie schließlich den Brunnen erreichte, war sie die Einzige auf dem kleinen Platz. Das war selten, im Sommer tummelten sich hier die Waschfrauen, die Frauen der Hafenarbeiter, Dienstmägde wie sie und die dreckigen kleinen Kinder der Fischer, die in den Gassen spielten. Jetzt aber war niemand da; offensichtlich war es allen anderen zu ungemütlich, um sich aus den Häusern zu wagen. Nur eine zerzauste schwarze Katze stolzierte über den Platz, strich um die Brunnenmauer, machte einen Buckel. Sie sah Helga mit ihren gelben Augen an und stieß ein klagendes Miauen aus. Helga schreckte zurück. Das Tier hatte etwas Unheimliches an sich. Hatte ihre Großmutter nicht immer gesagt, dass der Teufel sich manchmal als schwarze Katze verkleidete?

Helga scheuchte die Katze fort. Erst als das Tier verschwunden war, hängte sie den ersten ihrer beiden Eimer in die Winde des Brunnens und ließ ihn hinunter. Wie immer sah sie ihm nach, während er hinunter in die Tiefe verschwand. Dort unten, am Boden des Brunnens, schimmerte das Wasser. Es spiegelte den fahlen Winterhimmel und Helgas Kopf als dunkler Schatten, der sich über den Rand beugte. Fahl, dachte sie, heute ist der Himmel wirklich besonders fahl. Ein ganz merkwürdiges weißliches Grau. Wieder musste sie an den Priester denken. Der sagte, der Tod sei der fahle Reiter auf einem fahlen Pferd. Helga bekam eine Gänsehaut. Sie wusste nicht, ob es an der Katze, am seltsamen Himmel oder an ihrem leeren Magen lag – aber mit einem Mal hatte sie das Gefühl, dass Unheil heraufzog.

Kapitel 3

Der Altfriesische Abend war in vollem Gange. Die Terrasse des *Halligprinzen* war bis zum letzten Platz besetzt, an den Tischen mit der überbordenden rot-blau-goldenen Dekoration saßen die Gäste, lachten, unterhielten sich, tranken kühlen Weißwein und hörten der Band zu, die friesische Volkslieder spielte. Gunilla eilte mit strengem Gesicht umher und kontrollierte beständig, ob alles seine Richtigkeit hatte. Imma hingegen genoss das Fest in vollen Zügen; sie plauderte mit diesem und jenem und trug dabei ein merkwürdiges glänzend-wallendes Gewand und eine fantasievolle Krone auf dem Kopf, die sie trotz Gunillas Protest aufgesetzt hatte.

»Mama, was soll das denn sein?«, hatte Minke sie zur Begrüßung irritiert gefragt.

»Toll, oder? Die Idee hatte ich erst gestern Abend.« Imma strahlte und tippte sich an die Krone. »Ich bin Theudesinda, die Tochter des altfriesischen Königs Radbod. Die gab's wirklich.«

Sie war immerhin nicht die Einzige im Kostüm. Die als traditionelle Friesinnen verkleideten Mädchen hatten einen Extraapplaus geerntet, als sie mit Tabletts voller gefüllter Sektgläser zum ersten Mal auf der Terrasse erschienen waren.

Inzwischen hatten die Mädchen die Vorspeise – kalte friesische Buttermilchsuppe mit Holunder – serviert und auch wieder abgeräumt. Über der Hallig lag ein vanillefarbener Sommerabendhimmel, die Luft war warm, die Sonne versank gerade glutrot in der Nordsee und die letzten Vögel zwitscherten. Minke, die an einem Tisch mit David, ihrem Zwillingsbruder Bo, Lisa und der ständig abwesenden Imma saß, nippte zufrieden an ihrer Cola.

Sie suchte mit den Augen nach ihrer Mutter, die in ihrem Gewand leicht zu finden war; Imma hatte gerade am Ehrentisch bei dem Bürgermeister, seiner Frau Dörte, deren farbloser Cousine, dem alten Pfarrer und Professor Hein Platz genommen. Letzterer wirkte über seine Platzierung nicht besonders glücklich. Gerade redete Imma enthusiastisch auf den schwerhörigen Pfarrer ein, der freundlich dazu nickte. Professor Hein unterhielt sich währenddessen mit desinteressierter Miene mit Bürgermeister Mai. Vermutlich war er in Gedanken bei seinem gestohlenen Pferdchen oder wünschte sich zum Tisch seiner Studenten, die etwas abseits platziert worden waren. Minkes Augen wanderten weiter. Sie entdeckte eine Menge bekannter Gesichter. Am Tisch neben dem Salatbüfett saß Ruth, die Besitzerin des kleinen Halligladens, mit ihrem Mann Geert, der die winzige Bankfiliale auf Midsand führte und bekannterweise ein Spielproblem hatte, und Ruths Schwester Esther, die gerade eines der Mädchen anhielt, um etwas zu bestellen. Minke nahm ihr Glas und prostete zu dem Tisch hinüber; Ruth, Esther und Geert prosteten lachend zurück. Alle drei hatten tragende Rollen in Minkes erstem Fall gespielt; etwas, das sie seither miteinander verband.

Auch die beiden Verliebten an einem kleinen Zweiertisch unter dem Reetdachvorsprung des Gasthauses kannte Minke: Es waren Nadine und Arndt Frank, die jungen Bauern von der Frankwarft. Die beiden hielten Händchen und sahen sich tief in die Augen; Baby Mila hatten sie heute offensichtlich zu Hause gelassen. An Minkes Tisch hatten sich Lisa und Bo, der wie immer wie aus dem Ei gepellt im teuren Sommeranzug und Lederschuhen aufgekreuzt war, unterdessen in eine kulinarische Diskussion vertieft. Schnell hatten sie herausgefunden, dass das Kochen eine gemeinsame Leidenschaft war.

»Des kann ja net Ihr Ernscht sein, dass Sie in Rouladen keine Gurke reintun«, rief Lisa gerade. »Es isch doch gerade der Gurkengeschmack, der das Ganze frischer macht. Und außerdem isch es Tradition.«

»Ach was, Tradition«, gab Bo genauso leidenschaftlich zurück. »Wenn man immer nur alles macht, wie es die Tradition verlangt, kommt man keinen Schritt voran. Man muss experimentieren, neue Aromen miteinander kombinieren, mal etwas wagen.«

»Aber meine Oma ...«, fing Lisa wieder an.

»Ja natürlich, traditionelle Rouladen mit Senf und Gurken sind vielleicht auf irgendeinem Dorf auf der Schwäbischen Alb der Gipfel des Genusses«, unterbrach Bo sie ungeduldig, »aber wenn Sie einmal meine Rouladen mit Basilikumpesto, getrockneten Tomaten und Pinienkernen gegessen haben, gibt es garantiert auch für Sie kein Zurück mehr.«

»Meine Oma kommt aus Stuttgart«, sagte Lisa beleidigt.

Minke grinste. Diese Diskussion würde bestimmt noch ewig so weitergehen.

»Hast du Lust auf Tombola?«, fragte David neben ihr in diesem Moment. »Ich habe so das Gefühl, heute ziehe ich keine Niete.«

»Ich warne dich – es gibt wahrscheinlich nur Preise wie Blumentöpfe und Schnapspralinen.«

»Ach, dann gewinnen wir eben das.«

Gemeinsam schlenderten sie hinüber zu dem kleinen Zeltpavillon mit den aufgebauten Tombolatischen am Rand der Terrasse, schräg gegenüber der langsam vor sich hinschmelzenden überdimensionierten Eisskulptur. Vor der Lostrommel hatte sich eine kleine Schlange gebildet, in die Minke und David sich einreihten. Vor ihnen stand Nadine Frank. Minke begrüßte sie.

»Ein wahnsinnig schöner Abend, nicht wahr?«, schwärmte Nadine. »Ich bin froh, dass mein Mann mich überredet hat. Er hat Isabel als Babysitterin engagiert, die kann gut mit Mila. Unsere Kleine ist nämlich gar nicht so einfach, schläft nicht gut und ist eigentlich nur zufrieden, wenn sie auf dem Arm und mit von der Partie ist. Aber Isabel hat ein Händchen dafür.«

»Der Nächste bitte.« Die ältere Frau vom Halligverein, die über die Losziehung wachte, nickte auffordernd.

Als Minke und David an der Reihe waren, kauften sie fünf Lose und öffneten sie gleich an Ort und Stelle. Eines davon war tatsächlich ein Gewinn und die Frau überreichte David mit großer Geste einen Blumentopf mit rosa Alpenveilchen. Minke feixte.

»Ja, doch, du hast mich gewarnt.« David legte den freien Arm um Minkes Schulter, während er mit der anderen Hand den Blumentopf balancierte. »Na ja, vielleicht will deine Mutter ihn ja haben.«

Als sie an den Tisch zurückkamen, saß Imma tatsächlich an ihrem Platz. »Stellt euch vor, was ich eben drüben am Ehrentisch von dem Professor aufgeschnappt habe«, raunte sie Minke und David zu. »Er hat Everbeck gefunden. Das verlorene Everbeck, hier auf Midsand, stellt euch das mal vor!«

»Ja, ich weiß.« Minke bedeutete einer der Kellnerinnen, dass sie noch eine Cola haben wollte. Das Mädchen, es war Judith Petersen, nickte und verschwand.

»Woher denn?«, fragte ihre Mutter währenddessen enttäuscht.

»Ich war heute dienstlich bei den Archäologen, da hat er es mir erzählt.«

Imma riss die Augen auf. »Oh ja – wegen dem gestohlenen Bernsteinpferd, stimmt's?«

Minke seufzte. Ihre Mutter hatte ein natürliches Talent dafür, dass Leute ihr ihre Geheimnisse anvertrauten. Als Psychotherapeutin war das ein Vorteil.

»Was denn? Der Professor hat so etwas angedeutet. Ich wusste nicht, dass es ein Geheimnis ist«, verteidigte sich Imma.

»Macht nichts, morgen steht es sowieso in der Zeitung.«

Imma rückte näher. »Ein echter Diebstahl und das hier auf Midsand«, flüsterte sie genüsslich. »Erzähl mal, habt ihr denn schon etwas herausgefunden?«

»Nein.«

Imma verzog den Mund. Zu ihrem Leidwesen war Minke schon immer die Einzige gewesen, bei der ihr Talent kläglich versagte. Ihre Tochter war die Verschwiegenheit in Person. Judith kam und servierte die bestellte Cola.

»Aber überleg doch mal«, nahm Imma den Faden wieder auf, »das berühmte Everbeck auf Midsand! Die verschollene Stadt, das nordfriesische Atlantis. Das ist eine richtige Sensation! Das wird die Touristen anlocken ... Wir könnten ein Museum bauen. ›Halligmuseum Midsand‹. Oder nein, es muss natürlich Everbeck darin vorkommen. Vielleicht ›Everbeck-Museum Midsand‹ ... Ich könnte das Schild töpfern.« Imma war eine leidenschaftliche Hobbytöpferin, die auch mit ihren Patienten gerne an Ton herumwerkelte und regelmäßig gönnerhaft schiefe Vasen und undichte Kaffeebecher an ihre Familie verschenkte.

»Mama, guck mal, David hat ein Alpenveilchen gewonnen«, wechselte Minke das Thema. »Willst du es haben?«

»Nein«, sagte Imma unbeirrt. »Aber wenn er einen hübschen selbst getöpferten Blumentopf dafür braucht, habe ich ganz sicher einen.«

Nach dem Dessert, Friesentorte mit Sahne, spielte die Band zum Tanz auf und bald füllte sich die Tanzfläche mit Paaren. Die Dämmerung hatte sich über die Hallig gesenkt und die Lampions in Blau, Gold und Rot, die sich im Baum neben der Terrasse und unter dem Reetdach des *Halligprinzen* verteilten, kamen nun zur Geltung.

»Frau Kommissarin, darf ich bitten?«

»Hm?« Minke drehte sich um. Hinter ihr am Tisch stand Professor Hein und verbeugte sich. Er hatte die Arbeitshose und das staubige Hemd vom Vormittag gegen einen schnittigen Anzug getauscht. »Möchten Sie tanzen?«

»Ich tanze nicht.«

»Ach, kommen Sie. Jede Frau kann tanzen, wenn sie nur richtig geführt wird.«

Minke zog eine Augenbraue hoch. David musterte den groß gewachsenen Professor misstrauisch. Imma dagegen kicherte fröhlich und gab ihrer Tochter einen Schubs. »Da hat der Professor recht, Schatz. Und übrigens ist es nicht üblich, eine Aufforderung zum Tanz abzuschlagen – erst recht nicht von einem Professor, der gerade eine untergegangene Stadt gefunden hat.«

Minke seufzte und stand auf. »Einen Tanz. Und ich werde Ihnen vermutlich auf die Füße treten.«

»Das riskiere ich gerne.«

Auf der Tanzfläche schaffte es Professor Hein, scheinbar allein durch seine Präsenz, ihnen einen Weg freizuräumen. Dann streckte er Minke eine Hand hin und legte die andere um ihre Taille. Er begann, mit ihr zu tanzen. Tatsächlich konnte er es gut.

»Na, sehen Sie, es ist nur eine Frage der Führung«, stellte er zufrieden fest. »Und übrigens – Sie sehen sehr hübsch aus heute Abend.«

Minke prustete los. Sie sah genauso aus wie am Vormittag,

abgesehen davon, dass sie eine andere blaue Jeans und ein anderes verwaschenes T-Shirt trug. Ihre Mutter hatte sich die halbe Vorspeise lang darüber beklagt, dass sie sich nicht chick gemacht hatte.

»Wie sind Sie denn bisher in Ihren Ermittlungen zum Diebstahl weitergekommen?«, fragte der Professor ohne Überleitung. Im nächsten Moment drehte er Minke in einer Pirouette, dann zog er sie schwungvoll an sich.

»Interpol ist wegen des Diebstahls eingeschaltet«, sagte Minke und ging wieder auf Abstand.

Das brachte ihn tatsächlich aus dem Takt. »Wie bitte?«

»Ach, ist Ihnen das nicht recht?«

»Doch, natürlich. Ich hätte nur nicht damit gerechnet. Ich meine – Interpol, wow!« Er sah ihr tief in die Augen. »Ich glaube, da muss ich Sie zum Dank bald einmal zum Essen einladen.«

»Klar, wenn mein Freund mitkommen kann.«

Aus den Augenwinkeln sah Minke, dass David auf sie zukam. Sie nickte ihm unauffällig zu.

»Herr Professor, tut mir leid – die Dame ist versprochen.«

Minke grinste. Jeske Heins Miene dagegen wurde säuerlich. Widerwillig ließ er Minke los. Es war beinahe neun und die Band spielte jetzt einen langsamen Bluessong.

»Na komm, du weißt doch – jede Frau kann tanzen«, David zog Minke an sich. »Was wollte denn dieser Möchtegern-Indiana-Jones von dir?«, fragte er.

»Wahrscheinlich wollte er herausfinden, wie es mit den Ermittlungen zu seinem heiligen Bernsteinpferd weitergeht.«

»Und flirten wollte er nicht?«

»Doch, das auch.«

»Na ja, er sieht nicht schlecht aus«, bemerkte David.

»Ach, hast du Interesse?« Minke schmunzelte.

Sie tanzten eine Weile schweigend unter den bunten Lampions.

»Ich muss dir noch was erzählen«, murmelte er schließlich versöhnlich in Minkes Ohr.

»Wirklich? Was denn?«

»Rate mal, wer heute einen Käufer für den Deichgrafenhof gefunden hat?!«

Minke blieb stehen. »Nein!«, rief sie laut. Einige der Tanzpaare um sie herum sahen pikiert zu ihnen hinüber.

»Doch!« David lächelte.

»Und das sagst du erst jetzt?« Minke fiel ihm um den Hals. Schon seit Längerem versuchte David sein Elternhaus, einen der beiden Höfe auf der winzigen Nachbarhallig Nekpen, zu verkaufen. Er hatte wenig gute Erinnerungen an den großen Deichgrafenhof, in dem er aufgewachsen war, wie schon viele Generationen seiner Ahnen vor ihm.

»Ein Ehepaar aus Bremen will es haben. Sie sagen, sie suchen etwas Ruhiges.«

»Perfekt.« Minke küsste ihn. »Das freut mich für dich.«

»Freut es dich auch noch, wenn ich dir sage, dass ich sehr auf deine Mithilfe hoffe, den Dachboden dort auszuräumen? Und zwar schnell, denn die Käufer wollen diesen Monat schon kommen.«

Minke lachte. »Ja, auch dann noch.«

»Gut.«

Sie tanzten weiter. Minke lehnte ihren Kopf an Davids Schulter und schloss beim Tanzen die Augen. Als sie wieder aufsah, war der Stuhl des Professors am Ehrentisch leer.

Später, als es vollkommen dunkel geworden war, liefen die Mädchen in ihren Trachtenkleidern umher und entzündeten die vielen Fackeln, die den Warfthügel flackernd erleuchteten.

Imma schwebte in ihrem glitzernden Gewand nach vorne zur Band, redete kurz auf diese ein, woraufhin der Sänger sein Lied beendete und ihr das Mikrofon überließ. Für einen Moment war es still, man hörte die Glocken der Halligkirche drüben auf der Kirchwarft. Sie schlugen gerade Viertel nach zehn. Die ganze Terrasse sah erwartungsvoll zu Imma. Die ließ sich Zeit, ließ die Augen über die Menge der Gäste wandern, blieb mal da und mal dort hängen und schließlich, als die Spannung mit den Händen zu greifen war, sagte sie:

»Meine Lieben, nun kommt der Höhepunkt des Abends. Zuerst aber will ich mich bei allen bedanken, die dieses Fest möglich gemacht haben.« Sie lächelte. Gunilla schob sich mit verkniffenem Gesicht durch die Tür. »Ich danke dem ganzen Halligverein für die Organisation und Vorbereitung, und besonders Gunilla Petersen, die wirklich jedes Detail bedacht hat, und damit meine ich jedes.« Von irgendwoher zauberte Imma einen Blumenstrauß und überreichte ihn Gunilla, deren Lippen trotzdem nur unwesentlich weniger angespannt wirkten. »Unserem guten alten Tjark danke ich dafür, dass er mit seinen Helfern so köstlich für uns gekocht hat. Außerdem der Band, den Damen bei der Tombola, unseren schicken Kellnerinnen, und ...«, Imma machte eine geheimnisvolle Pause. »Und ich danke der Nordsee, die sich entschlossen hat, auch etwas zum Gelingen dieses wunderschönen Abends beizutragen. Viele von Ihnen haben sicher bemerkt, dass wir schon in den letzten Nächten ein bisschen Meeresleuchten hatten. Aber heute Abend ist es – und das kann ich Ihnen versichern, denn ich lebe schon mein ganzes Leben hier auf Midsand –, heute Abend ist es so ungewöhnlich kräftig und schön, so besonders und umwerfend, dass ich Sie unbedingt einladen will, sich diesen Anblick nicht entgehen zu lassen. Lassen Sie uns also alle gemeinsam hinunter ans Ufer gehen und dieses original nordfriesische Naturspektakel genießen.«

Begeistertes Raunen fuhr durch die Menge, als einer nach dem anderen von den Tischen aufstand.

»Na komm, wir gucken uns das auch an.« David griff nach Minkes Hand.

»Du meinst, wir betrachten mit den anderen wie fluoreszierende Mikroorganismen durch Biolumineszenz das Salzwasser zum Leuchten bringen?«

»Ja, genau das.« David schnitt eine Grimasse. »Tu mir einen Gefallen und lass die Meeresbiologin für die nächste halbe Stunde zu Hause – ich will das ganz romantisch mit dir angucken und mir vorstellen, dass der Klabautermann dahintersteckt.«

Tatsächlich war bald der ganze von Fackeln erleuchtete Warfthügel voller Menschen, die hinunter zum Ufer strebten. Minke entdeckte irgendwo im Fackelschein auch Bo, Imma und Lisa. Die Archäologen gingen als Gruppe und unterhielten sich aufgeregt miteinander.

»Meeresleuchten«, sagte eine Studentin mit kurzen Haaren gerade, als sie an Minke und David vorbeigingen, »das ist ja krass. Ich habe davon gehört, aber dass wir jetzt die Gelegenheit kriegen, es selbst zu sehen ...«

Der Professor war ebenfalls dabei. Er wirkte geistesabwesend. Die Flammen warfen geheimnisvolle Schatten.

Plötzlich gellte ein Schrei durch die Sommernacht. Es war ein so entsetzlicher, von Grauen erfüllter Schrei, dass alle an Ort und Stelle innehielten.

Minkes Herz klopfte. »Was war das?« Sie sah sich um.

David hob die Schultern. »Ich glaube, das kam vom Ufer.«

Ein zweiter Schrei folgte.

Minke rannte los, den steilen dunklen Pfad zum Meer hinunter, bis sie an der Halligkante angekommen war. Dort blieb sie wie angewurzelt stehen. Am Ufer lag etwas.

»Oh mein Gott!« Das war David hinter ihr. Minke gab ihm im Stillen recht. Es war ein Anblick wie aus einem bösen Märchen. Die überirdisch blau leuchtende Nordsee, die alte Frau, die geschrien hatte, stand dort und hatte die Hand vor den Mund geschlagen. Und in der strahlend blauen Brandung, die sanft an das Halligufer schlug, das Mädchen. Es lag in seinem bestickten Friesenkleid und einem Blumenkranz auf dem Kopf leblos da. Die seidig blonden Haare fielen wie ein Schleier hinunter und das Wasser umspülte den schlanken Körper. Eine schlafende Friesenprinzessin in der märchenhaft blau leuchtenden Nordsee. Aber die Friesenprinzessin schlief nicht. Tief in ihrer Brust steckte etwas mit einem blau-roten Griff und goldener Quaste.

16. Januar 1362

Der Mann, der an diesem Morgen in seinem Kontor saß und Zahlen in sein dickes, in Kalbsleder gebundenes Buch eintrug, hatte schon ein recht faltiges Gesicht, über das ab und an ein zufriedenes Lächeln huschte. Die Zahlen sahen so gut aus, wie sie es sollten – vielleicht sogar noch ein wenig besser. Die Gewürzlieferung über die Hanse war am Morgen eingetroffen, nur beste Ware. Sie würde ihm wieder einmal viele Gulden bringen, daran bestand kein Zweifel. Die Leute waren seit Jahren verrückt nach Gewürzen. Pfeffer, Muskatnuss, Nelken, Safran und Zimt kaufte jeder, der es sich leisten konnte. Dem Kaufmann stieg der Duft dieser Gewürze geradezu in die Nase, während er den Federkiel erneut in die schwarze Tinte tauchte und die letzten Zahlen eintrug. Ja, er hatte sein ganzes Leben lang gute Geschäfte gemacht. Und heute, das dachte er mit Stolz, heute würde er sein bestes abschließen. Das Geschäft seines Lebens, auf das er so lange hingearbeitet hatte. Ja, es hatte ihn einiges gekostet; der Bürgermeister der Stadt hatte eine unverschämt hohe Mitgift für Fricka verlangt. Aber das hatte er schon erwartet und diese Ausgabe lohnte sich allemal. Jeder gute Kaufmann wusste, dass man zuerst Geld ausgeben musste, um es später doppelt und dreifach zurückzubekommen. Das galt auch für die Ehe. Seine Tochter würde heute den Sohn des Bürgermeisters heiraten. Es war die perfekte Vermählung – Geld und Macht, schon immer ein Paar, das gut miteinander tanzte.

Und heute würden sie tanzen, auf der Hochzeit. Er hatte ein rauschendes Fest bezahlt, die Reichen der Stadt hatten sich um die Einladungen gerissen.

Und dann, ab morgen, würde er im Stadtrat sitzen. Diese Bedingung hatte er gestellt und der Bürgermeister hatte zugestimmt. Der Stadtrat, in dem laut Gesetz eigentlich nur gebürtige Everbecker sitzen durften. Er war in Rungholt geboren, über Jahrzehnte war ihm deswegen der Stadtrat verwehrt geblieben. Aber nun nicht mehr. Nun hatte er alles erreicht. Zufrieden lehnte er sich in seinem hohen Stuhl zurück und genoss für einen Moment dieses Gefühl. Ja, er war gut darin, Geschäfte zu machen.

Kapitel 4

Der überirdische Anblick der schlafenden Friesenprinzessin beim geheimnisvollen Meeresleuchten war verschwunden. Im grellen Licht des kleinen Strahlers, dessen Metallbeine sich in den weichen Uferboden gruben, sah alles so grässlich aus, wie es war – ein totes Mädchen am Halligufer, mit einem Eispickel in der Brust.

»Kennst du sie?«, fragte Bo, der sich gerade einen weißen Spurensicherungsanzug anzog, den er, wie auch den Strahler, aus seinem riesigen Notfallkoffer genommen hatte.

Minke nickte. »Das ist Leonie Schwarz. Pauls Nichte Isabel ist mit ihr befreundet.«

»Schwarz?«, wiederholte Bo. »Verwandt mit Stephan Schwarz?«

»Seine Tochter.«

Bo pfiff durch die Zähne. Der Name bürgte für Millionen. Stephan Schwarz war der erfolgreichste Bauunternehmer an der nordfriesischen Küste. In den letzten Jahren hatte er mehrere Hotels und Wohnkomplexe mit teuren Eigentumswohnungen gebaut, immer in bester Lage, die er zu horrenden Preisen verkaufte.

Minke sah ihrem Bruder dabei zu, wie er nun auch noch blaue

Plastiküberzieher auspackte und vorsichtig über seine handgenähten italienischen Schuhe zog.

»Warum hast du das eigentlich alles dabei?«, fragte sie. »Nimmst du die ganze Ausrüstung gewohnheitsmäßig mit auf Heimaturlaub?«

Bo murmelte etwas Unverständliches.

»Was hast du gesagt?«

»Das Kofferfutter ist gerissen.«

»Und?!«

»Und Mama kann es nähen.«

»Aaaaah.« Minke grinste. »Andere bringen die Bügelwäsche zu Mami – mein Bruder, der Rechtsmediziner, bringt den Obduktionskoffer.«

»Tja.« Bo ließ die Gummibündchen der Einmalhandschuhe an sein Handgelenk klatschen. »Aber nützlich ist er ja jetzt, oder?« Er kniete sich neben die Tote.

Leonie lag da, als sei sie vom Himmel gefallen, dachte Minke. Alle möglichen Fußspuren hatte die Brandung längst verwischt. Der lange Rock des bunt bestickten Trachtenkleids hatte sich mit Meerwasser vollgesogen und lag in schweren klatschnassen Falten ausgebreitet auf dem Uferboden. Der hübsche Blumenkranz auf den langen blonden Haaren wirkte plötzlich viel zu fröhlich. Neben Leonie lag ihre Handtasche, als hätte sie sie nur eben beiseitegelegt. Alles sah so friedlich aus – alles, außer dem Eispickel in Leonies Brust.

Bo machte sich an die Arbeit. Minke, er und Leonie waren allein am Ufer; Lisa hatte dafür gesorgt, dass die Gäste wieder nach oben auf die Terrasse gingen. Von dort war nun aufgeregtes Stimmengewirr zu hören. Hier unten am Meer war es dagegen fast totenstill. Nur das Geräusch der Brandung war zu hören und ab und zu Bos Murmeln. Minke beobachtete ihren Bruder dabei, wie er den toten Körper untersuchte. Er prüfte Leonies Haut, ihren Mund, ihre Fingernägel, maß die Temperatur.

»Und?«, fragte sie schließlich.

»Na ja.« Ihr Bruder richtete sich wieder auf und verstaute die Instrumente in seinem Koffer, wobei er penibel versuchte, zuvor den Sand zu entfernen. »Das Wasser verfälscht natürlich die Temperaturkurve.« Er sah auf seine blitzende Armbanduhr. »Es ist jetzt beinahe halb elf. Länger als eine Stunde ist sie auf keinen Fall tot. Davon abgesehen, scheint alles ziemlich klar zu sein.«

»Erstochen«, sagte Minke.

»Ja, und zwar auf perfekte Weise. Der Täter muss gleich beim ersten Mal das Herz erwischt haben.« Er zog die Handschuhe aus. »Alle anderen Details nach der Obduktion.«

»Nimmst du sie mit nach Kiel in eure Rechtsmedizin?«

»Oh Gott, nein«, Bo sah seine Schwester entsetzt an. »Ich habe Urlaub, noch die ganze Woche lang. Wenn ich im Institut auftauche, ist der doch sofort vorbei, so unterbesetzt, wie wir zurzeit sind.«

Minke zuckte die Achseln. »Okay, dann rufe ich deine Kollegen an.«

»Hm …« Bo klang nicht begeistert. »Im Moment ist nur Tobias da.«

»Na und?«

Bo schnitt eine Grimasse. »Der ist furchtbar schlecht. Vorletzte Woche hat er einen Erhängten als natürlichen Tod eingetragen. Glaub mir, das hat die Kleine da nicht verdient.« In ihm kämpften sichtlich widerstreitende Gefühle. Minke grinste in sich hinein. Sie kannte ihren Zwillingsbruder. Er hielt sich für den besten Rechtsmediziner von ganz Schleswig-Holstein und wahrscheinlich war er das auch. Niemals würde er es über sich bringen können, diesen Fall jemand anderem zu überlassen.

»Es gibt doch diesen alten Obduktionssaal bei euch in der Polizeistation«, begann er schließlich.

»Ja, aber den hat seit Jahrzehnten keiner mehr benutzt. Und eine Kühlung gibt es da auch nicht.«

»Das krieg ich schon hin.« Bo machte sich nun daran, auch die Schuhüberzieher abzustreifen. Minke streckte die Hand aus. »Kann ich mal deine Gummihandschuhe haben?«

Er reichte sie ihr. Minke zog sie über und ging vor Leonies Leiche in die Hocke. Sie griff nach der Handtasche, zog den Reißverschluss auf.

»Was machst du?«

»Ich suche nach ihrem Handy. Vielleicht bringt uns ja das schon mal weiter.« Minke schob die Hand in die Tasche und tastete. »Was zum ...« Überrascht starrte sie auf das, was sie stattdessen herauszog. Bo pfiff ein weiteres Mal durch die Zähne. »Nicht schlecht.« Im Schein des Flutlichts blickten die Geschwister auf ein grünes Geldbündel. Fünf Hunderter, zusammengeheftet und druckfrisch.

»Was hat das zu bedeuten?«, murmelte Minke.

»Da sie die Tochter von Stephan Schwarz ist – das Taschengeld der Woche?«, schlug Bo sarkastisch vor.

Minke steckte das Geld zurück in die Handtasche und tastete weiter. Ein Handy fand sie nicht. Suchend sah sie sich am Ufer um. Der Kegel von Bos Flutlicht reichte weit, aber nirgends war etwas anderes zu entdecken als Gras, weicher Uferboden und das Meer. Minke blickte auf das leuchtend blaue Wasser hinaus. Wenn das Handy in die Nordsee gefallen war, würde es beinahe unmöglich werden, es zu finden. Dann stutzte sie. Dort draußen auf dem Wasser bewegte sich ein Schatten.

»Da ist doch ein Boot!« Sie zeigte in Richtung des offenen

Meers. Bo kniff die Augen zusammen, dann nickte er. »Ziemlich weit draußen.«

»Aber es fährt genau parallel zum Ufer.«

»Das kann auch Zufall sein.«

Minke sah dem Boot nach. Plötzlich lief es ihr kalt den Rücken hinunter. Das tote Mädchen, das dunkle Boot dort draußen. Etwas Böses war heute Abend auf Midsand passiert, und vielleicht war es über das leuchtende Meer gekommen.

Auf der Terrasse und im Gasthaus des *Halligprinzen* herrschte Aufregung. Die Gäste redeten durcheinander, ein paar weinten, andere starrten nur schockiert vor sich hin.

»Grauenvoll!«

»Noch so jung.«

»So etwas passiert doch nicht hier bei uns!«

»Und ausgerechnet die Tochter von Stephan Schwarz«.

Lisa schnappte nur Satzfetzen auf, während sie sich einen Weg durch die Menge bahnte. Sie hatte eben per Lautsprecher darum gebeten, dass niemand die Terrasse verließ, bevor sie die Personalien aufgenommen hatte. Nun sah sie sich etwas unschlüssig um. Bei wem sollte sie anfangen? Schließlich entschied sie sich für die alte Frau, die die Tote entdeckt hatte. Frau Rosemann saß auf einem Stuhl am Rand und schien immer noch völlig durcheinander zu sein. Einige ältere Damen standen bei ihr. Lisa ging zu ihnen hinüber, stellte sich vor und schlug den Notizblock auf, den sie sich von Tjark aus der Küche geliehen hatte. Dann wandte sie sich an Frau Rosemann. »Sie haben die Tote gefunden, stimmt's?«

Die alte Dame nickte. »Ich habe eine schlimme Hüfte, wissen Sie – da bin ich nicht mehr so schnell. Aber ich liebe es, wenn das Meer leuchtet, schon seit ich ein kleines Mädchen war. Also hat

Imma mir Bescheid gesagt und ich bin schon früher los als alle anderen, damit ich rechtzeitig unten ankomme, ohne mich hetzen zu müssen.«

»Klar, des versteh ich. Meine Oma macht des ganz genauso.« Lisa lächelte ihr aufmunternd zu. »Sie sind also am Ufer angekommen, als sonscht noch keiner da war?!«

Frau Rosemann nickte und griff mit ihren Gold beringten Händen nach Lisas Hand. »Ich sehe bei Nacht nicht mehr so gut. Aber ich habe erkannt, dass dort etwas am Ufer liegt. Ich denke mir noch – was liegt denn da? Ich dachte schon, irgendjemand von den Badegästen … aber dann habe ich gesehen, dass …« Sie brach ab und wischte sich über die Augen. »Das arme Mädchen. Es lag einfach so da. Als würde es schlafen.«

»Und Sie haben niemanden gesehen? Also ich mein: Isch jemand außer Ihnen dort gewesen? Haben Sie vielleicht was gehört oder einen Schatten beobachtet?«

Frau Rosemann brauchte einen Moment, bis sie den Sinn der Frage begriff. »Oh Gott, Sie denken … der, der das gemacht hat, war noch dort? Eine schreckliche Vorstellung.« Sie schüttelte den Kopf. »Aber nein, ich habe niemanden gesehen. Da war keiner.« Lisas Blick wanderte zu Frau Rosemanns Brillengläsern. Sie waren so dick wie Gurkengläser. Für wirklich verlässlich hielt sie die Aussage nicht, aber es kam ihr unhöflich vor, darauf hinzuweisen.

»Haben Sie denn die Tote gekannt, Frau Rosemann«, fragte sie stattdessen.

»Na ja, ihren Vater, nicht wahr? Den kennt jeder.« Zustimmend murmelten die anderen Damen. »Der Name Schwarz ist in Jüstering ein Begriff. Aber das können Sie als Bayerin nicht wissen.«

»Schwäbin«, korrigierte Lisa.

»Aber das ist doch praktisch dasselbe, junge Frau.«

Als Nächstes sah Lisa sich nach den Mädchen um, die wie Leonie gekellnert hatten. Sie standen dicht gedrängt, immer noch in ihren Kostümen und mit den bunten Blumenkränzen auf den Köpfen, unter dem überstehenden Reetdach des *Halligprinzen* und erinnerten Lisa ein wenig an die Hühner im Garten ihrer Tante. Ein Mädchen stand allerdings abseits. Das Huhn am unteren Ende der Hackordnung, dachte Lisa unwillkürlich. Es war die Dunkelhaarige, die schon den ganzen Abend schlecht gelaunt gewirkt hatte.

»Hallo, Mädels, kann ich mal ganz kurz mit euch reden?« Acht Köpfe drehten sich zu ihr; ein paar hatten verweinte Augen. Die Dunkelhaarige starrte dagegen weiter nur vor sich hin. Lisa fragte nun jede nach ihrem Namen, ihrer Adresse und danach, woran sie sich im Zusammenhang mit Leonie an dem Abend noch erinnern konnte.

»Leonie war für den Ehrentisch zuständig, das war so abgesprochen«, sagte Raphaela, ein lautes Mädchen mit großem Mund. »Ich hatte die Tische viel weiter hinten auf der Terrasse, also habe ich sie kaum gesehen.«

»War sie nicht auch manchmal am Tisch der Archäologen?«, hielt ein Mädchen dagegen, die sich als Annika vorgestellt hatte. »Den hat sie sich mit Nina geteilt, stimmt's?«

Die Angesprochene, ein kleines, dralles Mädchen mit Zahnspange nickte. »Ja, weil ich noch so viele Tische hatte«, stöhnte sie. »Sorry, ich war wirklich so beschäftigt – keine Ahnung, wann wer wo war.«

»Okay, aber ihr wisst jedenfalls ganz sicher, dass sie am Ehrentisch bedient hat, ja?«, fragte Lisa geduldig.

Alle nickten.

»Klar, sie war ja auch Leonie Schwarz. Natürlich kriegt sie da den Ehrentisch, Mama hat ihr das schon vorab versprochen.« Das schlecht gelaunte Mädchen, das laut Lisas Liste Judith Petersen hieß, hatte bisher noch nichts gesagt.

»Und du warst deswegen sauer?«, hakte Lisa nach.

»Nein. Das interessiert mich sowieso alles nicht, dieser ganze Quatsch.« Sie kickte mit der Fußspitze gegen einen kleinen Kieselstein. »Ich wollte gar nicht hier sein.«

Lisa lächelte die anderen acht etwas unsicher an. »Gut. Könnt ihr euch denn vielleicht daran erinnern, ab wann die Leonie net mehr da war? Des würd uns wirklich unheimlich helfen, versteht ihr?«

Sie nickten. »Ich habe sie das letzte Mal gesehen, als der Tombola-Hauptpreis verlost wurde«, verkündete Raphaela zögernd. »Aber wie spät es da war, weiß ich nicht mehr.«

»Beim Fackelanzünden war sie jedenfalls nicht dabei«, fiel Annika ein.

»Und da habt ihr euch nicht gewundert?«

»Nein, ich dachte, sie wäre auf dem Klo. Nachschminken oder so. Oder telefonieren.« Annika stiegen die Tränen in die Augen. »Das war falsch, oder? Ich hätte nach ihr sehen müssen.«

»Du hasch keine Schuld«, beruhigte Lisa sie, »der, der ihr des angetan hat – der isch der Schuldige, okay?«

Annika nickte zaghaft.

»Und du?«, wandte Lisa sich nun direkt an Judith. »Wann hast du Leonie zuletzt gesehen?«

»Keine Ahnung«, brummte das Mädchen mürrisch.

»Ach so? Wart ihr denn nicht alle befreundet? Ihr seid doch in einer Klasse.«

Die anderen Mädchen stimmten sofort zu. »Klar, wir waren alle ihre Freundinnen, seit sie zu uns in die Klasse gekommen ist. Leonie ist wirklich cool.« Die Bewunderung war Raphaela anzuhören. »Heute, vor dem Abend, hat sie uns zu ihrem Geburtstag eingeladen. Das wäre sicher eine Wahnsinnsparty geworden.« Dann wandte sie sich wütend an Judith. »Du könntest ruhig mal ein bisschen netter über sie sprechen, sie hat dich schließlich auch eingeladen – wobei ich ehrlich gesagt nicht weiß, wieso.«

Judith funkelte zurück, blieb aber stumm.

Lisa zog weiter zum Ehrentisch. Die dort Anwesenden würden am ehesten sagen können, wann sie Leonie das letzte Mal gesehen hatten. Sie stellte erleichtert fest, dass beinahe alle, die an dem Tisch gesessen hatten, dort nun wieder Platz genommen hatten. Das Bürgermeisterehepaar Mai unterhielt sich, der Pfarrer nahm einen Schluck des Beruhigungsschnapses, den Tjark an alle ausgegeben hatte. Neben Dörte Mai saß eine Frau mittleren Alters und starrte vor sich hin; Lisa hatte sie schon einmal gesehen. Wenn sie sich richtig erinnerte, war sie Dörtes Cousine. Der Einzige, der am Tisch fehlte, war der Professor.

Lisa stellte sich vor. Noch bevor sie eine Frage stellen konnte, fiel ihr der Bürgermeister ins Wort. »Es ist, das kann man mit Fug und Recht sagen, eine wirkliche Tragödie, was heute Abend hier passiert ist«, verkündete er in dem Tonfall, den er gewöhnlich für Reden bei Vereinsfesten oder Eröffnungsfeiern benutzte. »Selbstverständlich wird ganz Jüstering in Gedanken bei der Familie und den Angehörigen sein und ich werde alles dafür tun, die Polizei bei ihren Ermittlungen zu unterstützen.«

»Ähm, ja, des isch lieb.« Lisa runzelte irritiert die Stirn. »Also mir wär es grad eine große Unterstützung, wenn Sie mir sagen könnten, wann die Leonie nimmer hier am Tisch bedient hat – also quasi, ab wann sie verschwunden ist.«

Der Bürgermeister stutzte. Hilfesuchend sah er zu seiner Frau. Dörte schürzte die geschminkten Lippen. »Ach du liebe Güte«, flötete sie. »Das ist aber eine schwierige Frage. Es war ja so viel los und da achtet man ja nie so recht auf die Bedienung. Oder ist dir etwas aufgefallen, Eida?«

»Nein. Leonie hat uns alle Gänge serviert«, erklärte ihre Cousine leise. »Danach habe ich sie nicht mehr gesehen.«

»Wir zwei waren dann sowieso auf der Tanzfläche.« Dörte nahm die Hand ihres Mannes. »Da haben wir nichts mitbekommen.«

»Kannten Sie die Leonie denn gut?«

»Nun ja, nicht direkt – aber mit ihren Eltern sind wir natürlich eng bekannt«, dröhnte der Bürgermeister selbstzufrieden. »Stephan Schwarz, der berühmteste Sohn unserer schönen Stadt. Wir sind stolz, dass er wieder hierhergezogen ist.«

»Eida kannte das Mädchen«, warf Dörte ein und stieß ihre Cousine an. »Du hast ihr doch Nachhilfe in Mathematik gegeben.«

Eida nickte. »Ich bin Mathematiklehrerin am Gymnasium. Leonie war zwar nicht in meiner Klasse, aber ich habe ihr Einzelnachhilfe am Nachmittag gegeben.«

»Oh – des isch ja interessant. Isch Ihnen vielleicht etwas Besonderes aufgefallen? War Leonie in letzter Zeit anders als sonst?«

»Nicht dass ich wüsste.«

»Ach ja, das Mädchen hat den Professor mit Namen begrüßt«, fiel dem Pfarrer ein. »Also kannte er sie auch. Wo ist er eigentlich?«

Lisa fand Jeske Hein bei seinen Studenten. Diese wiederum scharten sich um ein in Tränen aufgelöstes Mädchen mit rötlichem Pferdeschwanz mit sportlicher Figur und Sommersprossen. Lisa erkannte in ihr die Nichte von Minkes Vermieter, die auch schon am Morgen unter den Studenten gewesen war. »Hier, Isabel, trink einen Schluck Wasser.« Niels wandte sich gerade fürsorglich dem Mädchen zu und gab ihr ein gefülltes Glas in die Hand.

»Was isch denn mit ihr los?«, fragte Lisa eine Studentin mit Lippenpiercing, die ihr schon am Morgen aufgefallen war.

»Sie ist völlig fertig. Leonie war ihre beste Freundin«, antwortete diese.

Bei diesem Satz brach Isabel wieder in Tränen aus und verschüttete dabei den halben Inhalt des Wasserglases. Sie tat Lisa leid. Sanft nahm sie ihr das Glas aus der Hand und gab es Niels zurück, dann ging sie vor dem weinenden Mädchen in die Hocke.

»Sag mal, Isabel, warst du heute Abend auch hier?«

Sie schüttelte schluchzend den Kopf. »Ich war babysitten, drüben auf der Frankwarft. Bis um zehn – Arndt hatte mich gefragt, weil er und Nadine unbedingt hierher zum Fest wollten. Ich hatte aber mit Leonie ausgemacht, dass ich danach noch aufs Fest komme, wenn Arndt und Nadine wieder zurück sind.«

»Hast du Leonie denn noch hier irgendwo gesehen, als du ankamst?«

Isabel schüttelte wieder den Kopf.

»Das haben wir alle nicht«, sagte Niels. »Leonie hat hier bedient und dann, irgendwann – war sie weg.« Er biss sich auf die Lippen. »Glauben Sie, das hat alles miteinander zu tun, was heute hier auf der Hallig passiert ist? Zuerst der Diebstahl und jetzt dieser Mord?«

Damit sprach er aus, was Lisa selbst befürchtete. Zwei Verbrechen an einem Tag, auf einer Hallig, auf der sonst rein gar nichts passierte. Das konnte ihrer Ansicht nach kaum ein Zufall sein.

»Des wissen wir leider noch net«, verkündete sie trotzdem diplomatisch. »Wir werden aber in alle Richtungen ermitteln, des kann ich Ihnen versprechen.« Dann wandte sie sich an die übrigen Studenten. »Kannten Sie denn alle die Leonie?«

»Klar.« Das kam von der Studentin mit dem Piercing. »Isabel hat sie ab und zu mit zu den Grabungen gebracht. Aber es hat sie nicht so sehr interessiert, glaube ich.«

Isabel fuhr wütend auf. »Du hast doch gar keine Ahnung. Du kanntest sie kaum.«

Die Studentin sah betreten drein. Lisa hielt es für klüger, das Thema zu wechseln. »Kann sich denn jemand von Ihnen genauer daran erinnern, wann er Leonie zuletzt heute auf dem Fest gesehen hat?«

Alle schüttelten den Kopf. »Es war so viel los«, murmelte Niels. Lisa blickte zum Professor, der sich bisher im Hintergrund gehalten hatte. »Und was isch mit Ihnen?«

Professor Hein zuckte die Achseln. »Die Mädchen sahen doch alle ähnlich aus in ihren Kostümen. Da werden Sie es schwer haben, eine verlässliche Aussage zu kriegen.«

Lisa musste ihm leider recht geben.

»Und isch vielleicht einem von Ihnen jemand aufgefallen, der sich den Eispickel genommen hat?«, wagte sie trotzdem einen letzten Versuch.

Aber niemand hatte etwas gesehen.

Auch die Mitglieder des Halligvereins konnten nichts Wichtiges beitragen. »Ich soll wissen, wo Leonie wann war? Oder wer sich wann bei der Eisskulptur am Eingang herumgedrückt hat? Worauf soll ich denn noch alles achten? Es war ein sehr anstrengender Abend für mich!«, schnappte Gunilla auf Lisas Frage hin. »Vor allem deshalb, weil gewisse ...« – sie sah Imma vorwurfsvoll an –, » ... gewisse Mitverantwortliche lieber albern verkleidet herumgeschwirrt sind. Es blieb wieder einmal an mir hängen, alles zu kontrollieren. Also nein – ich hatte keine Zeit, auf jedes Mädchen einzeln zu achten.«

Imma, die neben Gunilla stand, verdrehte die Augen. »Ich

kann dir leider auch nicht helfen«, sagte sie und fügte spitz hinzu: »Wie du hörst, bin ich ja nur albern verkleidet herumgeschwirrt.«

Gunilla warf ihr einen bohrenden Blick zu.

»Ich weiß nur, dass ich Leonie einmal ein Tablett mit frisch gefüllten Sektgläsern gegeben habe«, fügte Imma unbeeindruckt hinzu. »Aber das war noch recht früh am Abend, kurz nach der Hauptspeise. Das wird euch leider kaum weiterhelfen.«

Tjark, der Wirt, sagte mehr oder weniger dasselbe, fasste sich dabei aber nordfriesisch kurz: »Nö.«

»Aber ist Ihnen vielleicht irgendetwas anderes aufgefallen, das uns weiterhelfen könnte?«

Ein Achselzucken. »War in der Küche. Krabbenpasteten machen sich nicht von allein.«

Nach und nach arbeitete Lisa sich weiter durch die Gästeliste, notierte jeden Namen und jede Adresse.

Schließlich landete sie bei Geert, dem Leiter der winzigen Halligbankfiliale. Der strich sich ratlos über die Stirnglatze und rückte sein kariertes Jackett zurecht.

»Ich weiß wirklich nicht, ob ich da weiterhelfen kann«, sagte er verlegen und grinste dann schuldbewusst. »Ich war den Großteil des Abends bei der Tombola.« Er unterbrach sich, denn in diesem Moment steuerte Ruth auf ihn zu. »Oh, da kommt meine Frau, hallo Liebling.«

Ruth lächelte, grüßte Lisa und zog ihre rosafarbene Strickjacke enger um sich. »Sind Minke und Bo noch unten bei dem Mädchen?«, fragte sie.

Lisa nickte.

»Schrecklich, einfach schrecklich. So jung.« Ruth biss sich auf die Lippen. In ihren Augen standen Tränen. »Leonie kam ab und zu mit Isabel zu mir in den Laden. Schokoriegel und Limo wollten sie immer haben; und einmal auch Wein, aber den habe ich ihnen natürlich nicht verkauft. Ich kann einfach nicht glauben, dass sie tot ist. Und dass irgendwo ein Verrückter hier auf unserer friedlichen Hallig herumläuft, der Mädchen ersticht.«

»Können Sie sich daran erinnern, wann Sie sie heute Abend zuletzt gesehen haben?« Eigentlich rechnete Lisa nicht mehr damit, dass irgendjemand diese Frage tatsächlich beantworten konnte. Aber zu ihrer Überraschung nickte Ruth.

»Oh ja, das weiß ich tatsächlich genau. Das war gleich nachdem die Friesentorte zum Dessert serviert wurde. In den Streuseln ist oft Zimt, und ich bin gegen Zimt allergisch, also bin ich zu Tjark in die Küche und habe nachgefragt, ob er welchen reingetan hat. Auf dem Weg dorthin ist mir Leonie begegnet, gar kein Zweifel. Ich habe ihr gesagt, dass ich eine neue Lieferung mit ihren liebsten Schokoriegeln erwarte.« Ruth verzog traurig den Mund. »Wenn ich daran denke, dass es das Letzte war, das ich zu ihr gesagt habe. Letzte Worte sollten doch eigentlich bedeutender sein, nicht wahr?«

»Aber Liebling, du konntest doch nicht wissen, was passiert.« Geert legte seinen Arm um ihre Schulter.

»Die Friesentorte …«, Lisa dachte nach, »die wurde etwa um halb zehn serviert, richtig?«

Ruth nickte. »Ja, ziemlich genau. Danach habe ich Leonie nirgends mehr gesehen, da bin ich mir sicher.«

Halb zehn. Lisa notierte sich die Uhrzeit sorgfältig in ihr Notizbuch und unterstrich sie dick. Endlich ein Anhaltspunkt.

• • •

Das Boot dümpelte inzwischen fünf Seemeilen von Midsand entfernt auf dem ruhigen nächtlichen Meer. Der Mann mit dunklem Bart, der über der Reling hing und das Treiben beobachtete, rauchte genüsslich eine Zigarette. Ein guter Abend – zuerst die Frau, dann der Fisch, dachte er. Die Nordsee unter dem funkelnden Sternenhimmel lag weit vor ihm, kein Boot außer seinem war unterwegs. Es war, als würde das Meer ihm gehören. Er mochte das.

Die beiden Halligen lagen hinter ihm; das kleine Nekpen war vollkommen dunkel, während auf Midsand die Lichter von der Terrasse des *Halligprinzen* bis zu ihm hinüberstrahlten. Er nahm einen tiefen Zug, stieß den Rauch aus und sah wieder auf das Meer. Mit den Augen glitt er weiter, immer weiter nach Norden. Dort irgendwo lag Schweden. Und im Westen kam England und dann nur noch der riesige Atlantik mit den haushohen Wellen und den tiefsten Tiefen. Er hatte die Gegensätze des Meeres immer geliebt.

Wieder schlug eine kleine Welle sanft an das Boot. In dem Moment, in dem sie mit dem harten Bootskörper in Berührung kam, leuchtete sie hellblau auf. Meeresleuchten, eines der vielen Geheimnisse der Nordsee. Er beobachtete, wie die nächste Welle kam und wieder aufleuchtete. In Nächten wie diesen dachte er an die Geschichten, die sein Großvater erzählt hatte, wenn sie zusammen auf dem Meer unterwegs waren. Von versunkenen Städten, von Schätzen auf dem Meeresgrund, von rätselhaften Wesen, die im tiefen Wasser lauerten. Er dachte an Ekke Nekkepen, den berühmten friesischen Meermann, der angeblich mit seiner Frau Rahn in der Nordsee lebte. Und an den Meermönch, von dem hatte sein Großvater am liebsten erzählt. Der Meermönch, halb Fisch, halb Mensch, der aus dem Wasser sprang und in den Wellen spielte, so lange, bis er die Menschen zu sich herangelockt hatte. Und dann griff er nach ihnen, zog sie unter Wasser und man sah sie nie wieder.

Der Mann nahm einen letzten Zug seiner Zigarette und

schaute wieder hinüber nach Midsand. Heute Nacht war eine Nacht für den Meermönch.

• • •

Das Meer leuchtete immer noch, als Minke mit dem kleinen, schnellen Polizeiboot in Richtung Jüsteringer Küste fuhr, aber nun konnte sie dem Spektakel nichts mehr abgewinnen. Sie schaltete in den höchsten Gang, brauste über das Wasser und sah zu der modernen Villa in der besten Strandlage von Jüstering hinüber, deren große Fenster jetzt das Mondlicht spiegelten. Die Villa der Familie Schwarz kannte jeder, ein modernes Kunstwerk, über das sich nicht alle in Jüstering gefreut hatten. In einem Zimmer im oberen Stock brannte Licht; eine zarte Gestalt ging dort auf und ab. Minke schluckte. Noch nie hatte sie Eltern sagen müssen, dass ihr Kind nicht mehr nach Hause kommen würde.

Erst als sie an Land war und durch den nächtlichen Garten, der eher wie ein Park wirkte, zum Haus ging, konnte sie ihre Beklemmung abschütteln. Sie klingelte; in dem großen Haus hallte eine melodische Glocke wider. Kurz blieb es still, dann öffnete sich die Haustür. Die Frau, die dort stand, war dieselbe, die Minke vom Boot aus gesehen hatte: eindeutig Leonies Mutter, mit ihren blonden Haaren, der guten Figur und der braun gebrannten Haut. So hätte Leonie wohl ausgesehen, wenn sie älter geworden wäre, schoss es Minke durch den Kopf. Die Frau trug einen nachtblauen Hausanzug, der teuer aussah und eigentlich zu warm für den lauen Abend war.

»Ja?«, fragte sie mit ausdruckslosem Gesicht. Minke zeigte ihren Ausweis. »Kommissarin Minke van Hoorn. Sie sind Frau Schwarz?«

Die Frau nickte. »Kristin Schwarz, ja.«

»Kann ich reinkommen? Ich muss mit Ihnen und Ihrem Mann sprechen.«

»Mein Mann ist nicht da, er ist noch im Büro – wie immer.« Sie klang frustriert.

»So spät noch?«

Kristin Schwarz zuckte nur die Schultern. Dann drehte sie sich um und ließ einfach die Haustür offen.

Minke folgte ihr ins Haus und sah sich um. Es war beinahe asketisch modern eingerichtet. Klare Formen, wenig Farbe, alles minimalistisch, viel Glas und weiße Wände. Die Lampe, die über dem lang gestreckten Esstisch hing, war sicher ein Designerstück. Auf dem Tisch stand eine überdimensionierte Kristallvase mit drei weißen langstieligen Rosen darin, daneben eine ungewöhnlich geformte Glaskaraffe mit Wasser.

»Möchten Sie auch?«, fragte Kristin und goss sich ein.

»Nein danke.«

Kristin setzte sich und trank in kleinen Schlucken. »Ich bin allein. Unsere Tochter ist bei dem Fest drüben auf Midsand.« Sie setzte das Glas ab. »Wir wären natürlich auch eingeladen gewesen, aber«, ihr Blick flackerte für einen Moment, »ich hatte Migräne und mein Mann, wie gesagt …« Sie ließ das Ende des Satzes in der Luft hängen und sah Minke an. »Geht es um ihn? Hat er jetzt endgültig den Bogen überspannt?«

»Was meinen Sie damit?«

Kristin antwortete nicht. Minke konnte es sich denken; es gab schon länger Gerüchte, dass Stephan Schwarz bei seinen Geschäften nicht gerade zimperlich vorging und alles dafür tat, an neue lukrative Grundstücke zu kommen.

»Könnten Sie Ihn bitte anrufen, damit er hierherkommt?«, fragte Minke nach einem Augenblick Schweigen. »Es wäre gut, wenn Sie beide hier wären.«

Erst in diesem Moment schien Kristin zu begreifen. Sie erstarrte und ließ ihr Wasserglas sinken. »Ist etwas mit Leonie?«

»Sie sollten wirklich Ihren Mann anrufen.«

Stephan Schwarz kam schneller, als Minke erwartet hatte. Ein schlanker Mann, dem man ansah, dass er viel arbeitete, sehr erfolgreich und sehr selbstbewusst war. Er hatte etwas Hartes an sich, dachte Minke.

Stephan Schwarz hielt sich nicht lange mit Begrüßungen auf. »Was soll das?«, blaffte er, kaum stand er in der Tür. »Was will die Polizei hier spät am Abend?«

»Ich glaube, es ist etwas mit Leonie.« Kristins Stimme klang erstickt. Seit sie mit ihrem Mann telefoniert hatte, hatte sie kein Wort mehr gesagt, keine Frage gestellt, nur noch in ihr Wasserglas gestarrt, als wollte sie gar nicht hören, was Minke zu sagen hatte.

Stephans Miene wurde sofort besorgt. »Stimmt das? Ist etwas mit meiner Tochter?«

Minke sagte, was sie zu sagen hatte.

Danach war es still im Haus. Man konnte die Uhr an der Wand ticken hören, draußen fuhr ein Auto vorbei. Kristin weinte stumm. Stephan stand einfach nur da.

»Erstochen?«, wiederholte er schließlich. »Nein, das kann nicht sein.«

»Es tut mir leid. Mehr wissen wir leider noch nicht. Möglicherweise gibt es einen Zusammenhang mit einem Diebstahl auf Midsand letzte Nacht und ...«

Stephan schüttelte den Kopf und strich sich durch das gut geschnittene, leicht ergraute Haar. »Nein, Sie verstehen nicht. Es kann einfach nicht sein, dass Leonie tot ist. Es ist doch alles schon geplant – sie wird nächsten Sommer ein sehr gutes Abitur machen, dann Bauingenieurwesen studieren wie ich ... Es kann einfach nicht sein.«

»Herr Schwarz ...«

Aber er redete einfach weiter, sich immer mehr in Rage. »Warum sollte ihr jemand etwas tun? Sie ist überall beliebt, ist Ihnen das eigentlich klar? Sehr beliebt! Das beliebteste Mädchen in der Schule und ...« Er begann, an seinem Hemdkragen zu zerren, als sei er plötzlich zu eng geworden. »Nein, niemand bringt so ein Mädchen um. Sie irren sich. Wer auch immer dort umgebracht wurde, es war niemals im Leben Leonie.«

»Möchten Sie sie sehen?«, fragte Minke. »Das wäre selbstverständlich möglich.«

Kristin sah zu ihrem Mann, der schüttelte nur vehement den Kopf. »Ich muss hier raus.« Er schrie es fast, zerrte noch mehr an seinem Kragen. »Und Sie – Sie bringen mir den, der das getan hat, und ...« Er ballte die Fäuste. Dann stürmte er zur Haustür. Einen Moment später fiel sie krachend ins Schloss. Minke machte Anstalten, ihm hinterherzugehen.

»Bitte, lassen Sie ihn«, hielt Kristin sie zurück und wischte sich die Tränen ab. »Seine – unsere – Welt ist gerade zusammengebrochen.« Sie stand steif auf und holte ein Taschentuch. »Leonie war sein Ein und Alles.« Kurz tupfte sie sich die Augen. Dann fragte sie: »Möchten Sie Leonies Zimmer sehen?«

Leonies Zimmer war riesig. Ein großes Himmelbett stand darin mit weißem Baldachin und Bettpfosten mit goldenen Kugeln als Abschluss.

»Das wollte sie unbedingt haben, so ein richtiges Prinzessinnenbett.« Kristins Stimme klang matt. »Und wie immer hat ihr Vater ihr den Wunsch erfüllt, genauso bei dem Fernseher dort drüben. Wenn es um die Schule geht, ist er furchtbar streng, will nur Einsen von ihr haben – aber ansonsten hat er sie schon immer nach Strich und Faden verwöhnt.«

Tatsächlich hing an der Wand gegenüber dem Bett ein großer Flachbildfernseher. Daneben war der Kleiderschrank, ebenfalls völlig überdimensioniert und vermutlich gut gefüllt.

Drei große Spiegel verteilten sich im Raum, an der Wand hinter dem Bett funkelten Lichterketten.

»Es ist sehr aufgeräumt«, bemerkte Minke. »So sah mein Zimmer nie aus, als ich siebzehn war.«

Kristin winkte müde ab. »Wir haben eine gute Putzfrau. Sie kommt alle zwei Tage.«

»Wann war sie denn zuletzt hier?«

»Gestern.«

Minke ging hinüber zu dem weiß lackierten Schreibtisch, der vor einem der hohen Sprossenfenster stand. Darauf lagen ein paar Hefte, Zettel, ein Mäppchen mit Filzstiften darin und ein paar Arbeitsblätter. Einige waren ausgefüllt, andere mit schwarzen Kreuzchen und einem wütenden Filzstift-Gesicht versehen.

»Sieht nicht aus, als wäre sie gerne in die Schule gegangen«, bemerkte sie.

»Na ja.« Kristin ging hinüber zum Bett und setzte sich vorsichtig darauf, als könnte etwas kaputtgehen. »Leonie macht nur, was ihr Spaß macht. Dänisch mag sie, das ist ihr Lieblingsfach. Aber in Mathe ist sie furchtbar schlecht, das ärgert Stephan sehr. Mathematik ist wichtig, sagt er immer. Er hat ihr deshalb unglaublich viel Nachhilfe aufgebrummt, da war er eisern.« Ihre Hände griffen nach einem weißen Plüschkissen und zupften daran herum. »Heute hatte sie auch Nachhilfe.«

Auf dem Schreibtisch lag außerdem ein Stapel glitzernder Umschläge. »Das sind die Einladungen zu ihrer Geburtstagsparty, von der mein Mann gesprochen hat. Sie wurden heute geliefert.« Kristin biss sich auf die Lippen.

Minke sah auf die Pinnwand, die über dem Schreibtisch hing. Leonie hatte eine Menge abgerissener Konzertkarten, Postkarten und Fotos dort angepinnt. Leonie lachend beim Jüsteringer Krabbenfest, eine riesige rosa Zuckerwatte in der Hand. Leonie im Urlaub, Leonie beim Eisessen, Leonie am Strand – immer umgeben von einer Schar bewundernder Freundinnen oder zu zweit mit Isabel. Nur ein Foto zeigte sie allein; in einem knappen Bikini auf einem Felsen im Meer. Sie warf wie ein Fotomodell die langen blonden Haare zurück und blickte verführerisch in die Kamera.

»Das war auf der Klassenfahrt in Schweden«, erklärte Kristin. »Dort hat es ihr gefallen, glaube ich.«

Minkes Blick wanderte weiter und blieb an dem Papierkorb unter dem Schreibtisch hängen. Die Putzfrau hatte ihn sicher gestern geleert, aber ein einzelnes zerschnittenes Blatt Papier lag darin. Das musste neu sein, erst heute hineingeworfen. Minke bückte sich und nahm es heraus. Verblüfft stellte sie fest, dass es ein Foto aus einer Zeitschrift war, offensichtlich eine Reportage über Robben. Fein säuberlich waren drei Robben ausgeschnitten worden. Die Silhouetten ihrer Körper waren noch zu erkennen.

»Wissen Sie, warum sie das gemacht hat?«, fragte Minke.

Kristin schüttelte den Kopf.

Minke steckte das zerschnittene Papier ein. »Hatte Leonie eigentlich ein Handy?«

»Natürlich – welcher Teenager hat denn keins? Es ist neu, mit einer rosa Glitzerhülle.«

»Wir haben kein Handy bei ihr gefunden.«

Kristin sah sie ratlos an.

»Dafür hatte Leonie fünfhundert Euro in Hunderterscheinen in der Handtasche – wissen Sie etwas darüber?«

»Nein. Sie hatte nie viel Bargeld bei sich, darauf habe ich geachtet.«

Minke ging zu der Kommode hinüber, auf der eine Sammlung von Parfümfläschchen stand. Sie nahm eines davon in die Hand, nahm den Verschluss ab und roch daran. Es roch schwer und süß.

»Können Sie mir sagen, wie Leonie heute ihren Tag verbracht hat?«

Kristin drückte das Plüschkissen an sich. »Morgens war sie in der Schule«, begann sie, »und dann bei der Nachhilfe – auch in der Schule, bei dieser Helgoländer Lehrerin. Ich komme nicht mehr auf den Namen.«

»Und danach?«

»Am Nachmittag war sie mit ihrem Vater drüben beim Strandhotel.« Kristin seufzte. »Leonie hatte sich in den Kopf gesetzt, ihre Geburtstagsparty an einem Privatstrand zu feiern. Sie wollten klären, ob das Hotel einen Strandteil für den Abend absperren kann. Stephan hat ihr das wie immer durchgehen lassen ...« Sie brach ab. »Entschuldigen Sie, das muss furchtbar klingen. Was bin ich für eine Mutter, jetzt so zu reden?« Sie machte eine Pause. »Jedenfalls war Leonie danach hier und hat sich im Garten gesonnt. Und später ist sie in die Stadt gefahren. Sie wollte Sushi essen gehen, mit diesem Jungen.«

Minke merkte auf. »Welcher Junge?«

Kristin zuckte die Achseln. »Ich weiß nur, dass er ein schnelles Mofa hat.« Sie lächelte traurig. »Das hat Leonie gefallen.«

»War er ihr Freund?«

»Vielleicht. Über so etwas hat sie nicht mit mir geredet.« Kurz schwieg sie, irgendeine Veränderung schien in ihr vorzugehen. Sachte legte sie das Plüschkissen neben sich auf das Prinzessinnenbett, dann stand sie geschmeidig auf und strich sich den Pullover glatt. »Entschuldigen Sie, aber ich glaube, ich wäre jetzt lieber allein.«

• • •

»Isabel?« Paul ging durch den Flur seines kleinen Hauses. Draußen lag die dunkle Sommernacht. Er hatte den ganzen Abend im Garten gesessen, die Ruhe genossen und gelesen. Er hatte keine Lust auf das Fest im *Halligprinzen* gehabt – er war zufrieden in seinem Garten, das Rauschen der Nordsee, das Schnurren von Minkes Kater Victor und das leise Säuseln des Nachtwinds im alten Pflaumenbaum im Ohr. Dann aber war Isabel nach Hause gekommen und war völlig aufgelöst zu ihm in den Garten gestürzt. Sie hatte so geweint, dass er zuerst kaum verstand, was sie sagte. Und wie immer, wenn Isabel weinte, war er selbst ganz traurig und erschrocken gewesen. Seine Nichte lebte bei ihm, seit ihre Eltern vor vielen Jahren bei einem Autounfall gestorben waren – und längst hatte er väterliche Gefühle für sie entwickelt. Sie war sein Ein und Alles.

»Oh Gott, Kind, was ist denn passiert?« Er hatte ihr ein wenig ungelenk den Rücken getätschelt.

»Leonie ist tot«, hatte sie an seiner Schulter geschluchzt. »Tot, tot, tot.« Paul war überfordert gewesen. Alles, was ihm eingefallen war, war, ihr weiter den Rücken zu tätscheln und »Na, na, na« zu murmeln, wie früher, als sie noch ein kleines Mädchen gewesen war. Es hatte gedauert, bis Isabel erzählen konnte, was passiert war.

»Ich habe es irgendwie immer geahnt«, hatte er anschließend gemurmelt, ohne nachzudenken – natürlich hätte er sich sofort dafür ohrfeigen können.

»Wie meinst du das?« Isabel hatte ihn verweint angesehen.

»Na ja, Leonie war ...«, stotterte er. »... irgendwie schwierig. Nicht der beste Umgang für dich. So ganz anders als du.«

»Sie war meine beste Freundin!« Isabel hatte sich wütend von ihm losgemacht.

Er hob hilflos die Arme. »Isabel ...«

Aber da hatte sich seine Nichte schon umgedreht, war ins Haus und in ihr Zimmer gerannt und hatte dort die Tür hinter sich mit einem Knall zugeschlagen.

Lange hatte sie dann hinter der Tür weiter geschluchzt, aber nun war alles still und er wollte nach ihr sehen.

»Isabel?«, fragte er wieder und klopfte sacht an. In der anderen Hand balancierte er eine dampfende Tasse. Eigentlich war die Nacht zu warm für Tee, aber er kannte kein besseres Rezept, um die Nerven zu beruhigen, als eine Tasse Tee mit einem ordentlichen Schuss Rum darin. Seefahrermedizin hatte seine Mutter das immer genannt. »Isabel?« Immer noch blieb es still.

Besorgt öffnete er die Tür. Im Zimmer brannte nur die kleine Nachttischlampe; Isabel lag auf dem Bett, blass im Gesicht und war erschöpft eingeschlafen. Paul schlich zu ihr hinüber und stellte die Tasse auf den Nachttisch. Der Duft nach Rum erfüllte die Luft.

»Na ja, schlaf erst mal«, flüsterte er. »Morgen sieht alles schon ganz anders aus.« Aber er wusste, dass das nicht stimmte. Tote kehrten nun einmal nicht zurück – Isabel hatte das schon einmal in ihrem Leben schmerzlich erfahren.

16. Januar 1362

Der Torf war kalt und schwer. Die Männer stachen ihn in großen Stücken ab; es war eine schmutzige, anstrengende Arbeit. Noch anstrengender und schmutziger war es nur, die Stücke zum Pferdewagen zu schleppen, der am Rand des Torffeldes stand. Die beiden schweren Kaltblüter, die dort eingespannt waren, schnaubten ab und an und entließen dabei dichten, warmen Atemdampf in die klirrend kalte Januarluft. Wenn der Wagen voll beladen war, stieg einer der Männer auf den Bock und fuhr hinüber zu dem Unterstand, wo es den ganzen Tag qualmte. Dort wurde der Torf getrocknet, zerkleinert und mit Salzwasser in flachen Pfannen verbrannt. Der Qualm war beißend; er stieg einem in die Nase, füllte die Lungen, setzte sich in jedes Haar und in jede Faser der Kleider ab. Der Torf musste brennen, bis nur noch Asche und Salz übrig waren. Salz, das weiße Gold, das Everbeck so reich machte.

Der Kutscher sprang ab und begann, den Torf auszuladen. Er beneidete die Männer an den Feuern, denn sie konnten sich wenigstens wärmen. In Gedanken versunken bemerkte er gar nicht die Scharen von Krähen, die sich auf dem Torffeld sammelten und auf den kahlen Zweigen der Bäume saßen. Solche Scharen waren selten, nein, eigentlich hatte es sie sogar noch nie gegeben. Einem aufmerksameren Mann wären sie aufgefallen. Aber der Kutscher sah nur das Feuer und freute sich auf die Wärme, bevor er wieder in den kalten Torf musste.

Kapitel 5

Gunilla hatte in der Nacht schlecht geschlafen. Ständig war sie aus wirren Träumen aufgeschreckt, umgeben von Mädchen in Friesentracht, die um sie herumtanzten, schneller und schneller und schneller. Und sie hörte ein Lachen im Traum, ein gehässiges Lachen, das sich zu einem Crescendo steigerte, bis sie davon aufwachte. Ihr Mann neben ihr schlief, während sie in die Dunkelheit starrte und keine Ruhe fand. Gegen halb fünf gab Gunilla endgültig auf. Sie erhob sich leise, griff nach ihrem Morgenmantel, zog ihn an und knotete ihn ordentlich an der Taille zusammen. Dann schlich sie aus dem Schlafzimmer, vorbei an Judiths verschlossener Tür, die Treppe hinunter in die Küche. Der Boden unter ihren Füßen fühlte sich kühl an von der Nacht, und das verjagte endgültig die letzten Traumbilder.

In der Küche angekommen, fiel ihr Blick auf die Kiste voller frisch gepflückter Pflaumen. Sie hatte sie heute Nachmittag zu Pflaumenmus einkochen wollen, aber nun, da sie schon einmal wach war, konnte sie genauso gut jetzt schon damit anfangen. Während sie begann, mit einem spitzen Messer eine sattviolette samtige Pflaume nach der anderen zu halbieren, zu entsteinen und in Stücke zu schneiden, sah sie aus dem Küchenfenster hinaus. Die ganze Hallig schien noch zu schlafen. Draußen auf dem Meer herrschte Ebbe, das Watt lag still da. Der Horizont glühte rosafarben – auch heute würde es wieder ein strahlender, brütend heißer Sommertag werden. Die schöne ruhige Morgenstimmung ließ das, was gestern auf Midsand passiert war, nur noch wie einen bösen Traum erscheinen, dachte Gunilla. Aber es war kein Traum gewesen. Und sie musste eine Lösung finden.

In der nächsten halben Stunde schnitt sie die restlichen Pflaumen, mischte sie in einer großen Schüssel mit Vanille und Zimt und versuchte anschließend, die gelbbraunen Flecken, die der Pflaumensaft auf ihren Händen hinterlassen hatte, wegzuwaschen. Und währenddessen dachte sie nach.

Dann horchte sie, ob es im Haus immer noch still war. Ja, ihr Mann und Judith schliefen weiterhin tief und fest. Gunilla huschte in den Flur, öffnete den Schuhschrank und nahm eine kleine Plastiktüte heraus. Sie hatte sie gestern auf die Schnelle versteckt, aber dort konnte sie nicht bleiben. Mit der Tüte in der Hand ging sie auf Zehenspitzen hinunter in den Keller. Wohltuende Kühle umfing sie. Links ging es in den Getränkekeller, geradeaus in die Werkstatt ihres Mannes, die vollgestopft war mit Schraubenziehern, Sägen und Sägeböcken, die er doch nie benutzte. Rechts war Gunillas Reich. Sie öffnete die Tür. Der Vorratsraum begrüßte sie mit ausgeklügelter Ordnung. Jedes der Regale war voll mit Gläsern, Kisten und Tüten, alles ordentlich angeordnet, beschriftet und sortiert. Sogar ihr Sauerkraut stampfte Gunilla selbst, und in jedem Jahr setzte sie Rumfrüchte an. Den Topf, den sie dazu gewöhnlich benutzte, nahm sie jetzt aus dem Regal; ein schwerer irdener Rumtopf, bemalt mit Früchten, den sie zu ihrer Hochzeit geschenkt bekommen hatte. Bald würde sie darin die Früchte ansetzen, aber noch war er leer. Gunilla versenkte die Tüte im Rumtopf, dann verschloss sie ihn mit dem schweren Deckel, auf dem rot glasierte Erdbeeren prangten, und hievte ihn zurück ins Regal. Zur Sicherheit stellte sie ein paar Gurkengläser davor. Nein, niemand würde dieses Versteck finden. Sie war mit ihrer Lösung zufrieden – zumindest vorübergehend.

• • •

Auch Minke hatte schlecht geschlafen. Als sie aufwachte, kamen erst nach und nach die Erinnerungen an gestern zurück. Was für ein Tag – zuerst der Diebstahl bei den Archäologen und dann das erstochene Mädchen am nächtlichen Halligufer. Bis gestern hatte sie den ganzen Sommer über keinen wirklichen Fall gehabt, nun hatte sie zwei. Minke ließ sich wieder in ihr Kissen zurückfallen und wartete, bis sich ihre Gedanken sortiert hatten. Dann stand sie auf, schlüpfte in Jeans und T-Shirt, putzte die Zähne, band ihre Haare zu ihrem üblichen Pferdeschwanz, schüttete Victor sein Frühstück in den Katzennapf und ging die Treppe hinunter zur Haustür.

»Moin, gehst du heute schon so früh ins Büro?«

Im Halbdunkel des Flurs stand Paul vor seiner Wohnungstür, in einem grotesken gelben Bademantel mit roten Punkten, und hatte die Zeitung unterm Arm. Seine grauen Haare standen wie immer in alle Richtungen ab, die Füße steckten in den löchrigen Pantoffeln, die für ihn unverzichtbar waren.

»Ja, ich – na ja, Leonie«, sagte Minke etwas kryptisch.

Paul verstand trotzdem. Er nickte. »Isabel war gestern völlig aufgelöst, als sie nach Hause kam«, sagte er. »Und dann hab ich auch noch was Blödes gesagt ...«

»Was denn?« Minke ahnte Schlimmes, Paul war ein Geschichtsgenie, aber oft völlig unbeholfen, was den Umgang mit Menschen anging. Auch wenn er bei seiner Nichte da gewöhnlich eine Ausnahme machte.

»Na ja, ich habe gesagt, dass Leonie nicht der beste Umgang für sie war.«

»Paul!«

»Aber es stimmt doch«, verteidigte Paul sich, »seit Leonie auf der Bildfläche aufgetaucht ist, hat Isabel sich zu allem möglichen Quatsch überreden lassen. Ich ... na ja, ich mochte dieses Mädchen einfach nicht. Sie hatte so etwas Unverfrorenes an sich.« Paul kratzte sich am Kopf. Seine Haare standen dadurch nun noch mehr ab. »Jedenfalls ist sie gleich böse geworden. Hat sich in ihrem Zimmer verbarrikadiert und sich in den Schlaf geheult. Darum dachte ich, ich mache ihr ein schönes Frühstück mit ordentlich Rührei und dann teilen wir uns die Zeitung, das mag sie ja und – oh«, er sah auf die Titelseite des *Jüsteringer Stadtanzeigers*. »Na ja, vielleicht doch lieber nicht.«

Minkes Zeugenaufruf für den Diebstahl im Archäologencamp war zu einer kleineren Schlagzeile weiter unten degradiert geworden. Der Großteil der Titelseite war nun bedeckt von der fett gedruckten Zeile:

»Mädchenmord auf Midsand – Horror auf der Hallig.«

Darunter war ein Foto des Uferabschnitts gedruckt, an dem die Leiche gestern gelegen hatte, daneben ein Bild von der lebendigen, lächelnden Leonie.

»Horror auf der Hallig?«, wiederholte Minke. »Was ist denn mit Kalle los?«

»Na ja, das verkauft sich bestimmt gut.« Paul faltete die Zeitung schnell wieder zusammen. »Isabel sollte das besser nicht sehen.«

»Nein, besser nicht.« Minke verabschiedete sich. Es war Ebbe – sie hatte einen Fußmarsch über das Watt nach Jüstering vor sich und ihr Gefühl sagte ihr, dass dieser Tag lang werden würde.

Als Minke in Jüstering ankam, war die Stadt noch völlig verschlafen. Sie ging durch die leeren Gassen, als plötzlich eine Frau mit krausen blondierten Haaren und paillettenbesetzter Hose auf sie zukam. Sie hielt einen Fotoapparat in der Hand und knipste damit unaufhörlich in Minkes Richtung.

»Gabi – hör auf mit dem Quatsch. Was soll denn das?«

Gabi, die Fotografin des *Jüsteringer Stadtanzeigers*, ließ ihre Kamera sinken.

»Minke, komm schon. Du weißt – das Sommerloch war schrecklich. Wir hatten überhaupt nichts zu schreiben. Und nun plötzlich ein Diebstahl und ein Mord! Ein totes Mädchen, schrecklich. Der Fall Leonie wird uns die nächsten Tage sicher alle beschäftigen und die Leute wollen davon lesen.« Gabi hob wieder den Apparat. »Und irgendein Foto brauchen wir dafür eben.«

»Von mir gibt's keine Bilder und so etwas wie ›Horror Hallig‹ will ich nicht mehr lesen.«

Gabi kam näher. Wie immer trug sie hellblauen Lidschatten wie in den Neunzigern.

»Ach komm, nur noch ein kleines Statement. Wie fühlt es sich an, verantwortliche Kommissarin in so einem aufsehenerregenden Mordfall zu sein? Ein Mädchenmord – und dann ist das Opfer auch noch Leonie Schwarz!«

Minke ignorierte Gabi und ging mit schnellen Schritten weiter. Dank ihrer langen Beine hatte sie bald beträchtlichen Vorsprung.

»Minke, du kannst der Presse doch nicht einfach davonlaufen! Die Leute möchten informiert werden.«

Aber Minke drehte sich nicht mehr um.

Die Tür der Polizeistation war offen, trotz der frühen Uhrzeit. Minke stutzte. Vorsichtig trat sie ein.

»Hallo?«

»Tssss, sag mal, kommst du immer so spät?« Bos Kopf tauchte durch die Tür zur Kaffeeküche auf. Er grinste. Minke atmete aus.

»Es ist kurz nach sieben.« Sie warf ihre Tasche auf den Aktenschrank im Flur und den Schlüssel klirrend hinterher. »Wie kommst du überhaupt hier rein?«

»Mama hat mir den Ersatzschlüssel gegeben, den du bei ihr deponiert hast.«

»Den ich nie wieder bei ihr deponieren werde, meinst du.« Minke sah ihren Bruder misstrauisch an. »Also, was machst du hier?«

»Wir haben doch gestern ausgemacht, dass ich den alten Obduktionsraum benutze.«

Minke starrte ihn an. »Ehrlich gesagt hab ich damit gerechnet, dass du rechtzeitig merkst, was für eine absurde Idee das ist, Leonie doch nach Kiel bringst und dort obduzierst.«

»Nö.« Er nippte an einer Kaffeetasse und streckte Minke ebenfalls eine entgegen. »Wie gesagt: Ich habe Urlaub. Sobald ich dort auftauche, ist der ganz sicher vorbei. Da ist es mir sogar lieber hierzubleiben, und du weißt – das will etwas heißen.« Er nippte noch einmal. »Außerdem ist es bei der Hitze sowieso nicht optimal, eine Leiche quer durch Schleswig-Holstein zu transportieren. Laien wissen das nicht, aber schon ein oder zwei Stunden in etwas zu hoher Temperatur können die Ergebnisse beeinträchtigen.« Er stellte die Kaffeetasse ab. »Komm mit und schau. Übrigens, deine schwäbische Perle ist auch schon da.«

Bo ging voran, die steile Kellertreppe hinunter, in den Bauch des alten Fischhändlerhauses. Links zweigte eine schwere Metalltür zum Polizeiarchiv ab, rechts lag der alte Obduktionsraum, der in den letzten Jahrzehnten als Abstellkammer gedient hatte. Jetzt stapelten sich die Kisten und alten Büromöbel im Gang davor.

»Das hast du alles gestern Nacht allein ausgeräumt?«

»Natürlich. Denkst du, ich bin so pietätlos und obduziere das Mädchen zwischen Gerümpel?«

»Ja, dein Bruder isch echt ein Ackergaul.« Lisa tauchte zwischen den hohen Kistenstapeln auf. »Bei uns auf der Alb würd man sagen, der schafft wie ein Brunnenputzer.«

Minke grinste ihren Bruder süffisant an. »Ackergaul«, wiederholte sie. »Richtig passend für dich. Ein Ackergaul mit Rolex.«

Bo überging das Gestichel und winkte sie weiter, hinein in den alten Obduktionssaal. Tatsächlich war der Kellerraum mit dem alten Gewölbe kaum noch wiederzuerkennen. Der Obduktionstisch war frisch geputzt und der Edelstahl blitzte sauber, die altmodischen Möbel aus den Siebzigerjahren waren alle freigeräumt und abgewischt worden; der Inhalt von Bos Obduktionskoffer lag dort verteilt.

»Aber die ...«, begann Minke und drehte sich zu ihrem Bruder.

»Die Kühlung, wolltest du fragen? Ja, ich weiß, es gibt keine. Aber auch dafür hab ich auf die Schnelle eine Lösung gefunden. Erinnerst du dich noch an Bütt, den Fischer?«

Minke nickte. Fischer Bütt, der einzige übrig gebliebene Berufsfischer von Jüstering, war der raueste und unfreundlichste Mensch, den sie kannte.

»Er wird gleich viel netter, wenn man ihm Geld anbietet. Ich hab ihm gesagt, ich brauche eine Kühltruhe, und er hat sie mir sofort hierhergeliefert, ohne Fragen zu stellen.« Er unterbrach sich. »Was guckst du denn so?«

»Das ist nicht dein Ernst, dass du ein totes Mädchen in eine Fischkühltruhe legst.«

»Aber die ist ganz neutral«, verteidigte Bo sich. »Darauf habe ich geachtet. Kein Aufdruck oder so. Und sie riecht auch überhaupt nicht nach Fisch.«

»Da hat er recht«, mischte sich Lisa aus dem Hintergrund ein. »Sogar mein feines Näsle riecht da nix.«

Minke sah von einem zum anderen. Dann seufzte sie. Sie wusste, dass Bo mit Abstand der beste Rechtsmediziner war, den sie Leonie und ihren Eltern bieten konnte. Eine Fischerei-Kühltruhe war da wohl das kleinere Übel.

»Aber falls die Eltern Leonie doch noch einmal sehen wollen ...«

Bo hob die Hände. »Dann erwähne ich die Kühltruhe und woher sie kommt mit keinem Wort.«

»Na schön.« Minke trat an den Obduktionstisch, auf dem der Körper lag, bedeckt mit sterilem grünem OP-Tuch. Eine einzelne glänzend blonde Strähne schaute darunter hervor.

»Also, was hast du für uns?«, fragte sie.

Bo nahm das Tuch ab, so weit, dass Leonies Gesicht und ihr Oberkörper zu sehen waren. Sie sieht immer noch aus, als würde sie schlafen, dachte Minke. Leonies fein geschnittenes Gesicht und ihre langen Wimpern ließen sie feminin und hübsch aussehen, selbst jetzt.

Bo räusperte sich. »Gut, eins gleich vorweg – ich habe getan, was ich in der kurzen Zeit und unter diesen erschwerten Bedingungen tun konnte. Einiges muss ich erst nach Kiel ins Labor schicken, aber ein paar Erkenntnisse habe ich trotzdem jetzt schon für euch.« Er machte eine Kunstpause. »Zuallererst, und das ist nichts Neues: Sie wurde erstochen. Ein einziger glatter Einstich mit dem Eispickel.« Er deutete mit seinem behandschuhten Finger auf die kleine rotgeränderte Wunde auf Leonies Brust. »Der Stich hat eine sogenannte Herzbeuteltamponade ausgelöst. Das bedeutet, dass sich der Herzbeutel mit Flüssigkeit, in diesem Fall Blut, füllt. Das Herz wird dadurch mechanisch immer mehr daran gehindert, seine notwendigen Pumpbewegungen zu machen, und bleibt stehen – um es einfach auszudrücken.«

»Das heißt, es ging schnell?«

»In diesem Fall sogar sehr schnell. Okay, Kaiserin Sisi hat mit einer Herzbeuteltamponade noch ein Schiff bestiegen, bevor sie zusammenbrach, aber das war hier ganz sicher nicht der Fall. Bei dieser Art der Tamponade muss sich der Herzbeutel sehr rasch gefüllt haben. Wir reden eher von vielleicht einer oder zwei Minuten bis zum Tod, und den Großteil dieser Zeit war sie schon nicht mehr bei Bewusstsein.«

»Ach, darum hat sie auch niemand schreien g'hört«, murmelte Lisa. »Wie schrecklich, sie hatte gar keine Chance.«

»Nein, wahrscheinlich hat sie gar nicht recht begriffen, wie ihr geschah.« Bo machte eine ausholende Bewegung, um pantomimisch die Bewegung des Mörders nachzuahmen. »Vom Winkel abgeleitet, war der Mörder größer als Leonie und ziemlich sicher Rechtshänder.«

»Das trifft wahrscheinlich auf die meisten Männer zu ...« Minke sah nachdenklich auf das tote Mädchen hinunter. »Das schränkt es also nicht besonders ein.«

»Der Täter kam natürlich von vorne«, fuhr Bo fort, »und er muss bei der Tat dicht vor ihr gestanden haben. Das heißt, dass sie ihn entweder kannte oder alles so schnell ging, dass sie keine Zeit zum Reagieren hatte.«

»Oder beides.«

Lisa beugte sich vor: »Braucht man denn eigentlich dazu viel Kraft? Ich meine, für so einen Stoß?«

»Sie meinen, ob das ein Mann oder eine Frau war?«, fragte Bo. »Schwer zu sagen. Der Eispickel war scharf, also braucht man nicht allzu viel Kraft. Courage braucht man dafür eher. Der Mörder konnte nicht zögern, es sich nicht noch einmal überlegen. Er hat ausgeholt und zugestochen, ein einziges Mal und ohne Zaudern.« Bo machte eine Pause. »Vielleicht sucht ihr jemanden, der anatomische Grundkenntnisse hat. Oder es war einfach nur ein Zufallstreffer, der das Herz so schwer verletzt hat.«

»Vielleicht war er zornig«, sagte Lisa nachdenklich. »Wenn man zornig ist, denkt man auch nicht nach. Man macht einfach.«

»Stimmt – aber dasselbe gilt auch für jemanden, der sehr kaltblütig ist«, gab Minke zu bedenken. »Jemand, der sich einfach ganz sicher ist: Leonie Schwarz soll sterben.«

Sie wandte den Blick von Leonie weg hin zu dem Resopaltisch, auf dem, einzeln in durchsichtige Spurensicherungstüten verpackt, Leonies Blumenkranz, ihre Kleidung, ihre Handtasche und der Eispickel lagen.

»Andererseits war die Tat wohl nicht von langer Hand geplant. Sonst hätte der Täter eine andere Tatwaffe mitgebracht; nicht nach einem Eispickel gegriffen, der nur wegen Gunillas Eisskulptur überhaupt da war.« Sie legte die Stirn in Falten. »Wir müssen wissen, ob jemand in der Nähe der Skulptur beobachtet wurde. Die stand leider am Eingang, also nicht direkt bei der Festgesellschaft, und der Halligweg führt daran vorbei, also könnte praktisch jeder ihn genommen haben.«

Lisa schüttelte den Kopf. »Des kannsch vergessen, ich hab schon alle Festgäste danach befragt. Als es dunkel war, waren alle auf der Terrasse, da hat keiner mehr mitbekommen, was so drumrum passiert isch oder wer am Rand vorbeischlich.«

Bo sah von einer zur anderen. »Wie auch immer – ich komme zu den restlichen rechtsmedizinischen Ergebnissen. Im Magen war eine eigenwillige Mischung: Erdbeereis und Sushi.«

Minke nickte. Das passte zu Kristins Aussage.

»Vergewaltigt wurde sie nicht. Aber sie scheint etwas vorgehabt zu haben.« Bo ging zu den verpackten Kleidungsstücken hinüber. »Das hier trug sie unter ihrem Trachtenkleid. Ich kann mich irren, aber ich glaube, das ziehen siebzehnjährige Mädchen nicht alltäglich an.«

Die Tüte enthielt schwarze Spitzenunterwäsche, ziemlich teuer und sehr erwachsen.

»Und sie hatte wohl einen gewissen Erfolg, schaut mal!« Er drehte sachte den Kopf der Toten. Am zarten Mädchenhals prangte ein Knutschfleck.

»Ich wusst gar net, dass man das heut auch noch macht«, platzte Lisa heraus. »Knutschfleck, des isch beinahe retro.«

»Ansonsten hat sie noch ein paar Hämatome am rechten Handgelenk, die aussehen, als hätte sie jemand kräftig festgehalten.«

Bo hob Leonies Arm so an, dass fünf ovale kleinere Flecken zu sehen waren.

»Ihr Mörder?«, fragte Minke.

»Möglich. Allerdings muss sie da noch gelebt haben, denn Menschen bekommen keine blauen Flecken, wenn sie keinen Blutkreislauf mehr haben. Und es muss genügend Zeit zwischen dem Griff und dem Tod vergangen sein, damit sich die Flecken bilden konnten.« Er ließ den Arm wieder sinken. »Und wenn wir schon bei Zeiteinschätzungen sind: Ich bleibe dabei, dass sie nach halb zehn gestorben ist; wahrscheinlich sogar etwa um zehn, aber ganz genau kann ich mich da nicht festlegen.«

Lisa nickte. »Wir haben eine Zeugin, die sich ganz sicher isch, dass sie Leonie nach halb zehn nimmer auf der Terrasse gesehen hat.«

Minke dachte nach. »Als Mama auf der Terrasse zum Aufbruch für das Meeresleuchten geblasen hat, haben gerade die Kirchenglocken Viertel nach zehn geschlagen. Etwa fünf Minuten später wurde Leonie gefunden. Um halb zehn war sie zum letzten Mal auf der Terrasse. Wo war sie also in der Zwischenzeit?«

»Sie hat ihren Mörder getroffen.« Lisa sah mitleidig auf Leonie hinunter.

»Apropos Mörder – wenn ihr auf Fingerabdrücke am Griff des Eispickels gehofft habt, muss ich euch leider enttäuschen. Er wurde abgewischt. Und mit DNA-Spuren sieht es auch eher schlecht aus; abgesehen von ein paar Hautpartikeln unter den Fingernägeln der linken Hand. Die habe ich ins Labor geschickt. Ansonsten – nichts.«

»Wirklich nichts?«

»Tja, lass es mich so sagen: Dein geliebtes kaltes Meer hat ganze Arbeit geleistet.« Bo verzog das Gesicht. »Ich sag's ja immer – Nordsee macht einfach keinen Spaß.«

• • •

Eida erwachte an diesem Morgen später als sonst und mit bohrenden Kopfschmerzen. Mit noch halb geschlossenen Augen quälte sie sich aus dem Bett und ertastete sich den Weg in die Küche. Dort löffelte sie eine Menge Kaffeepulver in die Kaffeemaschine und schaltete sie an. Dann sank sie auf den Boden; diesen hässlichen, in die Jahre gekommenen Linoleumboden. Ihr Kopf dröhnte. Alles in ihr gierte nach einer Tablette. Sie versuchte, sich abzulenken.

Der Kaffee gurgelte. Sein Duft erfüllte die Küche. Den besten Kaffee hatte immer ihr Vater gekocht, damals, auf Helgoland, als ihr Leben noch heil gewesen war.

Eida lächelte wehmütig, als sie an ihren Vater dachte, einen kräftigen, gut gelaunten, bescheidenen Hummerfischer. Und sie dachte an Helgoland. Sie sehnte sich nach der Insel, das Heimweh hatte sie nie verlassen, seit sie hierher an die friesische Küste gezogen war. Sie sehnte sich nach dem Wind dort, nach dem Geräusch der Hochsee, das ganz anders war als hier an der Küste. Sie sah die bunten Hummerbuden vor sich, die die Touristen im Sommer alle unbedingt fotografieren mussten, wenn sie mit Ausflugsschiffen auf die Insel kamen. Eida vermisste sogar die rauen, einsamen Wintermonate, in denen es nur Helgoland zu geben schien und kaum einmal ein fremdes Boot anlegte. Sie seufzte. Alles lange vorbei. Sie war hier an dieser sommerheißen Küste und musste irgendwie damit leben.

Der Kaffee war fertig. Sie schenkte sich eine große Tasse davon ein, stark, mit Milch und drei Stück Zucker – das würde hoffentlich helfen.

16. Januar 1362

»Sohn, bist du bereit?«

Der Bürgermeister legte seine große, schwere Hand auf die Schultern seines ältesten Sohns und dachte wieder einmal, wie wohlgeraten dieser Junge war. Johannes war genau so, wie ein Vater sich seinen ältesten Sohn wünschte: stattlich, gesund, klug. Doch wenn er einmal Bürgermeister sein wollte, musste er härter werden, weniger verzärtelt. Seine Mutter ist schuld, dachte der Bürgermeister, sie hat ihn verwöhnt. Hat ihm weibische Gedanken in den Kopf gepflanzt, zu viel Mitleid, zu viel Milde. Ein Mann durfte kein zu weiches Herz haben. »Bist du bereit?«, fragte er noch einmal und schüttelte seinen Sohn, der am Fenster stand und ernst auf die Stadt hinaussah. »Heute wirst du heiraten, mein Junge.«

»Ja, Vater.«

»Und du findest deine Braut schön?«

Johannes lächelte. »Fricka ist wunderschön, Vater.«

»Gut, gut«, befand der alte Bürgermeister, »das kann nie schaden, wenn man ein schönes Weib hat. Deine Mutter war auch schön.«

»Das war sie, Vater.«

»Nun, du wirst heiraten, du wirst eine schöne Braut haben, diese Heirat bringt uns eine Menge Gulden ein – warum nur machst du dann ein Gesicht wie sieben Tage Regenwetter?«

»Weil ich mich fürchte, Vater. Ich fürchte, etwas Schreckliches wird passieren. Mutter hat es immer vorhergesagt – diese Stadt dort draußen ...« Er blickte wieder aus dem Fenster, hinunter auf die kleineren Häuser, die von dem stattlichen Bürgermeisterhaus in den Schatten gestellt wurden, auf die winterlichen Gassen, auf den Kirchturm, der sich nicht weit entfernt erhob. »Diese Stadt ist dem Untergang geweiht.«

»Papperlapapp, Weibergewäsch.« Der Bürgermeister strich sich ärgerlich über seinen Bart. »Diese Stadt ist unsere Stadt, vergiss das nicht. Wir regieren sie. Ich – und irgendwann du.«

»Nein«, antwortete sein Sohn gedankenverloren. »Ich glaube nicht, dass ich jemals Everbecks Bürgermeister sein werde, Vater.«

Kapitel 6

»Okay, wie machen wir weiter?«, fragte Lisa, als sie mit Minke wieder oben im Büro stand. »Soll ich eine Abfrage nach bekannten Kriminellen machen, die gerade hier auf Urlaub sind? So was hört man ja immer wieder ... Auch Mörder machen Urlaub, auch Kriminelle hocken im Strandkorb rum, weisch, wie ich meine? Vielleicht schleckt Leonies Mörder grad gut gelaunt ein Eis und reist übermorgen wieder ab.« Ihre Augen wurden groß. »Oder meinsch, des hat vielleicht doch was mit der Mafia zu tun, so wie der Mann von Interpol gemeint hat? Sie haben eine Zeugin aus dem Weg geschafft. Ein Auftragskiller – deswegen der glatte Stich. Oh Mann, mir wird ganz durmelig von den ganzen Möglichkeiten. Des isch wie die Suche nach der Nadel im Heuhaufen, so voll wie Jüstering und die Halligen grad sind. Nee, Quatsch, zwei Nadeln – der Mörder und das Bernsteinpferd, weil des gibt's ja auch noch und ...«

Minke unterbrach sie. »Du hast doch gestern diese Liste mit den Antiquitätenhändlern in der Umgebung gemacht.«

Lisa nickte.

»Dann fang doch da mal an. Und außerdem ist da noch der Zeugenaufruf im *Stadtanzeiger*. Bestimmt rufen bald ein paar Leute an, die etwas gesehen haben, was für die Ermittlungen im Falle des Diebstahls interessant sein könnte.« Minke holte Luft. »Wir haben plötzlich zwei Fälle auf einmal – falls es zwei Fälle sind, natürlich. Also teilen wir uns am besten auf. Du bist Team Pferdchen.«

Sie griff nach dem Autoschlüssel für den einzigen Polizeiwagen, den die Jüsteringer Polizei besaß.

»Und was machsch du?«

»Ich fahre in die Schule. Ich glaube, wir finden Leonies Mörder am ehesten, wenn wir verstehen, wer sie war.«

Die Tür fiel hinter Minke ins Schloss. Lisa sah ihr nach.

»Team Pferdle«, murmelte sie, »na dann mal los.«

• • •

Die Sonne brannte schon jetzt am frühen Vormittag heiß auf den leeren Schulhof des Theodor-Storm-Gymnasiums. Es war gerade Unterricht; Minke konnte durch die Fenster ihrer alten Schule die gefüllten Bankreihen voller gelangweilter Schüler sehen, die irgendetwas in ihre Ordner kritzelten, sich Zettel zuschoben oder auf ihr Handy sahen. Kurz vor den Sommerferien hatte keiner mehr Lust.

Minke nahm den Weg entlang der seit Jahren unveränderten Metallbänke auf dem Pausenhof, entlang der Graffitis, von denen sie ebenfalls noch ein paar erkannte, und des Bäckereikiosks, der noch geschlossen war, bis er in der großen Pause öffnen würde, um fettige Pizzastücke und Schokobrötchen zu verkaufen. Sie erinnerte sich noch an das bleierne Gefühl vor einer Doppelstunde Französisch und an die Vorfreude auf die Sommerferien. Leonie hatte sich sicher auch auf die Ferien gefreut und auf ihren Geburtstag. Mit siebzehn wollte man unbedingt achtzehn sein.

Im Inneren des Schulhauses empfing Minke stickige Schulluft und ein Hauch billiges Deo. Ein jüngerer Schüler rannte an ihr vorbei in Richtung Toilette, ansonsten waren die Gänge leer und hinter den Klassenzimmertüren war Gemurmel zu hören. Minke ging hinüber zum Schwarzen Brett, das schon zu ihrer Schulzeit an genau demselben Platz gehangen hatte. Auf den Stundenplänen dort suchte sie nach Leonies Klasse. Zimmer 403, Deutschunterricht bei Herrn Mertin stand für jetzt auf dem Plan. Mertin – Minke kramte in ihrem Gedächtnis, aber sie erinnerte sich nicht an einen Lehrer mit diesem Namen. Er musste nach ihr an die Schule gekommen sein.

Minke stieg die Treppen hinauf zum vierten Stock, vorbei an Wasserfarben-Sonnenblumen und Collagen. Die Sohlen ihrer Sportschuhe quietschten auf dem glatten Plastikboden, als sie den Flur entlang zum Raum 403 ging. Vor der Tür blieb sie kurz stehen und lauschte. Eine Männerstimme war zu hören.

»Aber was will uns Fontane mit dieser Szene sagen?«, fragte der Lehrer gerade. »Mit den merkwürdigen Schritten auf dem Dachboden, den tanzenden Seidenschuhen?«

Minke klopfte.

»Ja?«

Sie öffnete. Zwanzig Augenpaare wandten sich ihr zu. Der Lehrer, ziemlich jung, in Jeans und T-Shirt, sah nicht gerade begeistert über die Störung aus. »Wir haben gerade Unterricht.«

»Ich weiß«, Minke schob sich ins Zimmer. »Effi Briest – das Spukmotiv. Es geht dabei um das geheimnisvolle, abenteuerliche Fremde.«

»Ja, richtig.« Der Lehrer runzelte irritiert die Stirn.

»Und Sie sind?«

»Kommissarin Minke van Hoorn – eigentlich war ich in Deutsch immer schlecht.« Sie hielt ihm ihren Ausweis hin. »Ich muss mit Ihnen reden, Herr Mertin. Und mit euch auch.« Sie wandte sich an die Klasse. »Es geht um Leonie.«

Das Gesicht des Lehrers wurde ernst. »Sie müssen mich für vollkommen unsensibel halten, dass ich heute normalen Unterricht gemacht habe.« Sven Mertin knetete unangenehm berührt seine Hände. Minke saß mit ihm allein im Klassenzimmer; die Schüler hatte sie hinausgeschickt, um sie später einzeln wieder hereinzurufen.

»Die Direktorin hat heute Morgen eine kurze Ansprache für alle gehalten, wer will, kann zum Schulpsychologen, und es ist eine Gedenkfeier geplant. Nur – Fontane ist Abiturstoff und wir hinken ohnehin hinterher. Und die Mädchen, die gestern mit auf dem Abend waren, fehlen heute sowieso ...«

»Abgesehen von Judith.« Minke hatte Judith Petersen in einer der hintersten Reihen entdeckt.

»Ja, abgesehen von Judith. Ich habe jedenfalls zu Beginn der Stunde kurz über Leonie geredet, aber es wussten ohnehin schon alle Bescheid, durch die Zeitung und die Gerüchteküche. Und Letztere wollte ich nicht auch noch befeuern, indem ich sie in meiner Stunde wild spekulieren lasse. Ich meine ...«, er verzog das Gesicht, »... wenn das Theodor-Storm-Gymnasium eine Klatschzeitschrift wäre, dann wäre Leonie Schwarz ohnehin jeden Tag, seit sie hierhergezogen ist, auf Seite eins gewesen. Was denken Sie, wie da jetzt erst die Fantasie der Schüler und Schülerinnen ins Kraut schießt, wo so etwas mit ihr passiert ist.« Er räusperte sich. »Wo so etwas Schreckliches mit ihr passiert ist.« Sein Blick war weiter auf die Hände gerichtet. »Furchtbar«, schob er noch einmal nach.

»Leonie war also beliebt?«

»Oh ja. Seit sie im Frühjahr in die Klasse gekommen ist, war sie hier der Star. Wegen ihres Vaters natürlich, aber auch sonst.«

»Wie ist sie denn aufgetreten?«

»Sehr selbstbewusst, sehr erwachsen. Ziemlich unverfroren. Das ist natürlich anziehend in dem Alter.«

»Und wie haben Sie sie als Lehrer gesehen?«

Herr Mertin antwortete nicht sofort. Dann sagte er: »Na ja, sie war ziemlich intelligent. Clever, wenn Sie verstehen. In den Fächern, die ihr Spaß gemacht haben, stand sie auf eins – allerdings waren das nur Dänisch und Sport. An allen anderen Fächern hatte sie kein Interesse und war dementsprechend schlecht. Sie war verwöhnt, und höflich zu uns Lehrern war sie nur, wenn es ihr genutzt hat.« Er schüttelte den Kopf. »Entschuldigen Sie, das wollte ich nicht so sagen. Leonie war ... Sie hat polarisiert, das kann man so sagen. Kaltgelassen hat sie wohl niemanden.«

Minke musterte ihn. »Sie mochten sie nicht.«

Sven Mertin seufzte. »Nein, das stimmt nicht – sie war nur schwierig. Für Leonie war alles nur ein Spiel. Ich glaube, sie hat nichts wirklich ernst genommen. Ihr Leben war aber natürlich auch sehr leicht, ihr Vater hat ihr jeden Wunsch erfüllt, Geld war im Überfluss vorhanden. Vermutlich hat man da gar keine andere Chance, als so zu werden.«

»Und wie kam sie bei den Jungs an?«

Sven Mertin sah auf und wurde merkwürdig rot. »Es waren alle in sie verknallt, das war offensichtlich!«

»Sie auch?«

»Nein.« Er riss die Augen auf. »Was glauben Sie denn von mir?«

»Sie sind ziemlich rot geworden. Darum frage ich«, sagte Minke.

Er knetete die Hände noch mehr. »Es ist nur ... Es gab da eine Szene auf der Klassenfahrt.«

»Auf der nach Schweden?« Minke erinnerte sich an das Foto an Leonies Pinnwand.

Er blickte sie erstaunt an. »Ja, genau. Im Mai bin ich mit einer Kollegin zusammen mit der Klasse nach Schweden gefahren, eine Woche auf Öland. Eines Abends, da – ich habe noch ein Geräusch in den Duschräumen gehört, obwohl alle Schüler eigentlich schon draußen am Lagerfeuer waren. Also habe ich nachgesehen, und da war Leonie. Im Nachhinein bin ich mir sicher, dass sie alles absichtlich so eingerichtet hat. Sie hatte geduscht, stand im Handtuch da mit nassen Haaren und sah mich ruhig an, als hätte sie mich erwartet. Dann hat sie, bevor ich etwas dagegen tun konnte, das Handtuch fallen lassen. ›Na, gefalle ich dir?‹, hat sie gefragt und gelächelt.«

»Und was haben Sie gemacht?«

»Ich bin geflohen. So etwas ist der Albtraum eines jeden Lehrers. Ich hatte Angst, dass sie irgendwelche falschen Beschuldigungen über mich erzählt.«

»Und – hat sie?«

»Nein.« Er schüttelte den Kopf. »Zumindest habe ich nichts davon mitbekommen.«

»Warum denken Sie, dass Leonie das gemacht hat? War sie verliebt in Sie?«

Er schüttelte noch einmal den Kopf. »Nein, ich glaube, es war etwas anderes. Wie gesagt – alles war für sie ein Spiel. Sie wollte wohl einfach sehen, was passiert. Grenzen austesten, schauen, wie weit sie gehen kann, erfahren, wie ich reagiere. Das war ihre Art. Ich glaube, sie fand das lustig.«

Minke schrieb mit. Dann fragte sie: »Wer waren Leonies Freundinnen?«

»Nun, zuerst natürlich Isabel. Leonie setzte sich an ihrem ersten Tag in der Klasse neben sie und hat sich gleich mit ihr angefreundet. Es hat mich überrascht – Isabel ist so anders als Leonie, eher natürlich statt aufgebrezelt und cool, stiller und schüchterner. Aber sie hingen trotzdem ständig zusammen ab. Ja, und ansonsten waren es die Mädchen, die gestern mit ihr auf dem Fest gekellnert haben.«

»Was ist mit Judith Petersen?«

Sven Mertin seufzte. »Schwierig. Die beiden waren jedenfalls nicht befreundet; Judith ist eine Außenseiterin, etwas kompliziert und still. Allerdings die Klassenbeste. Ihre Mutter, Gunilla Petersen, ist unsere Elternvertreterin.«

Minke sah auf die leeren Bankreihen. Irgendwo auf einem der unbequem aussehenden Holzstühle hatte Leonie gesessen, gelacht, getuschelt.

»War Leonie in letzter Zeit anders? Hatte sie Streit mit jemandem, Sorgen? Irgendetwas, das Ihnen aufgefallen ist?«

»Nicht, dass ich wüsste.«

»Sie kennen Leonies Eltern?«

»Natürlich. Stephan Schwarz kennt doch jeder. Allerdings war zu den Elternabenden und Sprechtagen bisher nur die Mutter hier – der Vater arbeitet wohl sehr viel.«

Minke nickte. »Gut, danke Herr Mertin. Wenn mir noch etwas einfällt, melde ich mich bei Ihnen.«

Nach und nach rief Minke nun die Schüler einzeln herein.

Sie stellte schnell fest, dass Herr Mertin nicht übertrieben hatte, als er sagte, Leonie sei der Star der Klasse gewesen. Jeder kannte irgendwelche spannenden Geschichten über sie.

»Mit ihren Eltern hat sie schon mal eine Weltreise gemacht«, erzählte ein schwarz gelocktes Mädchen mit abgekauten Fingernägeln. »Sie war überall, auch auf Bali und so. Krass, oder? Eine Weltreise!«

»Mir hat sie mal erzählt, dass ihr Pferd aus Dubai eingeflogen wurde«, berichtete eine blonde Schülerin, die als Nächstes an der Reihe war. »Hat wohl einem Scheich gehört oder so was.«

Minke interessierte sich nicht für Pferde. Sie bemerkte allerdings, dass das Mädchen aussah wie eine Kopie von Leonie. Offensichtlich hatte sie ihr optisch nachgeeifert.

»Hast du dich manchmal mit Leonie getroffen?«, fragte Minke.

»Nein, eigentlich nicht. Sie war immer mit Isabel unterwegs, oder mit Raphaela oder Annika.«

»Aber wärst du denn zu ihrer Geburtstagsparty eingeladen gewesen?«

Das Mädchen nickte. »Das wäre bestimmt die Party des Jahres geworden.«

Mit seiner Vermutung, dass die Jungs alle in Leonie verliebt gewesen waren, hatte der Lehrer ebenfalls ins Schwarze getroffen. Am deutlichsten merkte man es einem gewissen Luca an, der auf dem Stuhl hin- und herkippelte und stolz einen Oberlippenflaum zur Schau trug.

»Mann, die war heiß. Nicht einfach nur hübsch – der Hammer war die. Gleich als die in unsere Klasse kam, hab ich gesehen: Das ist eine richtige Frau. Nicht so ein Schulmädchen wie die anderen.«

»Aha, und woran hast du das gemerkt?«

Luca zuckte die Achseln. »Die hat gemacht, was sie wollte. Hat coole Aktionen gebracht, den Lehrern widersprochen und so – die kannte echt nix.«

»Warst du mal mit ihr zusammen?«

»Nein.« Sein Stuhl kam zum Stehen. »Aber einmal, beim Flaschendrehen, haben wir uns fast geküsst.«

»Ich dachte, Flaschendrehen spielt man nicht mehr.«

»Klar macht man das – wenn man dabei Leonie Schwarz küssen kann.«

Gegen diese Logik konnte Minke nichts einwenden.

»Hatte Leonie einen Freund?«, fragte sie nun auch Lenny.

»Meinen Sie Max?«

»Welcher Max?

»Max Reiling. Ein Jahr älter als wir, hat letztes Jahr kurz vorm Abi hingeschmissen. Schraubt viel an Mofas rum und so. Ich glaub, mit dem war sie öfter unterwegs.«

Minke schrieb sich den Namen auf.

Die Letzte war Judith. Sie saß mit mürrischem Gesicht vor Minke und war ganz offensichtlich nicht begeistert darüber, mit ihr reden zu müssen.

»Warum bist du eigentlich heute zur Schule gekommen?«, eröffnete Minke das Gespräch. »Du hättest daheimbleiben können wie die anderen Mädchen, die gestern dabei waren.«

»Warum denn? Leonie und ich waren keine Freundinnen. Raphaela und so, die ja. Und Isabel natürlich. Jedenfalls – ich bin nicht wie die.«

»Wie bist du denn?«

»Anders.« Judith zuckte die Schultern. »Ist schon immer so gewesen. Darum hab ich auch nicht kapiert ...« Sie brach ab.

»Was denn?«

»Na ja, Leonie hat mich gestern Abend zu ihrem Geburtstag eingeladen. Sollte ja angeblich die Party des Jahres werden, mit Band, Feuerwerk und Privatstrand und so. Jedenfalls hat sie mich eingeladen. Ich hab's nicht kapiert.«

»Vielleicht wollte sie nur nett sein.«

Judith schüttelte langsam den Kopf. »Nein, es steckte irgendetwas dahinter.«

»Hm.« Minke betrachtete sie aufmerksam. »Du passt hier nicht richtig rein, stimmt's?«

»Nein.« Judith sah auf die Tischplatte. »Ich brauch eben niemanden, mit dem ich mir gegenseitig die Fingernägel lackiere und über Schminke und Jungs rede.«

»Versteh ich. Hab ich auch nie gebraucht.«

Judith sah auf. Irgendetwas an Minkes Stimme schien ihr zu verraten, dass sie es ernst meinte. Dass es nicht nur ein billiger Trick war, sich ihr Vertrauen zu erschleichen.

Langsam nickte das Mädchen.

Minke riss ein Stück Papier von ihrem Block, schrieb etwas darauf und schob es Judith zu. »Hier. Falls du doch mal jemanden brauchst. Nicht zum Fingernägellackieren – sondern zum Reden.«

Judith reagierte zunächst nicht, dann aber streckte sie die Hand aus, nahm den Zettel und steckte ihn ein.

»Kann ich jetzt gehen?«

»Klar. Wenn du mir sonst nichts mehr zu sagen hast.«

Judith ging, ohne sich noch einmal umzudrehen.

• • •

Es war bereits das fünfte Mal, dass das Telefon auf Lisas Schreibtisch klingelte. Der Zeugenaufruf in der Zeitung zeigte tatsächlich Wirkung, allerdings war bisher kein wirklich handfester Hinweis dabei gewesen. Ein Anrufer glaubte, eventuell Schatten in der Dunkelheit auf der Wiese gesehen zu haben – allerdings wirkte der alte Mann etwas verwirrt und konnte nicht mehr sicher sagen, in welcher Nacht das genau gewesen sein sollte, aber es seien zwei Schatten gewesen und langhaarig waren sie, das betonte er, unbedingt langhaarig. Der zweite Anruf kam von einer Wahrsagerin, die fragte, ob die Polizei ihre Dienste gebrauchen könnte – gegen eine üppige Bezahlung natürlich. Zwei andere Anrufer legte Lisa eher als Wichtigtuer ab, die zu viel Krimis lasen. Nun lauschte sie gespannt, was sie dieses Mal erwarten würde. Zuerst hörte sie nichts.

»Polizei Jüstering, Lisa Röhrle, hallo?«, sagte sie noch einmal freundlich. »Was kann ich für Sie tun?«

»Ja, das ist die Frage«, keifte eine weibliche Stimme plötzlich los. »Diebstahl und Mord an einem Tag – das hat es früher hier nicht gegeben. Was tut die Polizei eigentlich den ganzen Tag, anstatt für Recht und Ordnung zu sorgen und uns vor so etwas zu beschützen?«

»Ich, ähm ...«

»Ähm – ganz genau. Lauter Fremde hier ...«

»Meinen Sie die Touristen?«

»Fremd bleibt fremd. Kein Wunder, dass dann so etwas passiert. Ein Mörder rennt hier frei herum und Sie sagen ›Ähm‹.«

»Also eigentlich war ja diese Nummer nur gedacht für den Zeugenaufruf«, wagte Lisa zaghaft einzuwerfen. »Wenn Sie was beobachtet haben, das uns wegen des Diebstahls weiterhelfen könnte, dann wär's subba.«

»Weiterhelfen? Ich soll Ihnen helfen? Nee – andersrum wird da ein Schuh draus. Die Polizei, dein Freund und Helfer, so heißt es doch.«

»Hm, also des tut mir jetzt arg leid, dass Sie sich so aufregen.«

»Ich rege mich auf, wie ich will«, fuhr die Anruferin dazwischen. »Das hier ist Nordfriesland und nicht Mexiko – auch wenn man es bei der Hitze beinahe denken könnte. Und ich erwarte wie gesagt von der Polizei ...« Mit jedem Wort steigerte die Frau sich mehr in ihren Ausbruch hinein.

»Also, gell, noch mal: Tut mir leid, Wiederhör'n!« Lisa legte schnell auf. Sie atmete tief durch. Einen Moment später klingelte das Telefon schon wieder. Etwas eingeschüchtert nahm sie ab.

»Moin, ich rufe an wegen diesem Diebstahl auf Midsand. Bin ich da richtig?« Der Mann klang wesentlich freundlicher.

»Ja«, sagte Lisa erleichtert. »Ganz genau richtig. Was haben Sie denn beobachtet?« Sie ließ den Kugelschreiber vorsichtshalber schon über dem Notizblock schweben.

»Gar nichts«, antwortete der Mann leutselig. »Aber ich habe von meiner Großtante auch eine Bernsteinfigur geerbt. Gut, es ist zwar kein Pferd, sondern ein Kranich – aber ich hab das eben in der Zeitung gelesen über das sauteure Bernsteinpferd, das da weggekommen ist. Und jetzt frage ich mich, ob meine Figur vielleicht auch so viel wert ist.«

»En Kranich?« Lisa seufzte und legte den Kuli beiseite. Dies war einer der Momente, in denen sie sich wünschte, ein weniger freundliches Wesen zu haben. Wäre Minke jetzt hier, die hätte den Anrufer einfach abgewürgt.

Laut sagte sie: »Also, ich hab jetzt echt keine Ahnung, was so en Kranich wert sein könnt. Des müssten Sie eher einen Experten fragen. Probieren Sie's doch mal bei einem Kunschthischtoriker.«

»Einem was?«

»Kunsthistoriker.«

Der Mann lachte. »Sie reden aber lustig. – Warten Sie, können Sie mir denn einen Kunsthistoriker vermitteln, der sich das Ding mal ansieht? Ich hab da keine Lust herumzusuchen …«

Nachdem Lisa endlich geschafft hatte, das Gespräch zu beenden, hatte sie vorerst genug vom Telefondienst. Sie schaltete den Anrufbeantworter ein. Dann griff sie nach ihrer Tasche und der Liste, die sie gestern zusammengestellt hatte.

Die Altstadt füllte sich an diesem Vormittag schnell mit luftig angezogenen, gut gelaunten, nach Sonnenmilch riechenden Touristen. Eine Gruppe japanischer Reisender mit Strohhüten und Baseballcaps machte Fotos vor der alten Stadtkirche, die mit ihrem hohen Turm und dem roten Backstein eine beeindruckende Kulisse abgab. Auf dem großen Platz davor war heute Markttag; an den Ständen wurde frisches Obst und Gemüse, Käse, Honig und Fleisch verkauft. In der Hitze welkte allerdings schon jetzt der Salat vor sich hin, die Kühlung des Käsewagens brummte laut und die Honigverkäuferin klappte gerade einen zweiten Sonnenschirm auf. Lisa kaufte für ihre schwäbischen Gerichte normalerweise auf dem Markt ein, aber heute hatte sie ein anderes Ziel. Sie ging quer über den sonnigen Platz auf ein Geschäft zu, in dem sie bisher noch nie gewesen war und das nun ihre erste Station auf einer längeren Liste von Antiquariaten war.

Der Laden war in einem der alten Bürgerhäuser am Marktplatz untergebracht, die mit ihren hohen Treppengiebeln und weiß gestrichenen Sprossenfenstern noch aus den alten Zeiten stammten, in denen Jüstering eine der großen Fischerstädte an der Küste gewesen war. Der Laden, den Lisa ansteuerte, hatte ein altmodisches, schmiedeeisernes Schild, das über der Tür angebracht war. »Antiquitäten Schleik« stand dort in verschnörkelten Buchstaben. Im Schaufenster gab es ein altes Ölgemälde, das ein Schiff auf rauer See zeigte, Kristallgläser und ein paar alte blauweiß bemalte Blumenvasen. Als Lisa den Laden betrat, stellte sie fest, dass sie die einzige Kundin war. Der ganze Laden war vollgestopft mit alten Dingen: Stühle mit geschwungenen Holzbeinen, antik wirkende Tischlampen mit Troddeln, Sofas aus dem Biedermeier, Nussholzschränke mit komplizierten Einlegearbeiten, Teetassen aus feinem Porzellan, über die sich gemalte Rosen rankten. Es wirkt, als wäre hier das Wohnzimmer einer eleganten alten Dame explodiert, dachte Lisa. Die weißhaarige Frau, die hinter der Verkaufstheke stand und gerade in einem Katalog blätterte, passte dazu perfekt.

»Guten Morgen«, wünschte Lisa. »Sind Sie die Frau Schleik?«

Die Dame blickte auf. Alles an ihr war ein Klischee: die schneeweißen Haare, die im Nacken zu einem Knoten geschlungen waren, die kleine Goldrandbrille auf der Nase und Unmengen pergamentfeine Falten im Gesicht.

»Geborene Leimann«, sagte sie spitz, »mein Vater war hier einmal Stadtrat. Schleik war der Name meines verstorbenen Mannes.«

»Ähm, na gut. Aber Sie sind auf jeden Fall die Besitzerin von diesem Laden?«

Frau Schleik schob sich die Brille etwas weiter auf die Nase. »Gehören Sie etwa zu den Möbelpackern, die die zehn Louisseize-Stühle abholen sollen?«, konterte sie mit einer Gegenfrage. »Sie wirken ein wenig klein und weiblich dafür.«

»Nee, ich bin die Lisa Röhrle von der Polizei.«

Lisa kramte in ihrer Tasche und zog ihren Ausweis heraus, den Frau Schleik mit herrischer Geste an sich riss und dann eine ganze Weile musterte, als könnte er eine Fälschung sein. Schließlich gab sie ihn Lisa gönnerhaft zurück.

»Na schön, also eine Polizistin.« Sie betrachtete Lisa von Kopf bis Fuß. »Zu meiner Zeit gab es keine Polizistinnen.« Es klang missbilligend. »Das ist ein Männerberuf. Genauso wie Möbelpacker.«

»Ja, aber Letzteres bin ich ja eh net.«

Die Augenbraue der alten Frau, die mit hellbraunem Augenbrauenstift aufgezeichnet war, hob sich noch mehr.

»Eine Schwäbin?«, fragte sie. »Noch merkwürdiger. Eine Schwäbin bei unserer friesischen Polizei.«

»Ich hab mich hierher versetzen lassen. Noch gar net so lange her. Ich komm von der Alb und …«

Die Augenbraue der Frau hob sich noch höher. »Was wollen Sie eigentlich? Ich habe zu tun, wie Sie sehen.«

Vor ihr lag ein aufgeschlagener Katalog, in dem verschiedene Holzkommoden abgedruckt waren.

»Ähm, ja. Ich hab nur eine Frage.« Lisa griff noch einmal in ihre Tasche und zog ein sorgfältig in eine Plastikhülle geschobenes Blatt Papier heraus, das sie Frau Schleik zeigte. »Hat Ihnen zufällig jemand das hier angeboten?«

Frau Schleik betrachtete das ausgedruckte Foto des Bernsteinpferdchens eingehend.

»Nein«, sagte sie schließlich, »aber es ist hübsch. Ein guter Bernstein, sehr hochwertig.«

»Ja, das sagen die Archäologen auch, denen es geklaut wurde.«

Nun schnellte auch die zweite angemalte Augenbraue nach oben. Das Blatt fiel auf die Verkaufstheke, als hätte sich die alte Dame daran verbrannt.

»Gestohlen?«, fuhr sie Lisa ärgerlich an. »Sie fragen mich, ob mir jemand Raubkunst angeboten hat? Das wäre Hehlerei, junge Frau. Dies hier ist ein respektables Geschäft.«

»Ja, aber natürlich, des isch ja gar keine Frage.« Lisa nickte. »Sehr respektabel!« Ihr Blick streifte die Teetassen mit Rosenaufdruck und die Nippesfiguren von spielenden Kätzchen. »Aber es könnt doch sein, dass ein Verbrecher nicht sofort sieht, was, ähm, respektabel isch.«

»Nein.« Frau Schleik schüttelte den Kopf und rückte ihre Brille auf der Nase zurecht. »Das könnte nicht sein, und das war auch nicht so. In vierzig Jahren ist mir so etwas nicht passiert. Die Figur würde sich abgesehen davon auch gar nicht in mein Sortiment einfügen.«

Warum nicht?, dachte Lisa, Alt zu Alt – das passt doch.

»Ich verkaufe nur Objekte aus dem achtzehnten bis zum frühen zwanzigsten Jahrhundert«, fuhr Frau Schleik fort. »Wenn Sie sagen, dass die Figur Archäologen gestohlen wurde, dann gehe ich davon aus, dass sie bedeutend älter ist.«

Lisa nickte. »Aus dem vierzehnten Jahrhundert.«

»Sehen Sie«, triumphierte Frau Schleik. »So, und nun entschuldigen Sie mich, ich muss nach den Stühlen sehen, die abgeholt werden sollen.«

»Verstehe. Nur eine Frage hätt ich noch: Fällt Ihnen vielleicht jemand ein, dem die Figur angeboten worden sein könnte? Jemand ... der vielleicht net ganz so respektabel ist?«

Frau Schleik warf Lisa einen letzten stechenden Blick zu. »Versuchen Sie es beim Pfandverleih am Hafen«, sagte sie schließlich. »Dort gibt es wohl keine Standards, weder bei der Kundenauswahl noch bei der Käuferschicht. Zwielichtige Ecke.«

Dann verschwand sie hoch erhobenen Hauptes hinter einem schweren braunen Samtvorhang. Einen Moment später öffnete sich die Ladentür und zwei muskulöse Möbelpacker mit Vollbärten kamen herein. »Wir sind hier wegen der Stühle?! Ludwig irgendwas?«

»Die Frau Schleik kommt gleich«, versprach Lisa.

• • •

Minke klemmte auf dem Lehrerparkplatz, auf dem ihr Auto stand, das Handy zwischen Schulter und Ohr, um neben dem Telefonieren die Autotür zu öffnen und sich gleichzeitig die Sonnenbrille aufsetzen zu können.

Nach längerem Freizeichen meldete sich jemand.

»Küstenwache, Moin.«

»Moin, hier Minke van Hoorn. Ich brauche dringend eine Auskunft über ein Boot, das gestern Abend zwischen halb zehn und halb elf vor Midsand unterwegs war, westliche Richtung.«

»Die halbe Nordsee ist voller Boote, ist Ihnen das klar?« Der Mann am anderen Ende klang nicht gerade motiviert. »Und das ist eine Heidenarbeit, den Radar auszuwerten.«

Minke startete den Motor. Das Lenkrad hatte sich aufgeheizt, ihre Nase begann schon jetzt unter der Sonnenbrille zu schwitzen und sie spürte, wie sie die Geduld verlor.

»Richten Sie Ihrer Chefin einen schönen Gruß aus«, zischte sie. »Ulla ist eine Cousine meiner Mutter – eines der wenigen Male, an denen ich froh bin, so eine weit verzweigte nordfriesische Verwandtschaft zu haben. Ich will das Ergebnis allerspätestens morgen.«

Sie legte auf und warf das Handy auf den leeren Sitz neben sich. Dann schaltete sie die Klimaanlage auf eiskalt und versuchte, das Lenkrad so wenig wie möglich zu berühren. Diese Hitze tat ihr einfach nicht gut.

• • •

Kristin starrte ihren Mann fassungslos an.

»Stephan, du kannst doch nicht einfach weiterarbeiten wie bisher. Hast du nicht begriffen, was passiert ist?« Kristin fühlte, wie die Tränen in ihr aufstiegen. »Leonie ist tot.«

Er zuckte für einen Moment zusammen, als sie Leonies Namen nannte. Seine Miene wurde für einen Wimpernschlag weich, dann aber verhärtete sich sein Gesicht.

»Natürlich habe ich das begriffen. Ich frage mich allerdings, ob es die Polizei auch kapiert hat. Kein LKA, keine Profis – nur diese Provinzkommissarin, die ein bisschen herumschnüffelt.« Er schnaubte. »Unsere Tochter hat Besseres verdient.«

Kristin seufzte. »Manchmal denke ich, es ist alles nur ein böser Traum und sie kommt jeden Moment wieder nach Hause.« Sie zögerte kurz, dann schlang sie ihre Arme um ihren Mann; der küsste ihr geistesabwesend das Haar.

»Ich glaube, ich sollte mal ein paar Leute anrufen. Wozu haben wir so gute Kontakte?«, sagte er. »Ordentliche Ermittler, die das Schwein finden, das das getan hat.« Kurz schwiegen sie dann beide.

»Bleib heute bei mir«, bat Kristin. »Geh nicht arbeiten. Wir sind ihre Eltern, wir sollten zusammen um sie trauern.«

Aber der Moment der Nähe war vorbei. Stephan löste sich von ihr. »Du weißt, dass ich nicht kann. Das neue Projekt ...« Er strich ihr über die Wange. »Ich versuche, heute nicht zu spät nach Hause zu kommen, ja? Versprochen.«

Dann ging er und Kristin stand allein in dem riesigen Wohnzimmer mit dem vielen Glas und den weißen Wänden.

16. Januar 1362

Der Priester eilte zur Kirche hinüber. Die Stadtkirche im Herzen von Everbeck war erst im vorigen Jahr fertig geworden. Früher hatte an derselben Stelle eine kleine bescheidene Holzkirche gestanden, jetzt ragte ein steinernes Kunstwerk weit in den fahlen kalten Winterhimmel hinein. Der Priester mochte es nicht. Der Turmbau zu Babel fiel ihm ein, wenn er diese prächtige, stolze Kirche sah. Unsummen von Gulden hatte der Bau verschlungen, Gulden, die den Armen mehr geholfen hätten, die an den Rändern von Everbeck in ihren Hütten hausten. Aber die reichen Bürger der Stadt, die für die Kirche gespendet hatten, hatten das nicht hören wollen. Everbeck, mit seinem Hafen, an dem so viele Schiffe mit edelsten Waren anlegten, mit dem Markt, auf dem es die schönsten Tuche in ganz Friesland gab, die reich verzierten Bürgerhäuser aus Stein mit ihren Treppengiebeln und geschmückten Fassaden – das alles verlangte ihrer Meinung nach nach einer passenden Kirche.

Eine Kirche, in der heute die beiden reichsten Familien zur Brautmesse einziehen würden.

Der Priester fühlte, wie sich sein Magen bei dem Gedanken zusammenzog. Ein Rabe krächzte. Er flatterte über ihm und setzte sich schließlich auf die Spitze des Kirchturms.

Der Priester öffnete das schwere Kirchenportal und trat ins Innere. In der Kirche schien es noch kälter zu sein als draußen, die dicken Steinmauern strahlten diese Kälte aus. Die Schritte des Priesters hallten an ihnen wider, als er nach vorne zum Altar ging. Das Kruzifix, das darauf stand, glänzte vor Gold und Edelsteinen – auch das hatten die Reichen der Stadt gestiftet. Prunk und Glanz, nicht bescheidener Glaube. Der Priester sank auf die Knie und betete.

Er wünschte, dass diese Hochzeit schon vorbei sei, nein, genauer wünschte er, es sei schon morgen. Dann würde auch das Hochzeitsfest hinter ihm liegen. Wie es der Brauch wollte, war er dazu eingeladen worden, und man sagte nicht Nein zu diesem Brautvater. Nein, er musste dorthin. Zu einem Fest, bei dem der Wein in Strömen fließen und sämtliche Sünden willkommen sein würden.

Kapitel 7

Max Reiling wohnte in einem heruntergekommenen Mehrfamilienhaus am Hafen. An den Balkonen mit Waschbetonverkleidung hingen hier und da ein paar Blumenkästen, deren Blumen in der Hitze vor sich hin welkten. Irgendwo lief ein Radio, ein Hund bellte und die Mülltonnen, die vor dem Haus standen, waren in der Sommerluft nur zu deutlich zu riechen. Der Kontrast zu Leonies Welt hätte kaum größer sein können.

Minke klingelte, wo »Reiling« mit Kugelschreiber auf das Schildchen geschrieben stand. Lange rührte sich nichts, dann knarzte die Gegensprechanlage. »Ja?« Die Frau klang nicht gerade erfreut.

»Kommissarin Minke van Hoorn – sind Sie die Mutter von Max Reiling?«

Sie hörte förmlich das Misstrauen, das ihr in der knappen Antwort entgegenschlug. »Bin ich.«

»Ich muss mit Ihrem Sohn sprechen.«

Erst blieb es still, dann summte der Türöffner doch, ohne Kommentar. Minke drückte die Tür auf und trat ins schattige Treppenhaus.

»Dritter Stock«, rief die misstrauische Stimme von oben.

Die Frau, die Minke im dritten Stock begrüßte, wirkte abgearbeitet. Kein Vergleich zu Leonies eleganter, topgepflegter Mutter.

»Lydia Reiling«, stellte sie sich vor, als Minke nach ihrem Namen fragte. Dann verschränkte sie die Arme vor ihrem verwaschenen T-Shirt. »Sie sind hier wegen Leonie, oder?«

Minke nickte.

»Steht heute groß in der Zeitung.« Sie rührte sich nicht von ihrem Platz im Türrahmen, der Minke den Zutritt versperrte. »Max schläft noch. Der weiß von nix. Ist spät geworden gestern Abend.« Durch den Wohnungsflur drangen Essensgerüche. »Außerdem koche ich gerade Mittagessen.«

»Ich muss trotzdem mit ihm reden.«

Lydia musterte Minke unfreundlich. »Sie denken, er hat was damit zu tun, stimmt's? Döskram. Max würde niemals jemandem etwas tun.«

Minke schwieg. Sie hatte auf der Fahrt Lisa angerufen und sich Max' Einträge in der Polizeikartei durchgeben lassen.

Lydia verstand und verdrehte die Augen. »Mein Gott, diese eine Schlägerei. Ist doch schon ewig her.«

»Der andere war zwei Tage im Krankenhaus.«

»Na und? Kann doch mein Sohn nix dafür, wenn der nur austeilt, aber nicht einstecken kann.«

In diesem Moment öffnete sich hinter Lydias Rücken im schmucklosen Flur eine Zimmertür. Ein groß gewachsener, sportlicher Junge mit zerzausten braunen Haaren stand da in Boxershorts und mit nacktem Oberkörper. Eine Schulter war tätowiert.

»Mum?«, fragte er. »Was ist denn?«

Lydia seufzte und ließ nun endlich die Arme sinken. Man konnte ihr die Gedanken förmlich ansehen: Hättest du nicht in deinem Zimmer bleiben und weiterschlafen können?

»Besuch für dich«, sagte sie und machte nun endlich den Weg für Minke frei. »Polizei.«

Kurze Zeit später saß Minke mit Max in der Küche, wo auf dem Herd eine Fleischsoße vor sich hinblubberte, die den Raum noch weiter aufheizte. Vor ihr stand ein gefülltes Wasserglas, das Lydia mit einem Knall auf den Tisch gestellt hatte. Max starrte schon seit ein paar Minuten stumm auf die Ausgabe des *Jüsteringer Stadtanzeigers*, die auf dem geblümten Wachstischtuch neben einer neongrünen Fliegenklatsche lag. Kalles reißerische Titelseite brüllte einen regelrecht an.

Schließlich sah er auf. »Sie ist wirklich tot?«

»Ist sie.« Minke nickte. »Und ich habe eine Aussage, nach der du dich mit ihr gestern am frühen Abend noch getroffen hast.«

»Wir waren essen«, murmelte er. »Sushi. Im Kyoto Garden. Leonie mag Sushi.« Er biss sich auf die Lippen. »Mochte.«

»Wie lange wart ihr da zusammen?«, fragte Minke.

Max zuckte die Achseln. »Bis halb sieben oder so. Sie musste zu diesem komischen Abend. Friesischer Kitsch.«

Minke sah den Jungen an. Er hatte eine harte Schale, aber die konnte nicht verbergen, dass dahinter Gefühle brodelten.

»Wart ihr ein Paar, Leonie und du?«, fragte sie.

Er starrte wieder auf die Zeitung. »Klar, Mann«, sagte er. »Klar waren wir ein Paar. Leonie war der Wahnsinn.«

Von irgendwoher piepte es. Lydia, die das Gespräch die ganze Zeit argwöhnisch vom Herd aus verfolgt hatte, merkte auf. »Die Waschmaschine«, brummte sie. »Ich muss nach der Wäsche sehen.«

Nachdem sie verschwunden war, starrte Max weiter vor sich hin. »Leonie hatte einen Knutschfleck am Hals. War der von dir?«, fragte Minke.

Sie konnte Max' Blick nicht recht deuten. Dann nickte er.

»Deine Mutter hat gesagt, du warst gestern erst spät zu Hause. Wo warst du denn?«

»Bin rumgefahren mit dem Mofa.«

»Und wo bist du rumgefahren?«

»Weiß ich nicht mehr. Überall.«

»Aha. Und wahrscheinlich alleine?«

»Klar. Leonie war ja nicht da.«

Lydia kam zurück. Sie hatte offensichtlich über das Ganze nachgedacht und eine Entscheidung getroffen.

»Es reicht jetzt«, sagte sie bestimmt zu Minke. »Sie sehen doch, wie fertig der Junge ist. Sein Mädchen ist tot. Und außerdem ist das Essen fertig.« Sie begann, wütend das Wachstischtuch mit einem Lappen abzureiben; Minkes Glas räumte sie bei der Gelegenheit einfach ab. Ein deutlicher Rausschmiss.

»Irgendjemand hat gestern Leonie Schwarz erstochen«, erwiderte Minke ruhig. »Es ist ganz normal, dass der Freund da befragt wird. Und Max hat offensichtlich kein Alibi.«

»Ich sag doch ...«, begann er.

»Ja, ich weiß – du bist alleine überall rumgefahren.« Minke stand auf. »Danke für das Wasser. Ich komme wieder, wenn ich noch Fragen habe. – Ach ...« Sie blieb noch einen Moment stehen. »Weißt du zufällig, wo Leonies Handy ist? Es ist verschwunden.«

»Nein. Aber es glitzert wie verrückt in Pink. Kann eigentlich nicht so leicht zu übersehen sein.«

Dann schwieg er und sah wieder auf die Zeitung, die Leonies Tod verkündete. Eine Träne stahl sich über seine Wange. Er wischte sie energisch weg.

Minke verabschiedete sich. Als sie schon beinahe aus der Tür war, beschloss sie, einem Bauchgefühl zu folgen. Max machte einen harmlosen Eindruck, aber gleichzeitig hatte sie das Gefühl, dass er ihr nicht alles gesagt hatte. »Ach – Max ... ich bräuchte eine DNA-Probe von dir. Zahnbürste oder sonst etwas.« Max sah sie überrascht an, widersprach aber nicht, ganz im Gegensatz zu seiner Mutter, die im Hintergrund empört aufschnaubte. Er verschwand hinter einer der Türen, die vom Flur abzweigten und kam mit seiner Zahnbürste zurück. Schweigend gab er sie Minke.

»Danke«, sagte sie. »Wir seh'n uns wieder.«

Lydia stürmte bei diesem Satz wie eine Löwin in den Flur. Offensichtlich war sie mit ihrer Geduld nun am Ende. »Lassen Sie endlich meinen Jungen in Ruhe«, rief sie.

Minke ging.

• • •

»Isabel.« Niels lächelte das Mädchen strahlend an, während es auf das Camp der Archäologen zulief. »Du kommst ja doch!«

»Ich habe es daheim nicht mehr ausgehalten«, sagte sie leise. »Irgendwie muss ich mich ablenken.«

Isabel stiegen Tränen in die Augen. Niels legte etwas unbeholfen seine Hand auf ihre Schulter.

»Willst du mir in Grabungsfeld drei helfen?«, fragte er. »Ich trage gerade die nächste Erdschicht ab.« Sie nickte.

Eine Weile arbeiteten sie schweigend. Niels sah ab und an zu Isabel hinüber. Sie arbeitete schon nach den wenigen Wochen, in denen sie auf der Ausgrabung jobbte, so, als habe sie nie etwas anderes gemacht; er selbst hatte viel länger gebraucht, um den Umgang mit den Pinseln und Spateln zu lernen. Außerdem hatte Isabel überhaupt keine Scheu, sich schmutzig zu machen. Sie war nicht so zimperlich, wie es Leonie bei ihren seltenen Besuchen hier auf den Grabungsfeldern immer gewesen war.

»Hallo, Isabel!« Der Professor tauchte plötzlich am Rand der Grube auf.

Isabel schrak auf. »Oh, h... hallo, Professor Hein«, stotterte sie, »tut mir leid, dass ich heute erst so spät gekommen bin.«

Er runzelte überrascht die Stirn. »Ach, warst du nicht schon heute Morgen hier?« Er zuckte die Achseln. »Na, wie auch immer – jetzt bist du ja da.«

Dann ging er weiter zum nebenliegenden Grabungsfeld, wo eine Studentin ihn in ein Gespräch verwickelte.

Isabel wandte sich wieder der Erde zu. Ein paar Minuten später tauchte jedoch ein neuer Schatten vor ihr auf.

»Bellchen, na, was arbeitest du denn da? Ich dachte, du bleibst heute zu Hause.«

Isabel sah auf. Ihr Onkel Paul stand da und lächelte freundlich. Wie immer sah er aus wie das Ebenbild eines zerstreuten alten Mannes mit seinen ausgetretenen Lederslippern, einer viel zu warmen Stoffhose und einem merkwürdig safranfarbenen Hemd, das schon bessere Tage gesehen hatte. Auf dem Kopf saß ein Strohhut, der an einen Gärtner erinnerte. Im Arm hielt er zwei prall gefüllte braune Papiertüten aus dem Halligladen.

»Ich musste einfach raus.« Isabel legte den Spatel beiseite. »Und Niels braucht Hilfe beim Abtragen der Erdschichten. Der Professor meinte gestern, es könnte eine Abfallschicht aus Everbeck sein. Wenn das stimmt, dann könnte man ganz viel daraus lesen, sagt er.«

»So, sagt er das?«

»Das tut er in der Tat«, erklang amüsiert die Stimme des Professors, der offenbar mit halbem Ohr zugehört hatte. »Herr Breitmann, Sie mal wieder hier. Unser häufigster Besucher, das muss ich sagen.« Er verzog spöttisch das Gesicht. »Wollen Sie sich über unsere Fortschritte in der Everbeck-Forschung informieren?«

»Everbeck-Forschung?« Paul schnaubte. »Dass ich nicht lache. Es ist keine Forschung, wenn man alles ausklammert, was nicht zur eigenen Theorie passt.«

Jeske Hein seufzte.

»Herr Breitmann«, sagte er in einem Ton, als würde er mit einem Kind sprechen. »Wir wollen doch nicht schon wieder mit diesem Thema anfangen.«

»Doch, natürlich. Ich kann gar nicht nicht damit anfangen, solange Sie ignorieren, dass es eine alte Überlieferung gibt – die besagt, dass Everbeck in der Nähe der Steilklippen gelegen hat, also viel weiter nördlich als Midsand. Damit ist diese ganze Grabung hier Quatsch.«

»Wie Sie schon sagen: Es ist eine Überlieferung – oder besser, eine Legende. Wir wissenschaftlichen Archäologen stützen uns lieber auf die einzige historisch verifizierte Textquelle, die Längenangaben in Seemeilen über die ehemalige Lage von Everbeck enthält. Und damit haben wir genau diesen Punkt hier berechnet. Dies ist ein seriöses, universitäres Projekt und kein Kaffeesatzlesen.«

Isabel sah das Funkeln in den Augen ihres Onkels und wusste, dass ein veritabler Wutausbruch nicht mehr weit war. Darum beschloss sie, ihn abzulenken. »Onkel Paul, was hast du da in den Tüten?«, fragte sie.

Sofort war Paul wieder sanft. »Ich war einkaufen, Bellchen«, antwortete er zu ihr gewandt. »Ein Festessen für heute Abend, du wirst schon sehen. – Und damit du mir nicht vom Fleisch fällst, bis es Abendessen gibt, habe ich dir außerdem noch das gekauft.« Er fasste in eine seiner Papiertüten und zog einen großen Schokoladenriegel hervor. »Oh!« Er sah verdutzt darauf. »Völlig geschmolzen. Na ja, macht ja nichts, schmecken tut er sicher trotzdem.«

Er drückte seiner Nichte den weichen Riegel in die Hand.

»Bis später, Bellchen.« Dann nickte er Jeske Hein würdevoll zu. »Professor Hein.«

»Herr Breitmann.«

Als Paul gegangen war, sahen der Professor und Niels beide Isabel an. Die errötete und zuckte entschuldigend mit den Achseln.

...

»Du hasch Besuch«, empfing Lisa Minke, als die wieder zurück in die Polizeistation kam. »Dein Lieblingsreporter.«

Tatsächlich saß der Chefredakteur des *Jüsteringer Stadtanzeigers* auf dem einzigen Besucherstuhl in Minkes Büro und sah ihr erwartungsvoll entgegen, das Diktiergerät schon in der Hand.

»Kalle.« Minke schloss die Tür hinter sich. »Was machst du hier?«

»Was für eine Frage – ich habe auf ein Interview gehofft. Zum Mordfall Leonie Schwarz.«

»Ich gebe keine Interviews.« Minke ließ sich in ihren Schreibtischstuhl fallen und musterte den Chefredakteur des *Stadtanzeigers* misstrauisch. »Das weißt du doch.«

»Schon, aber das hier ist doch etwas anderes. Ich meine: Ein Mädchen wurde ermordet! Die Tochter des berühmten Stephan Schwarz. Da ist die Öffentlichkeit interessiert – und auch besorgt. Vielleicht ist der Mörder noch unter uns! Sind unsere Töchter noch sicher?« Ein Klicken verriet, dass er das Diktiergerät einschaltete.

»Du hast nur zwei Söhne und die wohnen beide in Berlin.«

»Mein ›Wir‹ ist das ›Wir‹ der aufgewühlten Bürger.«

Kalle sah sie treuherzig an.

Minke seufzte. »Gut, du hast fünf Minuten und drei Fragen. Und es gibt keine Fotos. Gabi hat mir heute schon mit der Kamera auf der Straße aufgelauert, das reicht.«

Er nestelte in seiner Jacketttasche.

»Und es wird in meinem Büro nicht geraucht.«

Enttäuscht schob Kalle die Zigarettenpackung wieder zurück.

»Kommissarin van Hoorn …« Er räusperte sich. »Gibt es schon erste Ermittlungsergebnisse im Mordfall Leonie Schwarz?«

»Keine, über die ich reden kann.«

»Vorletzte Nacht wurde auf Midsand ein wertvoller archäologischer Kunstschatz entwendet, gestern Abend eine Schülerin erstochen – liegt es da nicht nahe, einen Zusammenhang zu vermuten?«

Er fuchtelte wild, um Minke zu bedeuten, direkter ins Aufnahmegerät zu sprechen. Die verdrehte die Augen, beugte sich dann aber tatsächlich weiter vor.

»Vielleicht. Es ist zu früh, sich da festzulegen.«

»Kommissarin van Hoorn, die Menschen in Jüstering und auf den Halligen haben Angst – könnte es sich um den Anfang einer Mordserie handeln? Hat es ein psychopathischer Killer womöglich auf junge Mädchen abgesehen?«

Minke hatte genug. Sie stand auf. »Okay, das war's.«

»Warum denn?« Kalle hob unschuldig die Hände. »Drei Fragen waren ausgemacht und das war meine dritte Frage.«

»Mordserie? Psychopathischer Killer?«

Der Chefredakteur zuckte die Achseln. »Könnte doch sein.«

»Raus hier, Kalle.«

16. Januar 1362

Die Halskette war wunderschön gearbeitet. Feine goldene Ranken zogen sich entlang geschliffener, blutrot funkelnder Rubinen. Jedes Blättchen, jede Blüte aus Gold war so winzig klein, so unglaublich grazil, dass man nicht umhinkam zu erkennen, dass der Goldschmied ein Künstler gewesen war. Zufrieden betrachtete eben dieser Goldschmied sein Werk. Es war eines der schönsten, die er je geschaffen hatte. Kein Wunder – der Bürgermeister hatte ihm freie Hand und eine großzügige Summe zur Verfügung gestellt und so hatte er nur die besten Steine, nur das reinste Gold verwendet. Wochenlang hatte er nur an dieser Kette gearbeitet, nun war sie fertig – gerade rechtzeitig. Morgen würde sie der Braut als Morgengabe von ihrem Bräutigam übergeben werden, so wie es Brauch war nach der Hochzeitsnacht.

»Bursche!« Der Goldschmied winkte seinen Gesellen heran. »Sieh dir das an! Siehst du diese reine Farbe der Rubine, das klare, tiefe Rot, in das man beinahe versinkt, wenn man hineinsieht?« Der Geselle, ein pickeliger Junge, begabt, aber schweigsam, nickte.

»Gut. Merk es dir – daran erkennst du einen wirklich guten Rubin. Es muss dich schwindeln, wenn du hineinblickst.« Noch einmal ließ der Goldschmiedemeister seine Fingerspitzen über das Schmuckstück gleiten, fühlte die Kühle des Goldes, die Glätte der Steine. »Jetzt lauf und bring die Kette zum Bürgermeisterhaus. Und auf dem Weg hüte sie wie deinen Augapfel.«

Kapitel 8

Minke kam am späten Nachmittag nach Hause. Sie hatte Max Reilings Zahnbürste von Bo ins Labor schicken lassen, anschließend hatte sie den Verbindungsnachweis von Max' Handy für den vergangenen Abend abgefragt. Tatsächlich hatte er zwischen sieben und zehn Uhr vier Mal Leonies Nummer gewählt, aber sie war kein einziges Mal an ihr Handy gegangen. Eingewählt war Max' Handy in dieser Zeit an mehreren Funkmasten gewesen, er schien tatsächlich herumgefahren zu sein. Allerdings blieb das Handy ab fünf vor zehn konstant am Funkmast bei der Seehundstation, dem Funkmast, der sowohl den Jüsteringer Strand, die Klippen, aber auch einen Teil der Halligen versorgte.

»Er kann überall gewesen sein«, murmelte Minke, als sie im Kopf noch einmal die Möglichkeiten durchging. »Überall und nirgends.«

Sie legte die Tasche und die Hausschlüssel beiseite und suchte nach ihrem Kater. Sie fand Victor schließlich in Pauls Garten, wo er Isabel bei den Johannisbeerbüschen Gesellschaft leistete.

»Moin, Isabel.«

Das Mädchen sah auf. Sie kauerte neben den Büschen und streichelte den Kater. Wie immer trug sie lange Hosen und ein langärmeliges Shirt, weil sie im Sommer so schnell Sonnenbrand bekam – und wie immer war es Minke ein Rätsel, wie sie das bei der Jahrhunderthitze aushielt. Isabel sah jedoch nicht besonders verschwitzt aus, eher blass und mitgenommen. Minke konnte es ihr nicht verdenken. Victor maunzte und strich um Isabels Beine.

»Ich glaube ja, er merkt, wenn es einem schlecht geht«, sagte Minke.

Isabel lächelte schwach. »Kann sein.«

Neben ihr stand eine Schüssel mit gepflückten Johannisbeeren. Dieser hintere Teil von Pauls Garten war voll mit Beerensträuchern, die sich unter dem alten knorrigen Pflaumenbaum duckten wie Küken unter der Henne. Im Stamm des Baums war eine alte Spechthöhle, in der jedes Frühjahr Blaumeisen nisteten. An späten Sommernachmittagen wie diesem war es in Pauls Garten besonders herrlich. Das bunte Sammelsurium aus Blumen, Kräutern und Sträuchern wirkte in dem warmen Licht wie mit Gold übergossen. Stockrosen wiegten sich im Wind; eine vergessene Schubkarre stand an den alten Holzzaun gelehnt und es duftete nach Lavendel und den Teerosen, die Ruth Paul einmal von einer ihrer Englandreisen mitgebracht hatte. Eine leichte Brise wisperte in den Blättern des Pflaumenbaums, Bienen summten und im Hintergrund rauschte die Nordsee. Kaum zu glauben, dass nicht weit von hier gestern ein Mädchen ermordet worden war, dachte Minke.

»Onkel Paul will heute Abend kochen«, erklärte Isabel. »Und zum Nachtisch gibt es Mädchenröte.«

Mädchenröte, ein klassischer nordfriesischer Sommernachtisch, bestand aus einer Johannisbeercreme und süßer Vanillesoße.

»Lecker.« Minke lächelte. »Soll ich dir helfen? Du hast ja noch einige Sträucher vor dir.«

Pauls Johannisbeerbüsche trugen in diesem warmen Sommer besonders viele knallrote Früchte.

Isabel nickte und Minke machte sich mit an die Arbeit. Eine Weile pflückten sie schweigend.

»Wie geht es dir?«, fragte Minke schließlich. »Das muss schrecklich für dich sein, was mit Leonie passiert ist.« Als Isabel nicht antwortete, fügte sie hinzu: »Als mein Vater gestorben ist, stand ich auch völlig neben mir und alles kam mir komisch vor.«

Das Mädchen sah sie überrascht an. Seit beinahe einem Jahr lebten sie unter einem Dach und Minke hatte noch kein einziges Mal den Tod ihres Vaters erwähnt.

»Ich fühle mich, als würde ich durch Watte gehen«, sagte Isabel schließlich zögernd.

»Das ist normal. Aber es wird besser werden irgendwann«.

Isabel schüttelte bloß den Kopf. Dann wandte sie sich ab und streckte sich nach einer etwas entfernt hängenden, besonders vollen Rispe mit rubinrot glänzenden Beeren.

Dabei verrutschte der Ärmel ihres Shirts ein wenig und gab den Blick auf ein Lederarmband frei, an dem ein geschnörkeltes großes I baumelte.

»Schönes Armband«, bemerkte Minke, um die Stille wieder zu durchbrechen.

»Danke«, antwortete Isabel knapp.

Minke steckte sich eine der Beeren in den Mund. Sie schmeckte saftig und sonnenwarm. »Übrigens war ich heute in der Schule und habe mit deinen Mitschülern und deinem Lehrer gesprochen«, sagte sie dann. »Sie haben mir alle so ungefähr dasselbe über Leonie erzählt. Darum würde ich gerne wissen, was du mir über sie sagen kannst. Du kanntest sie besser als alle anderen.« Sie warf die nächste gepflückte Rispe in die Schüssel. »Ich muss wissen, was für ein Mensch sie war. Das ist wichtig, um ihren Mörder zu finden, verstehst du?«

Isabel nickte, aber es dauerte einen Augenblick, bis sie antwortete. »Leonie war Leonie«, sagte sie schließlich. »Man kann sie mit niemandem vergleichen. Als sie in unsere Klasse kam, hat der Lehrer sie neben mich gesetzt und sie hat mich angelächelt und mich einfach gefragt, ob wir Freundinnen sein wollen – das fragt man doch eigentlich nicht, oder? Aber sie hat es getan. Leonie ... mit ihr war es nie langweilig. Sie hatte immer irgendwelche total verrückten Ideen.«

»Zum Beispiel?«

»Na ja, so etwas wie Mutproben. Sie wollte immer etwas erleben. Vom Zehnmeterbrett springen, ganz weit aufs Meer rausschwimmen, in ein Brautgeschäft reingehen und einfach mal so Brautkleider anprobieren.« Isabel lächelte zaghaft. »Einmal haben wir auch drüben im Leuchtturm übernachtet, obwohl das verboten ist.«

Minke musste an das denken, was der Lehrer gesagt hatte. Leonie liebte Herausforderungen, Spiele zu spielen, zu sehen, wie weit sie gehen konnte. Isabel steckte sich nun auch eine Johannisbeere in den Mund.

»Letzte Woche sind wir mit dem Mofa nachts auf die Klippen rausgefahren, weil Meeresleuchten war. Leonie mochte das, sie konnte sich das Leuchten stundenlang angucken. In Hamburg gibt's das nicht, hat sie gesagt.«

»Das Mofa – hat das Max Reiling gehört?«, fragte Minke. Es war ein Schuss ins Blaue, aber offensichtlich ein Volltreffer.

Isabel starrte sie an. »Woher weißt du das? Kennst du ihn?«

»Ich habe heute mit ihm geredet. Er sagt, er wäre Leonies fester Freund gewesen.«

Isabel warf die nächste gepflückte Rispe in die Schüssel.

»Na ja ...«

»Was heißt das?«

»Dass er total verknallt in sie war. Aber sie nicht so sehr in ihn.

Das hat sie mir gesagt – wir haben uns immer alles gesagt, das hatten wir uns versprochen. Das war unser Schwur.«

Isabel wechselte zum nächsten Beerenstrauch.

»Und du?«, fragte Minke. »Ich meine – hast du eigentlich einen Freund?«

Isabel schüttelte den Kopf.

»Ich glaube, dieser Niels von den Archäologen findet dich ganz gut …« Minke fand noch eine vergessene Rispe und streifte die Beeren davon ab. Die Schüssel füllte sich.

»Quatsch«, fauchte Isabel ungewohnt heftig. »Niels und ich – niemals.«

»Okay, okay.« Minke grinste. »Friss mich nicht gleich. Ich dachte nur, weil du so oft bei den Ausgrabungen bist.«

»Das ist mein Sommerjob. Ich liebe Archäologie. Das studiere ich nach der Schule auf jeden Fall, und zwar in Kiel. Steht alles schon fest.«

»Leonie hat sich nicht so sehr für die Ausgrabungen interessiert, oder?«

Aber Isabels Gesicht hatte sich aus irgendeinem Grund verschlossen.

Paul erschien in der Terrassentür.

»Moin, Minke.« Er strahlte. Über seinem safranfarbenen Hemd trug er eine schief gebundene Kochschürze. »Heute Abend gibt es Matjes mit Butterkartöffelchen und grünen Bohnen und danach Mädchenröte. Wir haben auf jeden Fall genug für drei. Na, wie klingt das für dich?«

Der Himmel über der Nordsee hatte sich tiefrot gefärbt, als an Pauls wackeligem Esstisch alle Teller und Schüsseln leer gegessen waren.

»Ah, Matjes.« Paul lehnte sich in seinem Stuhl zurück und

klopfte sich zufrieden auf den runden Bauch. »Immer noch das Beste, was man an Sommertagen an der Nordsee auf den Tisch bringen kann.« Er lächelte Isabel und Minke an. »Und dann noch in so netter Gesellschaft.«

Isabel lächelte ihrem Onkel zurück und begann dann, das Geschirr aufzuräumen.

»Ich hol mal den Nachtisch«, sagte sie.

Als sie in der Küche verschwunden war, sahen Paul und Minke sich an. »Ich mache mir Sorgen um sie«, sagte Paul leise. »Das ist nach dem Unfall ihrer Eltern nun schon das zweite Mal, dass sie den Tod von jemandem, der für sie wichtig war, verkraften muss.« Er seufzte. »Der Tod ihrer Eltern hat bei ihr natürlich Spuren hinterlassen, auch wenn sie das nicht zeigt. Sie ist labiler, als sie zugibt, denke ich.« Er tupfte sich den Mund mit der Serviette ab, streckte seine Beine mitsamt den Pantoffeln aus und seufzte noch einmal. »Ich werde gut auf sie achtgeben müssen.«

In diesem Moment kam Isabel mit einem Tablett zurück, auf dem drei Dessertschüsselchen gestapelt waren, daneben die große Schüssel mit der zartrosa Mädchenröte und ein Krug mit dicker Vanillesoße.

»Na, wovon redet ihr?«

»Ach, ich habe erzählt, dass ich dich heute Mittag bei den Archäologen besucht habe«, log Paul erstaunlich flink.

»Stimmt, und du hast schon wieder mit Professor Hein herumdiskutiert«, gab Isabel zurück.

»Pah, diskutiert. Irgendjemand muss ja euren heiligen Professor auf die Schwachstellen seines Projekts hinweisen, oder nicht?«

»Professor Hein wird bald total berühmt sein!«, hielt Isabel dagegen. »Sobald jeder weiß, dass er Everbeck gefunden hat.«

Sie verteilte die Vanillesoße über die rosa Johannisbeercreme und schob dann eines der gefüllten Schüsselchen Minke zu. Die tauchte ihren Löffel in den Nachtisch und kostete. Der säuerliche Johannisbeergeschmack und die süße Vanillesoße passten perfekt zusammen. Drei, zwei, eins, dachte sie im Stillen – sie wusste, was jetzt kam. Niemals würde Paul Isabels Aussage unkommentiert stehen lassen. Von Beginn an war das Archäologenprojekt für ihn ein rotes Tuch – und dass Isabel dort begeistert mithalf, machte es nicht besser.

Und richtig: »Everbeck«, ereiferte sich Paul, »er hat Everbeck gefunden, wenn ich das schon höre!«

Isabel seufzte. Minke zwinkerte ihr zu.

»Ich habe mich schon mit Everbeck und seiner Geschichte beschäftigt, da hat dieser Möchtegern-Professor noch am Daumen gelutscht. Ich weiß noch, wie ich als kleiner Junge fasziniert war, wenn unser Lehrer davon erzählte – ein zweites Rungholt, hier bei uns vor der Jüsteringer Küste.« Pauls Gesten wurden immer ausladender. »Heut bin ich über Rungholt gefahren/ die Stadt ging unter vor sechshundert Jahren ...«, rezitierte er. »Das Gedicht habe ich damals mit Begeisterung auswendig gelernt und alles über die Marcellusflut gelesen, die 1362 Rungholt und Everbeck verschlungen hat. Einfach alles! Da war ich erst zehn!«

»Ja, Onkel Paul.«

»Und eines kann ich euch sagen ...« Paul fuhr unbeirrt fort und versenkte seinen Löffel mit Vehemenz im Nachtisch. »Dass Everbeck mitnichten auf Midsand lag. Vollkommen egal, was dein Professor behauptet, Isabel.«

Er sah mit großen Augen zwischen Isabel und Minke hin und her, in der Hoffnung, dass ihm jemand das Stichwort für den nächsten Teil des Vortrags gab.

»Denn es lag ...«, erbarmte sich Minke schließlich.

»Denn es lag viel weiter nördlich im Watt, irgendwo vor den

Klippen. Der Professor ignoriert einfach die alte Legende, die davon spricht: ›Everbeck, die versunkene Stadt durch Gottes Zorn, vor den hohen Klippen von Jüstering.‹ Und eines Tages wird das Watt dort auch die Schätze von Everbeck freigeben.« Er machte eine Pause. »Bei Rungholt war es auch so. Mit dieser Flöte.«

Minke sah überrascht auf. Das war neu. »Eine Flöte?«

»Sag bloß, du kennst diese Geschichte nicht?« Paul griff sich persönlich getroffen an die Brust.

Minke schüttelte den Kopf. Die Augen ihres alten Vermieters blitzten glücklich. »Das war im Zweiten Weltkrieg«, holte er aus und senkte seine Stimme in geheimnisvoller Märchenonkel-Manier. »An einem schauerlichen, nebligen, scheußlich kalten Abend. Die britischen Alliierten flogen damals gerne Routen über das Wattenmeer, weil sie dort recht sicher vor Abschüssen waren. Aber an diesem Abend flog ein unglücklicher englischer Soldat sein Flugzeug über der Küste. Er stürzte ab.« Paul machte eine Kunstpause, die er mit einem weiteren Löffel voll Nachtisch füllte. »Der arme Soldat überlebte zwar, war aber nun im nächtlichen Watt und wir wissen alle, wie gefährlich das ist. Er wusste nicht, wo er war, er wusste nicht, wann die Flut zurückkam. Und so taumelte er im Mondschein suchend über das weite Watt.«

»Ich dachte, es sei ein nebliger Abend gewesen«, warf Minke grinsend ein.

»Na schön, dann eben kein Mondschein, sondern Nebel. Im Nebel taumelte er durch das nächtliche Watt, gefährdet von der Flut, völlig hilflos und als Engländer im Feindesland. Irgendwann konnte er einfach nicht mehr weiter. Er schleppte sich also zu einem kleinen Felsen im Watt, setzte sich und war beinahe schon bereit, sich mit seinem Schicksal abzufinden, als er« – nun war Pauls Stimme nur noch ein Flüstern –, »als er dort im Mondlicht etwas entdeckte.«

»Hört, hört«, machte Minke. »Nun also doch der Mond.«

Isabel grinste.

»Jedenfalls«, fuhr Paul ungeduldig fort, »bückte er sich und hob das Etwas auf, das dort im Watt steckte, und siehe da, es war ein ganz seltsames Ding. Sanft geformt, mit einer Verdickung in der Mitte, drei Löchern und einer Art Mundstück an der Oberseite.« Paul machte die Form in der Luft nach. »Der Pilot war klug, oder vielleicht war es auch nur die Verzweiflung, jedenfalls setzte er seine Lippen daran und blies hinein. Und siehe da ...« – wieder machte er eine effektvolle Kunstpause –, » ... ein wunderschöner, fremdartiger Ton kam aus dem merkwürdigen Gegenstand und wurde über das Watt getragen.«

Paul beugte sich vor und tat sich noch einmal Johannisbeercreme auf. Dabei erzählte er weiter: »So saß also unser erschöpfter, armer Soldat und spielte auf dieser merkwürdigen Flöte, ließ die Töne über das weite Watt klingen. Bis ihn jemand hörte – nämlich die einsame Gräfin auf der winzigen Hallig Südfall. Sie war noch wach, Gott sei Dank, und sie hörte diese seltsame Melodie durch die Nacht. Weil sie eine mutige Frau war, machte sie sich auf und sie fand den Soldaten und rettete ihn. Wohlgemerkt, obwohl er Engländer war!« Paul griff nach dem Krug auf dem Tisch und goss sich reichlich Vanillesoße nach. »Später, nachdem der Krieg aus war, untersuchte man den Gegenstand, den der Soldat in dieser Nacht gefunden und der ihm das Leben gerettet hatte. Und was war es?« Er sah spannungsgeladen in die Runde. »Es war eine sogenannte Okinara, ein Flöteninstrument aus dem vierzehnten Jahrhundert. Aus Rungholt! Ein Fingerzeig, den das Watt selbstständig freigegeben hatte. Spätestens seitdem ist klar, dass es Rungholt wirklich gab.« Er sah zufrieden von einer zur anderen. »Und genauso gab es Everbeck – nur nicht auf Midsand. Es wurde vor den Klippen verschlungen während der Flut am 16. Januar 1362. Und irgendwann wird das Watt das Geheimnis freigeben und ihr werdet sehen, dass ich recht hatte.«

Minkes Handy durchbrach die kunstvolle Pause. Paul schüttelte missbilligend den Kopf; offensichtlich fand er den Moment zu wichtig, um von so etwas Schnödem wie Handyklingeln unterbrochen zu werden. Minke zuckte entschuldigend mit den Schultern und nahm ab. Es war David.

»Minke, wo bleibst du denn? Ich stehe hier mit einem zweiten Arbeitsoverall in der Hand und warte.«

»Oh nein!« Minke schlug sich mit der Hand an die Stirn. Sie hatte ihm fest versprochen, heute Abend beim Ausräumen des Dachbodens auf dem Deichgrafenhof zu helfen. »Sorry, das habe ich über Matjes, Mädchenröte und Pauls Flötengeschichte total vergessen.«

»Über was bitte?«

»Ich erzähl es dir gleich.« Minkes Blick fiel auf die riesige Schüssel Mädchenröte, die immer noch halb voll war.

»Und ich bringe was zur Entschädigung mit.«

• • •

»Oh Mann, ist das viel Staub.« Minke klopfte ihre Hände ab und sofort breitete sich eine kleine Staubwolke in der stickigen Luft des Dachbodens aus. Inzwischen war es spät geworden, kurz vor Mitternacht. Seit Stunden arbeiteten David und sie verbissen daran, die Möbelstücke, alten Kleidertruhen, seit Ewigkeiten nicht mehr geöffneten Kommoden voller Kram, längst vergessener Fotos und Gemälde auszuräumen. Der Dachboden des Deichgrafenhofs war über lange Zeit mit von der Familie Holt ausrangierten Dingen gefüllt worden. Manches konnte man wahrscheinlich noch einem Antiquitätenhändler anbieten. Anderes, wie ein großes Buddelschiff, dessen Glas mehrfach gebrochen war, oder eine Sammlung verstaubter Damenhüte mit zerdrückten Seidenblumen, war nur noch Krempel. Minke sah sich seufzend um. Es würde noch lange dauern, bis alles ausgeräumt war – und sie hatten nicht mehr viel Zeit, bis die neuen Besitzer einziehen wollten. David, der mit einer schweren alten Holzkommode kämpfte, wischte sich den Schweiß von der Stirn. Vor dem Dachbodenfenster war es nun schon lange dunkel, nur eine funzelige Deckenlampe, die auch schon bessere Tage gesehen hatte, beleuchtete den Dachboden. Die Möbel warfen lange Schatten, draußen rauschte die Nordsee.

David ließ die Kommode Kommode sein und ging zu Minke hinüber. Er gab ihr einen Kuss auf die staubige Wange. »Pause?«, fragte er. »Mitternachtspicknick mit deinem Mitbringsel?« Minke nickte.

Während David eine alte Wolldecke ausbreitete und die Plastikschüssel voller übrig gebliebener Mädchenröte öffnete, sah Minke aus dem Dachbodenfenster über das nächtliche weite Watt. Der Himmel war sternenklar, der Mond ließ das Watt glitzern und glänzen. Eine geheimnisvolle, merkwürdige Landschaft, dachte Minke. Pauls Erzählung fiel ihr wieder ein.

»Kennst du eigentlich die Geschichte von Everbeck?«, fragte sie unvermittelt.

David sah überrascht auf. »Nicht besonders. Meine Oma hat mir nur immer diese Märchen erzählt.« Er kam mit der Nachtischschüssel zu ihr und drückte ihr einen der beiden Dessertlöffel in die Hand. Dann sah auch er hinaus aufs dunkle Watt. »Angeblich ist es nämlich so, dass man an ganz stillen Tagen die Kirchenglocken von Everbeck unter Wasser läuten hören kann.« Er schob sich einen Löffel Mädchenröte in den Mund. »Oh, und alle sieben Jahre in der Johannisnacht taucht die Stadt einmal aus dem Watt auf. Zur Erinnerung daran, was passiert, wenn dich der Zorn Gottes trifft, wie er Everbeck getroffen hat – oder so ähnlich.«

»Der Zorn Gottes«, wiederholte Minke nachdenklich und sah weiter hinaus in die Nacht. Sie dachte an den Eispickel in Leonies Brust und was Bo darüber gesagt hatte. Immer geht es um Zorn, dachte sie. Während sie auf das Watt blickte, hatte sie plötzlich beinahe das Gefühl, vor dem inneren Auge tatsächlich eine Stadt zu sehen, die sich dort im Mondschein gespenstisch erhob. Eine schlafende Friesenprinzessin in leuchtender Brandung, eine gespenstische Geisterstadt, versunken vor langer Zeit, ein gestohlenes uraltes Bernsteinpferd, ein ermordetes Mädchen – mit einem Mal schien dieser helle friesische Sommer erfüllt mit dunklen Geschichten.

»Wenn du nicht aufpasst, habe ich dir gleich alles weggefuttert«, riss Davids gut gelaunte Stimme Minke aus ihren düsteren Gedanken. Sie drehte sich zu ihm um und schüttelte sich. »Kommt gar nicht infrage, wenn du mich als Möbelpackerin behalten willst«, protestierte sie. Davids Lachen vertrieb die düsteren Gespenster.

• • •

»Können wir uns sehen?« Kristin umklammerte ihr Handy fester. Sie war so durcheinander, ihr Leben war so ein unendliches Chaos. Vor dem Umzug hierher, ja, eigentlich bis vor zwei Wochen war alles geordnet gewesen, nun war alles aus den Fugen geraten. Und Leonie ... sie fühlte, wie wieder die Tränen in ihr aufstiegen.

»Ich werde sehen, ob ich es schaffe. In zwei Stunden?«, sagte die tiefe Stimme am anderen Ende, die Stimme, nach der sie geradezu süchtig war.

Sie nickte, auch wenn er das nicht sehen konnte.

»Ich muss dich sehen«, flüsterte sie. »Ich muss reden, ich brauche ...« Sie brach ab. Sie wusste nicht, was sie brauchte.

»Bis später«, sagte die Stimme. Kristin legte auf.

• • •

Lisa saß in ihrer kleinen, kunterbunt eingerichteten Wohnung in Jüstering. Überall verteilten sich gemalte Kinderbilder – Geschenke ihrer vielen Nichten und Neffen von der Schwäbischen Alb, Blumentöpfe mit sorgsam gehegten Zimmerpflanzen, gepunktete und gestreifte Sofakissen und eine Menge Fotos von ihrer Familie und ihren Freunden von zu Hause. Beim Umzug hatte sie lediglich alle Hochzeitsfotos und sämtliche Geschenke ihres Ex-Mannes akribisch entsorgt. Nun sah sie gebannt auf den Bildschirm ihres Laptops. Sie bemerkte gar nicht, wie spät es geworden war, so sehr war sie von dem gefesselt, was sie las.

Ihr Tag war anstrengend gewesen; sie hatte erfolglos eine ganze Menge von Pfandhäusern, Juwelieren und Antiquitätenhändlern in Jüstering und den umliegenden Orten abgeklappert. Das Bernsteinpferdchen blieb wie vom Erdboden verschluckt. Dazu war der Besuch des neugierigen Chefredakteurs gekommen, der auch versucht hatte, irgendwelche spannenden Informationen über den Diebstahl aus Lisa herauszuquetschen.

Sie war erleichtert gewesen, am Ende des Tages nach Hause zu kommen, und hatte sich nach einer erfrischenden Dusche im Pyjama und mit einem Teller voller liebevoll angerichteter Käsebrote vor den Fernseher gesetzt, nachdem sie noch schnell mit ihrer Schwester in Stuttgart telefoniert hatte.

Irgendwann aber, während sie eine mäßig lustige Serie ansah, waren ihre Gedanken unweigerlich zurück zu ihrem Fall gewandert – zum ersten Fall, für den sie verantwortlich war. Team Pferdle. Und so hatte sie spät am Abend noch einmal ihren Laptop aufgeklappt und Bernstein in die Suche eingetippt. Seitdem klickte sie sich durch die Ergebnisse, während durch die offene Balkontür allmählich kühlere Nachtluft hereinwehte.

Schon in frühen Kulturen und in der Antike war Bernstein beliebt gewesen. Ovid hatte ihn »Tränen der Götter« genannt. Und Lisa stieß auf ein weiteres Bernsteinpferd, viel grober gefertigt als das, was den Archäologen geklaut worden war, aber trotzdem erkennbar ein Pferd. »Woldenberger Bernsteinpferd«, las sie halblaut vor, »um 3 000 vor Christus, 1858 im heutigen Polen/Dobiegniew gefunden.« – Wahnsinn, wie alt des Ding isch.

Erst eine weitere halbe Stunde später konnte sie sich losreißen. Sie hatte beschlossen, mehr über die Geschichte von Nordfriesland und dem Bernstein zu lernen, wenn sie schon eine solche historisch wichtige Figur wiederfinden sollte. Und sie hatte auch schon eine Idee, wo man ihr sicher würde weiterhelfen können. Zufrieden stand Lisa auf und ging ans Fenster. Sie betrachtete den funkelnden Sternenhimmel über Jüstering und dachte daran, dass derselbe Sternenhimmel vor Hunderten Jahren auch über Everbeck gefunkelt hatte.

16. Januar 1362

Ja, der Saal war vorbereitet. Alle Möbel waren schon am Vortag von den Bediensteten hinausgetragen worden, die Holzbohlen sauber gefegt und duftende Kräuter verteilt. Der Kamin wurde seit dem Morgen ordentlich angeheizt; inzwischen war es trotz der winterlichen Temperaturen im Saal mollig warm. Das Dienstmädchen, das den ganzen Morgen emsig hierhin und dorthin gelaufen, gefegt, geputzt und getragen hatte, setzte sich für einen kurzen Moment, um zu verschnaufen. Sie sah sich um. An den Wänden hingen grüne, aus Mistelzweigen gewundene Girlanden als Schmuck; die Beeren daran glänzten in einem frostigen Weiß, als wären sie aus Perlmutt. Misteln, das Wintergrün, brachten Glück. Es stand für Fruchtbarkeit und den Kindersegen und die weißen Beeren für die Keuschheit der Braut. Blutrote Bänder waren hier und da in das Grün eingeflochten – Rot, die Farbe der Liebe. Es sah schön aus, prächtig.

Alles war nun bereit für die Hochzeit. Die Musikanten waren angeheuert sowie die halbseidenen Tänzerinnen, die zu später Stunde leicht bekleidet die betrunkenen Gäste erfreuen würden – wie es auf jeder ordentlichen Hochzeit Brauch war. Der Lichterzug war arrangiert, der um Mitternacht das Brautpaar feierlich in sein Schlafgemach bringen würde. Die Morgengabe für Fricka, die kostbare Rubinkette, lag funkelnd und glitzernd neben dem Brautbett bereit – das Dienstmädchen selbst war es gewesen, die die Ehre gehabt hatte, sie dorthin zu legen. In der Küche des großen Kaufmannshauses wurde seit Tagen gebacken, gekocht, gepökelt und geräuchert. Das Mädchen besah ihre Finger – einige Male hatte sie sich bei all der Arbeit verbrannt; ihre Finger hatten Schrunden, man sah ihnen an, wie viel sie in der letzten Zeit gearbeitet hatten. Aber heute, heute war endlich der Tag des Festes.

Diese Hochzeit, Frickas Hochzeit, die Hochzeit der beiden wichtigsten Familien von Everbeck, würde das Ereignis des Jahres werden.

»He, Bertha, keine Pause«, die Wirtschafterin trieb sie wieder auf die Füße. »Ausruhen kannst du, wenn alles vorbei ist.«

Das Dienstmädchen quälte sich wieder auf die Füße und tat, was ihr geheißen wurde. Den Wind, der leise sirrend, mit einem merkwürdigen Pfeifen ums Haus strich, bemerkte niemand.

Kapitel 9

Am nächsten Morgen explodierte Minkes Handy um halb sieben in aller Frühe. Der Mord an Leonie Schwarz lag nun schon zwei Tage zurück.

»Hey, Lütte!«, drang eine gut gelaunte Stimme aus dem Lautsprecher.

Minke richtete sich auf und strich sich die Haare und den Schlaf aus dem Gesicht. Im Raum unter Pauls Reetdach war es schon warm – oder immer noch?

»Das ist doch Wahnsinn«, murmelte Minke.

»Was?«

»Nichts, ich hab nicht Sie gemeint.« Langsam wurde Minke wach. Die Stimme aus dem Telefon kam ihr bekannt vor.

»Mensch, Minke, was heißt hier ›Sie‹? Ich bin's, Ulla. Sag bloß, du liegst noch im Bett – und das bei der Hitze. Versteh ich ja nicht. Du – wie man hört, hast du gestern bei meinem Kollegen angerufen und warst ein bisschen ungemütlich?!« Ein Kichern.

Ulla. Immas Großcousine und Leiterin der Küstenwache Jüstering.

»Stimmt.« Minke ließ sich zurück ins Kissen fallen. Ihr Kater sprang aufs Bett, setzte sich auf ihren Bauch und sah sie auffordernd an. Sie streichelte über sein graues Fell.

»Ich brauche unbedingt eine Information; nämlich ...«

»Ja, ja, ich weiß schon – wer am Mordabend mit dem Boot vor Midsand unterwegs war«, unterbrach Ulla aufgeräumt.

Minke richtete sich stöhnend wieder auf. Ihr tat vom Möbelschleppen jeder Knochen weh.

»Und weißt du, wer es war?«

»Jap, ganz einwandfrei. Hat ein bisschen gedauert, aber jetzt bin ich mir sicher – es kann nur dieses Boot gewesen sein, das du um diese Uhrzeit vom Ufer aus gesehen haben kannst.«

»Gut, und zwar welches?« Victor angelte mit ausgestreckten Krallen nach Minkes Hand.

»Es wird dich aber nicht sehr freuen«, warnte Ulla. »Wahrscheinlich sogar ganz und gar nicht.«

»Ulla, komm schon, es ist früh und ich hab kaum geschlafen.«

Kurz herrschte Schweigen am anderen Ende, dann sagte Ulla: »Es war Bütt.«

»Oh nein!«

»Tja, ich bin nur die Botin der schlechten Nachricht. Viel Spaß mit dem Griesgram! Und liebe Grüße an Imma, sie soll sich mal wieder bei mir melden.« Dann hatte Ulla aufgelegt.

Minke rief Lisa an.

»Oh, hallo, Minke – bist du schon im Büro?« Auch sie klang bedeutend wacher, als Minke sich fühlte.

»Nein, ich liege noch im Bett.«

»Wirklich? Bei der saumäßigen Hitze? Also ich bin schon seit fünf wach. Hab geputzt und jetzt koch ich Gsälz ein, des kann man ja später net, wenn es noch heißer isch. Da muss man den Morgen nutzen.«

»Was bitte kochst du ein?«

»Erdbeergsälz.« Lisa lachte. »Erdbeermarmelade.«

»Gsälz?«, wiederholte Minke und rieb sich über die müden Augen.

»Ja. Und wenn jemand bei uns in Schwaben grummelig isch, dann isch der ein Gsälzbär. Aber jedenfalls – was isch denn los?«

»Wir wissen jetzt, wem das Boot gehörte, das zur Tatzeit vor Midsand war.«

»Oh, echt?« Es hörte sich an, als würde Lisa einen Löffel able-cken. »Und zwar wer?«

»Fischer Bütt.«

»Ach, isch des der, von dem dein Bruder die Kühltruhe hat?« Lisa seufzte. »Find ich ja irgendwie total romantisch, ein richtiger nordfriesischer Fischer.«

»Findest du?« Minke grinste, während sie Victor sanft, aber bestimmt von sich herunterbeförderte. »Heißt das, du willst mit, wenn ich ihn gleich befrage?«

»Isch des dein Ernst? Unbedingt!«

»Gut. Dann sehen wir uns in einer halben Stunde vor der Fischerei.«

Viele Jahrhunderte lang hatte es in Jüstering eine ganze Menge Fischer gegeben, die von ihrer Arbeit leben konnten. Ein ganzes Stadtviertel hatte ihnen gehört, das Fischerviertel südlich des heutigen Hafens, aber inzwischen waren die kleinen bescheidenen Häuschen dort zu Feriendomizilen umgebaut, die in diesem Rekordsommer ausnahmslos vermietet waren. Fischer Bütt war der letzte Berufsfischer der Stadt, der sich zäh an seine Selbstständigkeit klammerte und sich weigerte, seine Fischerei an einen der großen Konzerne zu verkaufen. Jeder in Jüstering und auf den Halligen kannte ihn, weil es bei ihm den frischesten Fisch und die besten Krabben gab – und weil man sich vor seinem Griesgram besser in Acht nahm.

Als Minke und Lisa an diesem Morgen auf den Hof der Fischerei bogen, standen dort Bütts Lieferwagen, beide jeweils mit dem schon halb abgeblätterten Aufdruck »Frischer Fisch – nur von Bütt« auf dem großen asphaltierten Hof. Aus der kleinen, modernen Verarbeitungshalle, die Bütt erst vor einigen Jahren gebaut hatte, drangen Maschinengeräusche. An der Anlegestelle lagen die drei kleinen Fischkutter mit Baumkarren, an denen die Netze zum Krabbenfang hingen und mit denen Bütt und seine Söhne sechs Tage in der Woche auf dem Meer unterwegs waren. Bis vor ein paar Wochen hatte es noch ein viertes Boot gegeben, Bütts einzigen hochseetüchtigen Fischkutter, aber Imma hatte Minke erzählt, dass er ihn hatte verkaufen müssen. Nun blieben ihm nur noch die Fische und Krabben, die nahe an der Küste zu fangen waren. Zur Fischerei gehörte auch ein kleiner Laden, wo der Fang direkt verkauft wurde. Auf diesen steuerte Minke nun zu. Gerade kam dem Dialekt nach ein bayrisches Paar aus der Tür, mit einem kleinen Hund an der Leine und zwei vollgepackten Tüten im Arm. »Toll, so frischer Fisch aus der Nordsee – können wir nur empfehlen«, sagte die Frau in Minkes Richtung.

»Danke für den Tipp.« Sie fing die zufallende Ladentür auf und ging hinein; Lisa folgte ihr. Im Inneren des Fischladens war es angenehm kühl. Die Theke war gut gefüllt: Auf einer dicken Eisschicht lagen Schollen, Seezungen, Heringe, Muscheln verschiedener Art, Krabben und sogar ein ganzer Seeteufel.

Bütts jüngster Sohn Sven stand mit einer weißen Plastikschürze hinter der Theke und schnitt mit einem großen Messer Fischfilets in hauchdünne Scheiben. Früher hatte hier Frau Bütt bedient, die sich allerdings irgendwann von ihrem Mann hatte scheiden lassen. Jeder in Jüstering hatte Verständnis dafür gehabt.

»Moin«, grüßte Minke.

Sven sah auf. Es war kaum zu glauben, dass er Bütts Sohn war, so zart und klein, wie er wirkte.

»Moin, Minke.« Er lächelte freundlich. »Willst du Fisch? Papa hat ein paar richtige Glücksfänge gemacht.« Er deutete auf eine flache Schale mit Fischfilets, die tatsächlich ziemlich gut aussahen. Groß, lang und dick – der Kabeljau, von dem diese Filets stammten, musste ein Prachtexemplar gewesen sein.

Sven strahlte. »Wahnsinn, oder?«

»Mhm.« Minke nickte. »Ich bin aber nicht wegen Fisch hier – wir müssen mit deinem Vater sprechen.«

Sven ließ überrascht das Messer sinken. »Vater ist drüben in der Halle«, sagte er. »Aber, na ja ... er ist nicht gut drauf.«

Minke grinste. »Wann ist er das denn?«

Tatsächlich fanden sie Bütt kurz darauf in grünen Gummihosen und einer gelben Öljacke, wie er gerade einen Korb voll fangfrischer Krabben auf einen breiten Stahltisch schüttete.

»Jonne!«, brüllte er. »Komm rüber. Glaubst du, ich pul das selber?« Jonne war sein ältester Sohn.

»Moin, Bütt«, sagte Minke laut.

Der Fischer drehte sich unwillig um. Er war Ende vierzig, ein Hüne mit breiten Schultern, denen man ansah, dass sie von lebenslanger körperlicher Arbeit gestählt waren. Seine wettergegerbte Haut und der schwarze Bart zu den genauso schwarzen Augenbrauen ließen ihn beinahe wild aussehen, vor allem wenn er, wie jetzt, wütend funkelte. Lisa wich unwillkürlich ein wenig zurück.

Bütt musterte Minke unwillig. »Die kleine van Hoorn«, knurrte er schließlich. »Du hast ja immer noch diese komische Haarfarbe.«

»Tja, was soll ich sagen – ich bin damit geboren.«

»Was willst du?« Er griff in den Haufen Krabben. »Ich bin beschäftigt. Mein Nachtfang muss versorgt werden.«

»Ich will mit dir reden.«

»Aha. Und worüber?« Er sah sich um. »Jonne, verdammt, wo bleibst du?«

»Warst du vorgestern Abend mit dem Boot unterwegs? Westlich von Midsand – sagen wir zwischen halb zehn und halb elf?«

Der Riese in den Fischerhosen sah sie verstimmt an. »Ja – und? Ist das verboten? Ich bin Fischer, Herrgott noch mal.«

»Was hast du dort gemacht?«

»Was wohl? Die Nacht war gut für Seezungen«, brummte Bütt. »Warmes Wasser und Meeresleuchten, nur ein Idiot lässt sich so etwas entgehen. In solchen Nächten springen sie dir praktisch freiwillig aufs Boot.« Er klopfte auf den Stahltisch vor sich. Die Schläge hallten durch den Raum, seine Hände waren wie Pranken. »Was soll der Blödsinn? Wieso fragst du mich das?«

»Kennst du Familie Schwarz?«, fragte Minke unbeirrt weiter.

»Der große Baugott.« Er sah plötzlich noch ein bisschen wilder aus. »Stephan Schwarz war mal Fischersohn, so wie ich, wusstest du das? Bevor er zu einem aufgeblasenen Affen wurde, meine ich.«

»Und seine Tochter? Kennst du sie auch?«

Misstrauisch sah er zwischen Minke und Lisa hin und her. »Denkst du, ich war das mit der Kleinen?« Er drehte sich zu seinen Krabben um. »Ich muss arbeiten.«

Minke umrundete den Tisch mit dem Berg frischer Krabben und sah Bütt in die Augen. »Du warst mit deinem Boot vor Midsand, als wir die Leiche von Leonie gefunden haben – die Luftlinie kommt genau hin, du hättest zur Tatzeit am Tatort sein können. Leonie erstechen und dann hinaus aufs Meer. Wem fällt schon ein Fischerboot auf der Nordsee auf? – Aber mir ist es aufgefallen. Und es war das einzige weit und breit.« Sie sah ihn herausfordernd an.

Der Fischer lachte rau auf. »Und warum bitte hätte ich das tun sollen? Hast du sonst noch irgendetwas gegen mich in der Hand, abgesehen davon, dass mein Boot zufällig vor Midsand herumgedümpelt ist?«

Minke schwieg. Er hatte recht, sie hatte nichts. Nur das einsame Boot draußen vor der Hallig auf dem leuchtenden Meer, in der Nähe von dem toten Mädchen am Ufer. Dieser Fall ist bisher völlig ohne Anhaltspunkte, sodass ich mich sogar an so etwas festhalten muss, dachte sie verstimmt. Bütt schien Minke ihre Gedanken anzusehen und lachte noch lauter. »Oh Mann, damit wäre nicht einmal dein Vater hier angekommen, Minke! Mach ihm keine Schande.«

Sie wollte Bütt trotzdem nicht das letzte Wort überlassen. »Du warst allein auf dem Boot an dem Abend, nehme ich an?«

»Klar. Meine nichtsnutzigen Söhne sind ja nicht gerade fleißig. Haben gestern Abend lieber einen draufgemacht als zu fischen. So kommt man zu nichts, das predige ich ihnen immer. – Jonne, wenn du deinen Arsch nicht sofort hierherbewegst ...« Dann klatschte er in die Hände. »So, Mädels, Ende der Vorstellung – ich habe einen Sohn hierherzuholen und Krabben zu pulen.«

Ohne weitere Umstände stapfte er in seinen schweren Fischerstiefeln davon.

»Herr Bütt, wir würden dann aber schon noch mal kommen, wenn's weitere Fragen gibt, gell?«, rief Lisa ihm nach, die bisher kein Wort herausgebracht hatte. Der Fischer hob, ohne sich umzudrehen, den Arm und zeigte ihnen den ausgestreckten Mittelfinger.

Minke grinste. »Ja, total romantisch – dieser echte nordfriesische Fischer.«

• • •

Lisa fuhr ins Büro, während Minke mit dem Fahrrad in einen Teil Jüsterings radelte, in dem in den Siebziger- und Achtzigerjahren großzügige Einfamilienhäuser gebaut worden waren. Träge Ruhe lag dort über den gepflegten Rasen, Vorgartenwegen und Balkonen mit schmiedeeisernen Brüstungen. Die Kinder der Leute, die die Häuser gebaut hatten, waren schon längst erwachsen und aus dem Haus, nun lagen die Straßen verschlafen da. Minke parkte im Amselweg vor einem stattlichen Haus, das jeder in der Stadt kannte – es war das Haus des Bürgermeisters.

Sie hielt allerdings nicht auf die Haustür zu, neben der das Schild mit dem Namen »Mai« hing, sondern auf den Nebeneingang zur Einliegerwohnung. Früher hatte die Bürgermeisterfamilie die Wohnung an Touristen vermietet, bevor vor ein paar Jahren die Schwester von Dörte Mai hier eingezogen war – Eida, die Mathematiklehrerin.

Minke wollte sich der Vollständigkeit halber mit ihr unterhalten – immerhin hatte sie Leonie an ihrem letzten Tag Nachhilfe gegeben –, versprach sich allerdings nicht zu viel davon. Sie kannte Eida vom Sehen. Eine farblose Frau, die nur über Helgoland redete und abgesehen von ihrer Schwester und dem Bürgermeister kaum Anschluss in Jüstering gefunden hatte.

Auf Minkes Klingeln hin dauerte es eine ganze Weile, bis Schritte hinter der Tür zu hören waren und schließlich jemand öffnete. Eida trug einen hellblauen Frotteemorgenmantel mit altmodischem Schalkragen. Die aschblonden Haare waren schon von einigen grauen Strähnen durchzogen und hatten keinen richtigen Schnitt, das Gesicht war fahl.

»Ja?«, fragte sie.

»Moin, Minke van Hoorn. Ich untersuche den Fall von Leonie Schwarz. Habe ich Sie geweckt?«

Eida schüttelte den Kopf. »Nein, ich schlafe zurzeit sowieso kaum.« Sie machte eine Pause. »Das mit Leonie ... ja, schrecklich.« Sie sah Minke müde an. »Kommen Sie rein.«

Man sah der Wohnung an, dass sie lange als Ferienwohnung gedient hatte. Ihr fehlte der Charme; die Möbel wirkten zusammengewürfelt, wahrscheinlich hatte das Bürgermeisterehepaar immer mal wieder ein ausrangiertes Stück hineingestellt. Im Wohnzimmer gab es eine riesige altmodische Schrankwand, die den Raum fast erschlug, dazu braune Polstermöbel und eine Vase mit Seidenblumen, die vor sich hin staubten. Die Küche war zweckmäßig, wirkte aber genauso leblos. An der Wand, die der Küchenzeile gegenüberlag, hingen zwei Stickbilder, die nicht zusammenpassten und der einzige persönliche Stempel, wenn man ihn so nennen wollte, den Eida in den paar Jahren, seit sie hier wohnte, diesem Raum aufgedrückt hatte, war ein Fotokalender von Helgoland.

»Möchten Sie einen Kaffee?«, fragte sie. »Ich wollte mir sowieso gerade einen machen.«

Minke nickte und setzte sich unaufgefordert auf einen der beiden Stühle am kleinen Küchentisch. Eida schlurfte zur Kaffeemaschine und löffelte eine ordentliche Portion Kaffeepulver in den Filter.

Minke sah zu dem Kalender. Das Foto des aktuellen Monats zeigte die Lange Anna, den berühmten Felsen von Helgoland im blauen Meer. Unter dem Foto waren Kästchen für die einzelnen Tage mit Datum gedruckt. Nur ein einziges Kästchen war handschriftlich mit einem Termin versehen – es war der des Altfriesischen Abends. Vorgestern – Leonies Todestag.

»Hübsch, das Foto«, sagte Minke, um das Schweigen zu durchbrechen, das in der halbdunklen Küche lag. Eida sah auf.

»Oh ja.« Über ihr Gesicht huschte ein Lächeln. »Helgoland ist wunderschön. Ich bin dort aufgewachsen, wissen Sie?«

»Ja, ich hörte davon.« Eigentlich war das das Einzige, was Minke über Eida wusste. »Warum sind Sie hierhergezogen, wenn es Ihnen in Helgoland so gut gefallen hat?«

Minke war ein paar Mal in ihrem Leben auf der Insel weit draußen im Meer gewesen, zum ersten Mal mit der Schule, später während des Studiums und danach für einige Projekte als Meeresbiologin. Allerdings wusste sie auch, wie viele Vorurteile es hier an der Küste über Helgoland gab. Helgoländer waren aus Jüsteringer Sicht merkwürdige Hinterwäldler, die fernab von der wirklichen Welt auf ihrer Insel saßen. Es gab eine Unmenge von Witzen über Helgoländer, die meistens mit ihrer übergroßen Liebe zu Robben zu tun hatten.

»Ich wollte gar nicht weg«, erklärte Eida währenddessen, »aber mir blieb nichts anderes übrig. Ich bin Lehrerin für Mathematik und die Schule in Helgoland schrumpfte immer weiter. Irgendwann gab es einfach keine Verwendung mehr für mich und da hat mir meine Cousine die Stelle hier am Gymnasium besorgt und die Wohnung überlassen. Das war vor fünf Jahren.«

Eida schloss die Filterklappe und schaltete die Maschine ein, die zu glucksen begann. Minke sah sich in der Küche um. Fünf Jahre lebt diese Frau hier schon, dachte sie, und es sieht alles so aus, als wäre sie erst vor ein paar Tagen angekommen. Sie lächelte Eida zu. Die Lehrerin tat ihr leid. Die Erschöpfung, die sie ausstrahlte, war beinahe mit den Händen greifbar.

»Sie haben Leonie Schwarz Nachhilfe gegeben?«, fragte sie, um auf das eigentliche Thema zu kommen.

»Ja. Familie Schwarz hat mich darum gebeten; ich gebe manchmal schwachen Schülern nachmittags Nachhilfe, zusätzlich zum Unterricht. Leonie war nicht in meiner Klasse, ich kannte sie also nur von den Nachhilfestunden.« Sie strich sich durch die Haare; auf eine merkwürdige Art wirkte sie fahrig und übermüdet. »Stephan Schwarz hat sich große Sorgen wegen Leonies Mathematiknoten gemacht. Mathe braucht man zum Häuserbauen und sie sollte wohl in seine Fußstapfen treten. Darum hat er darauf bestanden, dass ich ihr sogar täglich Nachhilfe gebe, damit sie schnell besser wird. Auch in den Ferien.«

»In den Ferien?«, Minke konnte sich kaum vorstellen, dass das bei Leonie auf viel Begeisterung gestoßen war.

Eida nickte. »Ungewöhnlich, ja. Es ist noch gar nicht lange her, dass er mich darum gebeten hat. Ich ... nun ja, ich konnte ihm das nicht abschlagen. Dörte und mein Schwager sind sehr gut mit ihm befreundet und ...«, sie ließ den Rest des Satzes in der Luft hängen.

»Wie haben Sie sich denn mit Leonie verstanden?«

Eida ging hinüber zum Kühlschrank.

»Oh, wunderbar«, sagte sie und öffnete die Tür. Minke runzelte die Stirn. Von ihrem Platz aus konnte sie sehen, dass kaum etwas im Kühlschrank war, abgesehen von einer Packung Käse, Butter und einer Dose Kondensmilch.

»Sie hatten also keine Probleme mit Leonie? Herr Mertin deutete an, dass sie ... schwierig war.«

»Ach wirklich? Nein.« Eida griff nach der Dose und nahm sie heraus. »Wollen Sie auch?«

»Nein, ich trinke ihn schwarz.«

Der Kaffee war durchgelaufen, Eida nahm zwei Tassen, stellte sie auf den Tisch und schenkte ein. Minke probierte; der Kaffee war stark. Sie sah Eida dabei zu, wie sie sich die dickflüssige cremeweiße Kondensmilch in die Tasse kippte, eine ganze Menge davon sogar.

»Sie haben ihr auch vorgestern Nachhilfe gegeben, sagte mir Leonies Mutter. Also an ihrem Todestag.«

»Ja, das stimmt.« Eida setzte sich und rührte mit einem kleinen Löffel klimpernd in ihrer Tasse. Kondensmilch und Kaffee vermischten sich zu einer dicklichen hellbraunen Flüssigkeit.

»Ist Ihnen an diesem Tag irgendetwas an Leonie aufgefallen? Ich meine ... war sie anders als sonst, hat sie irgendetwas erzählt, hatte sie vor etwas oder jemandem Angst?«

»Nein«, sagte Eida und legte den Löffel beiseite. »Wir haben Aufgaben gerechnet. Mehr war da nicht.«

Minke musterte die Frau mit den blassblauen Augen und dem müden Gesicht, die sich nach Helgoland sehnte.

»Haben Sie denn einen Verdacht, wer sie ermordet haben könnte?«

»Oh Gott, nein. Ich meine ... warum sollte jemand ein siebzehnjähriges Mädchen umbringen?«

»Das ist der Punkt«, murmelte Minke und sah wieder zu dem Helgolandkalender mit der einzigen Eintragung hinüber – dem Mordabend. »Warum?«

• • •

Nachdem Minke sich verabschiedet hatte, ging Eida eilig zu dem kleinen Schränkchen im Badezimmer und nahm eine Tablettenschachtel heraus. Eine Weile überlegte sie, dann stellte sie sie zurück und verschloss das Schränkchen sorgfältig. Sie betrachte sich im Spiegel über dem Waschbecken. Ihre Augenringe waren dunkel, ihre Haut blass. Sie atmete ein und aus, ein und aus. Irgendwann fühlte sie sich etwas ruhiger.

• • •

»Du hast den besten Bruder der Welt.« Bos Stimme klang mehr als selbstzufrieden.

»Ach ja, wieso das?«, Minke biss in ihr Backfischbrötchen – ein kaum zufriedenstellender Ersatz für ihre heiß geliebten Krabbenbrötchen. Ein Tourist in Badelatschen und knallorangefarbenem Sonnenhut hatte ihr beim Fischbrötchenstand am Hafen das letzte vor der Nase weggeschnappt.

»Weil ich es geschafft habe, trotz Urlaubszeit und praktisch nicht vorhandener Laborbesetzung so viel Druck zu machen, dass die DNA-Abgleich-Ergebnisse für die Hautpartikel unter Leonies Fingernägeln schon da sind. Das ist eigentlich praktisch unmöglich ... aber was soll ich sagen, lass Bo mal machen ...«

Minkes Puls beschleunigte sich. »Und?«, fragte sie und legte das Backfischbrötchen beiseite.

»Du hattest das richtige Bauchgefühl.«

Minke atmete aus. »Ich habe tatsächlich den besten Bruder der Welt. Danke!«

Sie legte auf. Das Brötchen musste sie unterwegs essen – sie hatte nun ein dringendes Gespräch zu führen.

Minke fand Max vor den Garagen des Mietshauses am Hafen, wo er auf der rissigen Betoneinfahrt an seinem Mofa herumschraubte. Er war so vertieft, dass er Minke gar nicht erst bemerkte.

»Wow, ist das eine echte Florett?«

Nun sah er auf, blinzelte gegen die Sonne. Als er erkannte, wer vor ihm stand, wurde seine Miene mürrisch.

»Sie kennen sich mit alten Mofas aus?«

»Ein bisschen. Ich hatte mal eine Monza.«

Max nickte gegen seinen Willen anerkennend. »Auch nicht schlecht.«

»Ja, ich habe sie geliebt.« Minke lehnte sich an das heiße Garagentor, von dem der Lack abplatzte.

»Aber ich bin nicht hier, um mit dir über Mofas zu reden«, sagte sie.

»Ach ja? Dachte ich mir fast.« Er griff nach einem Schraubenschlüssel und kniete sich wieder neben die Maschine.

»Ich bin hier, weil deine Haut unter Leonies Fingernägeln war.«

Max hielt in der Bewegung inne. Für einen Moment wirkte er wie erstarrt. Dann sagte er: »Das kann ich erklären.«

»Da bin ich aber mal gespannt.«

»Es ist die linke Hand, wo Sie das gefunden haben – die Haut, meine ich.«

Minke sagte nichts. Er hatte recht.

»Wir hatten Streit an dem Abend, als wir Sushi essen waren.« Max schraubte weiter; er atmete tief durch. »Sie hat mit mir Schluss gemacht. Das wollte ich nicht, ich wollte sie umstimmen«, seine Stimme klang plötzlich erstickt. »Einfach irgendwas machen. Aber ich wusste nicht was – und da, na ja, da habe ich sie am Arm gepackt. Nur kurz, wirklich. Und da hat sie mich gekratzt und sich losgerissen.«

Er stand auf und streckte Minke seinen rechten Arm entgegen. Tatsächlich waren dort noch Kratzer zu sehen. Allerdings war das noch kein Beweis.

»Und warum hast du das nicht schon beim ersten Mal gesagt, als ich bei dir war?«

Er verzog das Gesicht zu einem freudlosen Grinsen. »Frau van Hoorn, ich hab vielleicht die Schule geschmissen, aber dumm bin ich nicht. Ich hab gewusst, dass Sie mich bestimmt verdächtigen, wenn ich sage, dass wir uns gestritten haben.«

Minke sah ihm ins Gesicht. Er wirkte nicht, als würde er lügen. »Und warum hast du sie vier Mal angerufen an dem Abend?«, fragte sie.

Er zuckte die Achseln. »Ich hab sie geliebt, Mann«, sagte er. »Ruft man da nicht an?«

• • •

Das Stadtmuseum von Jüstering war in den beiden oberen Geschossen des Rathauses untergebracht. Da der Aufzug defekt war, stieg Lisa keuchend Stockwerk um Stockwerk nach oben. Aus einem Fenster im Treppenhaus erhaschte sie einen Ausblick auf die brodelnde Stadt. In den letzten zwei Bürostunden waren schon wieder einige unangenehme Anrufe eingegangen. Besorgte Bürger, die sich über den Mangel an Ermittlungsfortschritten beschweren wollten. Leute, die Verschwörungstheorien ins Telefon raunten, von geheimen Zirkeln, von unentdeckten weiteren Morden, von Gestirnkonstellationen. Ein Ferienwohnungsbesitzer hatte sich beschwert, dass seine Gäste nach dem Mord abgereist waren, der Touristikverband zeigte sich besorgt über das Image der Stadt nach einem Mädchenmord. Und die heutigen Schlagzeilen von Kalles *Stadtanzeiger* befeuerten diese Stimmung weiterhin. »Mörder noch auf freiem Fuß, Kunstdiebstahl nicht aufgeklärt – kann man sich nachts noch auf unsere Straßen wagen?« war als Titelschlagzeile überall zu lesen. Darunter der Nachsatz: »Was tut unsere Polizei?«

Diese Hitze macht langsam alle ein bisschen verrückt, dachte Lisa, während sie hinunter auf die sonnenbeschienene Stadt und das blaue Meer sah.

Lisa erreichte das richtige Stockwerk. Das Stadtmuseum war vor einigen Jahren neu eingerichtet worden. Ein moderner Empfangstresen begrüßte die Besucher, darauf ein paar Boxen mit Informationsflyern, und ein Schild verriet, dass es sogar einen Audioguide zur Ausstellung gab. Hinter dem Tresen lächelte eine

Frau im Hosenanzug Lisa an. Sie trug eine Brille und eine Hochsteckfrisur, dazu ein Halstuch und war etwa um die vierzig.

»Hallo, ich würde gerne die Ausstellung zur Stadtgeschichte ansehen.« Lisa lächelte ihr zu. »Bin ich dafür hier richtig?

»Natürlich.« Die Frau tippte sich neckisch an das Plastikschildchen, das an ihr Revers geheftet war. Frau Dr. Nicole Braun stand darauf, Museumsleiterin. »Richtiger als bei mir geht es gar nicht mehr.«

»Subber!« Lisa zog ihren Dienstausweis aus der Tasche. »Ich bin die Lisa Röhrle und ich interessiere mich vor allem für die Geschichte vom Bernstein hier an der Küste.«

Die Museumsleiterin sah erstaunt auf den Ausweis. »Seit wann interessiert sich die Polizei für Heimatgeschichte?«, murmelte sie, dann hellte sich ihre Miene auf. »Oh, es geht sicher um das gestohlene Bernsteinpferd von den Midsander Ausgrabungen.«

Lisa nickte. »Genau, ich bin ... Team Pferdle, sagt meine Chefin. Also ich will damit sagen, ich leite die Ermittlungen in dem Diebstahl und da dachte ich mir – Mensch, Lisa, bissle Hintergrundwissen wär doch gut! Bissle reinfuchsen ins Thema.«

Frau Braun lächelte. »Da haben Sie sicher recht. Gibt es etwas, wofür Sie sich ganz speziell interessieren?«

»Na ja – für nix, was nach dem vierzehnten Jahrhundert ist, würde ich sagen.«

Sie erntete ein Schmunzeln. »Na, dann kommen Sie mal mit.«

Frau Braun führte Lisa in den ersten der Ausstellungsräume. Jetzt, am Vormittag, war im Museum wenig los. Nur eine Handvoll Besucher verteilte sich auf die großzügigen Räume. Die Museumsleiterin blieb vor einer nachgebauten Hütte aus Lehm und Stroh stehen, daneben standen ein paar wild aussehende Schaufensterpuppen. Außerdem gab es Schautafeln und Vitrinen.

»Die Geschichte der Küste und des Bernsteins ist uralt – jahrmillionenalt, wenn Sie so wollen«, begann Frau Braun ihren Vortrag. »Dafür muss man sich klarmachen, dass in grauer Vorzeit die Küste nicht so aussah wie jetzt. Zwischen Nordfriesland, England und den heutigen Niederlanden lag eine Landmasse, Doggerland. Auf Doggerland gab es Pflanzen, Bäume – und damit auch Harz. Später, als Doggerland verschwunden war und sich an seiner Stelle das Meer ausbreitete, also auch unser Wattenmeer entstand, hatten die Sedimente tief unten im Meer das fossile Baumharz von Doggerland praktisch gespeichert. Es schlummerte dort.« Lisa nickte. Von Doggerland wusste sie nichts, aber dass Bernstein fossiles Baumharz war, hatte sie gestern Abend am Laptop schon zur Genüge gelesen.

»In den folgenden Tausenden Jahren wusch nun das Meer die Sedimente aus, vor allem bei Sturm, und so wurde immer wieder Bernstein an die Küsten gespült, der schon unsere weit entfernten Vorfahren wie magisch anzog.« Frau Braun deutete auf die Schaufensterpuppen vor der primitiven Hütte. »Schon in der Jungsteinzeit gab es Handelswege, die den Bernstein der Nordfriesischen Küste bis weit in den Süden brachten, nach Süddeutschland – ab der Bronzezeit auch ans Mittelmeer. Schon damals war Bernstein eines der wichtigsten Handelsgüter unserer Gegend. Das sogenannte Gold des Nordens.«

Die Museumsleiterin führte Lisa zu einer Vitrine, in der ein paar Bernsteinschmuckstücke lagen, die tatsächlich recht primitiv wirkten, fremd, aus einer ganz anderen Zeit.

»Sogenannte Bernsteinstraßen entstanden. Als dann später die Friesen ab dem siebten Jahrhundert hierherkamen und das Land besiedelten, blieb Bernstein weiterhin begehrt.« Frau Braun sah auf. Ihre Augen leuchteten, offensichtlich begeisterte sie das

Thema. »Schauen Sie sich nur diesen fein gearbeiteten Kamm mit dem Tier aus Bernstein darauf an. Unglaublich schön, oder?«

Lisa fand den Kamm eher gruselig. Das Tier sah aus wie ein Tiger im Sprung. Ein Säbelzahntiger, dachte sie, wenn das schon so ewig her ist.

»Bernstein war dabei niemals nur Schmuck. Schon die Wikinger glaubten daran, dass er vor bösen Geistern schützte. Und im Mittelalter verwendeten die, die es sich leisten konnten, Bernstein als Medizin gegen schwere Krankheiten.«

»Aber des hilft net wirklich, oder?«, fragte Lisa.

»Nein, nicht dass ich wüsste.« Frau Braun lachte. »Aber der Bernstein war für die Menschen hier einfach schon immer etwas Besonderes. Natürlich wusste man noch lange nicht, dass es sich dabei um fossiles Harz handelt, das vom Meer an die Oberfläche gespült wird. So entstanden wunderschöne Legenden über den Ursprung des Bernsteins. Wollen Sie meine Lieblingsgeschichte hören?«

Lisa nickte.

»Sie ist allerdings aus Litauen, nicht von der Nordsee.« Frau Braun lächelte. »Also: Einst verliebte sich die Meeresgöttin Jurante in den armen menschlichen Fischer Kastyis. Sie waren ein Paar und eine Weile ging alles gut. Aber dann kam der große Gott Perkunas dahinter. Er raste vor Zorn – eine Göttin durfte keinen Menschen lieben. Und so schleuderte er Blitz und Donner auf die Erde und das Meer. Der arme Fischer starb in dem Unwetter und tief auf dem Meeresgrund wurde der Bernsteinpalast der Jurante zerstört. Er zersprang in tausend Teile und am nächsten Morgen, als sich der Sturm legte, fanden die staunenden Menschen am Strand wunderschönen Bernstein.«

Eine ungeduldige Männerstimme unterbrach den Vortrag

vom Museumseingang her. »Nicole? Bist du da? Ich brauche den Beamer.«

Frau Braun wandte sich an Lisa. »Oh, entschuldigen Sie – das ist Professor Hein. Er leiht sich bei uns die Technik für seinen Vortrag über die Ausgrabungen morgen Abend. Sie kommen doch sicher auch?«

Lisa nickte überrumpelt. »Sie kennen den Professor?«

»Natürlich. Die Archäologiewelt ist klein. Ich habe meinen Abschluss in Kiel gemacht, zu der Zeit, in der er seine Habilitation geschrieben hat.«

»Und, wie ist er so?« Lisa senkte die Stimme, während sie der Museumsleiterin hinaus zum Foyer folgte. »Gut, sehr zielstrebig.« Auch Frau Braun redete leiser. »Wie man so hört, will er unbedingt den Lehrstuhl für friesische Archäologie, der im Herbst an der Uni Kiel neu eingerichtet wird. Und er wird es bestimmt schaffen – Professor Hein ist der ehrgeizigste Mensch, den ich je getroffen habe.«

»Nicole!«, rief der Professor von draußen noch einmal ungeduldig. »Ich hab nicht ewig Zeit.«

»Da bin ich schon.« Die Museumsleiterin bog mit Lisa im Schlepptau zum Empfang ab, wo der Professor ungeduldig auf und ab ging. Er stutzte, als er Lisa erkannte. »Frau Stängele«, sagte er unwirsch, »was machen Sie denn hier? Sollten Sie nicht lieber nach meinem Bernsteinpferd suchen?«

»Röhrle«, verbesserte Lisa, »und ich bin hier, um mich in die Materie einzuarbeiten.«

»Soso«, machte der Professor. »Mir wär's lieber, wenn Sie sich möglichst schnell in die Vertriebswege der Diebesbanden für archäologische Raubkunst einarbeiten würden.«

»Eins nach dem anderen.« Lisa lächelte. »Nur net huddle, wie man bei uns sagt. Oder, um beim Pferd zu bleiben: Wer langsam reit, kommt grad so weit.«

Er verdrehte die Augen. Dann wandte er sich der Museumsleiterin zu und ignorierte Lisa uneingeschränkt.

Minke ging durch die breite Hafenstraße, durch die früher die Waren von den Schiffen zu den alten Lagerhallen transportiert worden waren oder umgekehrt. Eine Möwe kreischte über ihr am Sommerhimmel; auf der Straße drängten sich Touristen, Eisverkäufer, Straßenkünstler. Minke wich einer Frau mit zwei Hunden an der Leine aus, dann ein paar Kindern, die im Getümmel Fangen spielten. Schließlich blieb sie vor dem Restaurant stehen, zu dem sie wollte. *Kyoto Garden* stand über dem Eingang in großen roten Buchstaben, daneben japanische Schriftzeichen. Das einzige Sushi-Restaurant in ganz Jüstering. Es hatte gerade erst aufgemacht, langsam füllten sich die kleinen Tische zur Straße hin mit Gästen. Sushi bei dieser Hitze war verlockend. Minke schlängelte sich durch die Tische hindurch zum Eingang und betrat das Restaurant.

Innen sah es aus wie in den meisten Sushi-Restaurants: kleine Tische, moderne, schlichte Einrichtung und ein Fließband, auf dem abgedeckte Sushi-Tellerchen vorbeifuhren. Dank einer gut funktionierenden Klimaanlage war es im *Kyoto Garden* beinahe kühl.

»Fünf Teller für acht Euro.« Der Kellner stand vor ihr wie aus dem Boden gewachsen.

»Wie bitte?«

»Das ist unser Mittagsangebot.« Er lächelte. »Und vorher eine Misosuppe oder lieber einen Teller Edamame?«

»Keins von beidem.« Minke zeigte ihren Ausweis.

»Polizei?« Der Kellner sah sie erstaunt an. »Es wurden doch

alle Hygienekontrollen erst neulich gemacht. Und es wurde nichts beanstandet.«

»Deswegen bin ich nicht hier – ich brauche nur eine Auskunft.«

Der Mann sah sie aufmerksam an. »Ja, bitte?«

»Haben Sie vorgestern Abend gearbeitet?«

Er nickte.

»Gut, dann wüsste ich gerne, ob dieses Mädchen« – Minke rief auf ihrem Handy ein Foto von Leonie auf und zeigte es ihm – »vorgestern hier gegessen hat.«

Der Mann überlegte keine Sekunde. »Oh ja, ganz sicher. Sie war mit einem Jungen zusammen, dort drüben saßen die beiden.« Er zeigte auf einen kleinen Tisch am Fenster zur Hafenpromenade. »Das Mädchen hat eine ganze Menge Avocadomaki gegessen; sie hat sogar den Sushi-Koch gefragt, ob er nicht noch ein paar extra für sie machen kann. Darum erinnere ich mich auch so gut.«

»Und abgesehen davon – war irgendetwas auffällig an den beiden?«

Dieses Mal überlegte der Kellner länger. »Na ja, es hat so gewirkt, als wäre sie ein bisschen genervt von ihrem Begleiter«, sagte er schließlich. »Aber ich kann mich auch irren. Es war viel los, da hatte ich sie natürlich nicht ständig im Blick.«

»Wissen Sie noch ungefähr, von wann bis wann die beiden hier waren?«

»Vielleicht bis halb sieben oder sieben? Ich habe nicht auf die Uhr gesehen.«

Minke bedankte sich und ging. Als sie aus dem gekühlten Restaurant zurück in die Sommerhitze trat, fiel ihr Blick auf einen kleinen schwarz glänzenden Kasten, der über dem Eingang hing. Ein rotes Lämpchen leuchtete darin. Minke machte auf dem Absatz kehrt und ging wieder in das Restaurant. »Haben Sie eine Überwachungskamera?«, fragte sie.

Der Kellner nickte.

»Gut, dann brauche ich den Abend von vor zwei Tagen.«

Eine Viertelstunde später saß sie mit dem Kellner in einem kleinen, viel zu heißen Kabuff neben der Küche – dem einzigen nicht klimatisierten Raum des Restaurants, wie der Mann hilfreich anmerkte – und starrte auf das körnige Schwarz-Weiß-Bild der Überwachungskamera, die auf einem kleinen Bildschirm flimmerte. Es zeigte den Abend vor dem Mord, eine kleine Uhr- und Datumsanzeige leuchtete in der oberen rechten Bildschirmecke. Menschen kamen und gingen, setzten sich an die Außentische des *Kyoto Garden*, bestellten, aßen, bezahlten. Minke verfolgte das Geschehen und die laufende Zeitanzeige gebannt.

Der Kellner wischte sich den Schweiß von der Stirn. »Worauf warten wir eigentlich genau?«, fragte er schließlich.

»Psst!«, machte Minke nur. »Warten Sie ... gleich müssten ... da!«, rief sie im nächsten Moment, »da kommen sie, sehen Sie?«

Tatsächlich waren ein Mädchen und ein Junge im Bild aufgetaucht, die auf den Restauranteingang zugingen. Selbst die schlechte Bildqualität konnte nicht verbergen, dass es ein hübsches Mädchen mit langen Haaren und kurzem Rock war, das ganz offensichtlich von dem Jungen angebetet wurde. Die Zeitanzeige auf dem Video stand bei siebzehn Uhr und achtunddreißig Minuten. Minke registrierte Leonies Handtasche; es war dieselbe, die sie später neben ihrer Leiche gefunden hatte und in der die fünfhundert Euro steckten. Ob um siebzehn Uhr achtunddreißig das Geld auch schon darin gewesen war?

»Ist das das ermordete Mädchen?«

»Ja, das ist Leonie Schwarz. Können Sie ein bisschen vorspulen? Ich sage dann Stopp.«

Der Mann spulte.

»Stopp!«

Auf dem Band kamen Leonie und Max wieder aus dem Restaurant. Es war unverkennbar, dass sie stritten. Vor dem Eingang blieben sie stehen, Leonie schien etwas zu sagen – und es war ganz offensichtlich nicht nett. Dann griff Max nach ihr, packte sie am Arm. Minke registrierte, dass es der rechte war, also dort, wo Bo die Hämatome gefunden hatte. Max zog Leonie zu sich, er wirkte wütend, verzweifelt. Leonie wehrte sich mit der freien linken Hand und dann – »Was würden Sie sagen, was sie gerade gemacht hat?«, fragte Minke den Kellner.

»Sie hat ihn gekratzt wie eine Wildkatze. Das muss ordentlich gewesen sein, so schnell, wie er sie losgelassen hat.«

Minke nickte.

»Ist das nun gut oder schlecht?«, fragte der Kellner.

Sie schüttelte den Kopf. »Das weiß ich nicht. Ich weiß nur – Max hat die Wahrheit gesagt.« Sie seufzte. »Und ich stehe wieder am Anfang.«

16. Januar 1362

Das kleine Holzboot trieb auf der bleigrauen Nordsee. Mit jeder Minute, die verstrich, wurden die Wellen ein wenig steiler, der Wind ein wenig beißender. Doch die beiden Fischer, die in dem Boot saßen, achteten kaum darauf. Sie waren viel zu sehr damit beschäftigt, ihr Netz einzuholen. Ein Netz, das ungewöhnlich schwer war. Ihre Hände waren vom eiskalten Salzwasser aufgesprungen und brannten, aber sie beachteten den Schmerz nicht. Gebannt starrten sie auf das, was sie dort aus der Tiefe des Meeres näher und näher zu sich hinaufzogen.

Je weiter sie das Netz aus der Tiefe an die Oberfläche zogen, desto schwerer wurde es. Sie fühlten das Zappeln darin. »Was zum Teufel ist das«, zischte der ältere der beiden. »Ich weiß zum Donnerwetter nicht, was das sein soll.« Sie zerrten und zogen, der Wind wurde stärker und kälter, trieb ihnen die Gischt in die Gesichter, aber sie bemerkten es kaum. Es zählte nur, was dort aus der Tiefe kam. Als das Netz die Wasseroberfläche der kalten Nordsee durchbrach, keuchte der jüngere der beiden auf. »Aale«, stieß er ungläubig aus. »Hast du schon einmal so viele Aale gesehen? Und das jetzt im Winter? Schau dir das an!«

Das Netz war voll von diesen glänzenden, schlangenartigen Fischen. Sie schienen ein richtiges Knäuel zu bilden, unentwirrbar, riesig, ein Chaos aus glänzender, sich bewegender dunkler Fischhaut, das die beiden Fischer dort aus dem winterdunklen Wasser zogen.

Der ältere bekreuzigte sich. »Teufelswerk.« Seine Stimme klang angstvoll. »Das kann nur Teufelswerk sein! Die Hexen haben uns das ins Netz getan.«

»Ach was!« Der andere lachte. »Dafür gibt's eine Menge Gulden. Der Bürgermeister wollte doch Aal für die Hochzeit haben und hat nüscht gekriegt. Jetzt wird er uns das Doppelte zahlen, wenn wir mit diesem Schätzchen hier ankommen.« Er lachte noch lauter. »Wenn's die Hexen waren, dann haben sie uns ein gutes Werk getan.«

Der alte Fischer sah den jüngeren entsetzt an und bekreuzigte sich noch einmal.

Kapitel 10

»Judith, was machst du gerade?«

Gunilla steckte den Kopf in das Zimmer ihrer Tochter und seufzte. Judith saß, in Jeans und schwarzem T-Shirt auf dem Bett und steckte die Nase wie immer in ein Buch. Jetzt sah sie unwillig auf.

»Ich lese. *Anna Karenina*.«

»Für die Schule?«, fragte Gunilla hoffnungsvoll.

»Nein, einfach so.«

Ihre Mutter seufzte. Das hatte sie befürchtet. »Kein siebzehnjähriges Mädchen sollte bei so schönem Sommerwetter irgendwelche düsteren russischen Wälzer lesen.« Sie ging zu Judith hinüber und setzte sich auf die Bettkante.

»Schätzchen …« Sie griff mit ihren leuchtend roten Nägeln nach dem Buch und entwand es sanft, aber bestimmt den Händen ihrer Tochter. »Du bist jung. All deine Klassenkameradinnen liegen sicher drüben in Jüstering am Badestrand, essen Eis, werden braun, haben Spaß und verdrehen den Jungs die Köpfe. Das ist es, was man mit siebzehn tun sollte. Weißt du, wie viel ich darum geben würde, noch einmal siebzehn zu sein?« Sie seufzte schwärmerisch. »Jung zu sein ist wunderbar. Ich habe mich damals immer stundenlang schön gemacht, die Haare gekämmt, Lippenstift und Wimperntusche aufgetragen, ein bisschen Rouge dazu.

Meine Freundinnen und ich sind durch die Läden der Stadt gezogen, haben schöne Kleider gekauft und Schuhe mit hohen Absätzen und dann sind wir abends tanzen gegangen.« Gunilla strich sich über das tadellos sitzende, vollkommen unbeweglich gesprayte Haar.

»Ich bin nicht schön«, sagte Judith unwillig.

»Ach Schätzchen, das ist überhaupt nicht wahr. Du müsstest nur aufhören, wie ein Trauerkloß in der Ecke zu sitzen, zu lesen und Kleidung zu tragen, die aussieht, als gingst du auf eine Beerdigung.« Gunilla betrachtete ihre Tochter. Judiths Haut war unrein und blass, sie hatte die härteren Züge ihres Vaters geerbt, nur die grünen Augen und vollen Lippen waren Gunillas Erbteil. »Lass mich dir helfen. Ich werde dich im Handumdrehen verwandeln. Ich wurde schließlich nicht umsonst 1984 ...«

» ... zur Fischerprinzessin gewählt. Ja, das hast du mir schon tausendmal erzählt.« Judith konnte die Fotos vor sich sehen, auf die ihre Mutter so stolz war. Die junge, hübsche Gunilla, umjubelt beim Festumzug in Jüstering, wie sie im schillernden Prinzessinnenkleid und mit Krone auf dem Kopf Lakritzfische und Sahnebonbons verteilte.

»Ich bin nicht wie du, Mama.«

»Du musst es nur wollen, Schätzchen.« Gunilla machte eine Pause. »Ich weiß, du bist bestimmt enttäuscht, dass du nun doch nicht auf Leonies Geburtstagsparty gehen kannst. Es wäre bestimmt ein wunderbarer Abend geworden, für den du dich richtig chick hättest machen können und an dem du neue Freundinnen kennengelernt hättest.«

»Mama, das kannst du doch nicht sagen!«

»Warum nicht? Es ist doch wirklich schade. Leonies Eltern kennen eine Menge interessanter Leute und ich habe gehört, es hätte ein Feuerwerk gegeben ...«

»Leonie ist tot!«

»Das weiß ich doch, Schätzchen. Aber ...«

Judith stand unvermittelt auf, griff nach ihrem Buch und stürmte damit aus dem Zimmer. Gunilla sah ihr seufzend nach. Warum begriff Judith nicht, dass sie es nur gut meinte?

• • •

Max raste auf seinem Mofa den Klippenweg entlang. Er fuhr kopflos, immer weiter und weiter, immer schneller und schneller. Vorbei an der Seehundstation von Jüstering, bis er zu den hohen Klippen kam. Für einen Moment überlegte er, einfach weiterzufahren. Er malte sich aus, den Rand der Klippen zu verlassen, keinen Boden mehr unter den Reifen zu haben, nur noch die heiße Luft des Sommernachmittags und weit unter sich das blaue Meer, in das er stürzen würde. Dann wäre alles vorüber. Es würde nicht mehr so wehtun. Denn es tat furchtbar weh. Er wusste nicht einmal, was schlimmer war – dass sie ihn verlassen hatte, dass sie all diese schlimmen Dinge gesagt hatte, die ihn wie Messerstiche getroffen hatten. Oder dass sie tot war, dass es gar keine Möglichkeit mehr gab, um sie zu kämpfen. Der Rand der Klippen kam näher. Max drückte das Gaspedal so heftig durch, wie er nur konnte. Der Motor heulte auf. Gerade noch rechtzeitig riss er schließlich den Lenker herum. Die Reifen verloren auf dem grünen Gras der Klippen den Halt, rutschten weg und er stürzte. Er fühlte es kaum. Dann lag er im grünen Gras, fühlte die heiße Sonne auf sich herunterbrennen, dachte daran, dass er hier zusammen mit Leonie gewesen war. Und dann war er wieder hier gewesen an dem Abend, an dem sie Schluss gemacht hatte. Er hatte hier gesessen, an sie gedacht, hier an ihrem gemeinsamen Platz, und hatte sich überlegt, wie er sie zurückgewinnen könnte. Er hatte so viele Pläne geschmiedet, sich Überraschungen für sie ausgedacht, während er auf das leuchtende Meer gesehen hatte. Er war sich sicher gewesen, dass es schon wieder gut werden würde. Er hatte nicht gewusst, dass drüben auf Midsand jemand anderes zur selben Zeit alle Chancen darauf zunichtemachte.

• • •

Der Nachmittag schien endgültig alle Hitzerekorde brechen zu wollen. Lisa saß vor ihrem Ventilator, nippte an einer selbst gemachten Limonade mit Eiswürfeln und klickte gerade auf den Absendebutton für die Handyverbindungsabfrage, als es draußen an der Tür klopfte. Verwundert sah sie auf. Dreißig Grad im Schatten – wer schleppte sich da zur Polizeistation? Ganz Jüstering lag am Strand. Neugierig ging sie zur Tür.

Draußen stand eine kräftige Frau mittleren Alters; die Haare verschwitzt und an die Stirn geklebt, ein wachsamer Ausdruck im Gesicht.

»Sind Sie die Kommissarin, die den Fall von Leonie Schwarz bearbeitet?«

Lisa schüttelte den Kopf. »Die Kommissarin van Hoorn isch grad net da.«

»Ach so.« Die Frau wirkte enttäuscht.

»Aber kann ich Ihnen vielleicht weiterhelfen? Ich bin die Assistentin.«

Ihr Gegenüber zögerte, dann streckte die Frau ihr die Hand entgegen. »Asta Liebmann. Ich bin die Putzfrau der Familie Schwarz. Und ... ich habe eine Aussage zu machen.«

Kurz darauf saß Asta Liebmann vor Lisas Schreibtisch und trank durstig ein Glas kalter Limonade aus. Ihr Gesicht, das anfangs vor Hitze gerötet war, nahm allmählich wieder eine normale Farbe an. »Furchtbare Hitze da draußen«, sagte sie.

Lisa nickte und drehte den Ventilator so, dass auch Frau Liebmann etwas von dem kühlen Luftzug abbekam.

»Okay, also was isch es denn, was sie – na ja, zu Protokoll geben wollen?«, sagte sie dann und versuchte souverän zu wirken, während sie sich durch die Formularvordrucke auf ihrem PC klickte.

»Ah, hier haben wir's ja«, murmelte sie schließlich erleichtert. Asta musterte sie stirnrunzelnd. Offensichtlich fragte sie sich, ob ihre Aussage hier in guten Händen war.

Lisa strahlte umso gewinnender. »Subber, dann fangen wir doch mal an«, sagte sie so zuversichtlich wie möglich. »Erzählen Sie mir einfach mal und ich tipp so ein bissle gleich mit.«

Kurz schien Frau Liebmann noch einmal abzuwägen, ob sie das hier tatsächlich tun wollte, dann gab sie sich einen Ruck. »Ich hoffe, Sie legen mir das nicht als Tratscherei aus. Eigentlich bin ich wirklich absolut verschwiegen, das muss man als Putzfrau auch sein. Aber – es geht immerhin um Mord. Ich denke, das ist dann kein Tratschen, wenn ich sage, was ich beobachtet habe.«

»Da haben Sie aber absolut recht!«, bestärkte Lisa sie. »Keine Sorge, keiner wird Sie für ein Plaudertäschle halten.«

Die Frau schmunzelte. »Na schön – also, es war etwa vor zwei Wochen. Da war ich spät dran; ich hatte erst am Nachmittag mit der Arbeit begonnen, dann das ganze Haus geputzt und Wäsche gebügelt und dann sollte ich im unteren Stock noch Parkettpflege machen, das dauert immer lange, vor allem, wenn man es ordentlich macht. Jedenfalls war es schon fast dunkel, als ich endlich fertig war und ging. Und da, als ich so von der Haustür durch den dunklen Garten zur Straße ging, da habe ich ihn gesehen.«

»Wen?«

»Einen Mann. Ich konnte nicht viel erkennen, denn es war dunkel und der Garten ist groß, aber auf jeden Fall stand er dort zwischen den Bäumen, hat so merkwürdig zum Haus geschaut … Es war richtig unheimlich. Ein großer dunkler Schatten, der im Dunkeln lauert.«

Lisa lief es trotz der Hitze eiskalt den Rücken hinunter.

»Hat der Mann sonst noch etwas gemacht, außer zu, na ja, lauern?«

»Ich habe noch gehört, wie er plötzlich gerufen hat: ›Schwarz, komm raus!‹ Es klang wütend. Mehr habe ich nicht mehr mitbekommen; ich stieg ins Auto und fuhr nach Hause. Ich hatte das auch schon halb vergessen, aber dann ist der schreckliche Mord an Leonie passiert, das arme Mädchen. Und da ist es mir wieder eingefallen. Vielleicht hat es ja etwas miteinander zu tun?«

Lisa nickte. »Danke, dass Sie mir das erzählt haben.« Nachdem Asta Liebmann sich verabschiedet hatte, machte Lisa einen neuen Krug kalte Limonade mit Eiswürfeln und wartete auf Minke, um ihr die Neuigkeit zu erzählen.

…

Minke legte an der Anlegestelle der Markuswarft an und sprang an Land. Nach ihrem Besuch im *Kyoto Garden* hatte sie den restlichen Nachmittag damit verbracht, in der Polizeistation mit Lisa über den unbekannten Mann im dunklen Garten zu spekulieren. Sie hatte weder Stephan noch Kristin Schwarz erreicht, um mit ihnen über Asta Liebmanns Aussage zu sprechen, noch von Europol telefonisch die Rückmeldung bekommen, ob sich bezüglich eines mittelalterlichen Bernsteinpferdes bisher irgendetwas gerührt hatte.

Schließlich hatte sie aufgegeben, Lisa nach Hause geschickt

und war nun auf dem Weg zum Grillabend bei ihrer Mutter, auf den diese bestanden hatte. »Wenn doch dein Bruder schon mal da ist …«, hatte Imma am Telefon gezwitschert. Minke sah auf die Uhr. Sie war spät dran und erst jetzt fiel ihr ein, dass sie Baguette hätte mitbringen sollen. »Mist«, murmelte sie.

Während sie den schmalen Weg hinauf auf die Warft lief, tat der Wind ihr gut, der vom Meer her wehte und nach den klebrigheißen Stunden in der Stadt erfrischend wirkte.

Ein paar Minuten später betrat sie Ruths Halligladen. Als sie die Ladentür öffnete, erklang das vertraute Klimpern der altmodischen Türglocke. Der kleine Laden wirkte wie immer ein wenig aus der Zeit gefallen mit seinem schwarz-weißen Fliesenboden und den alten hohen Holzregalen. Ruth bewahrte ihren Kaffee, Kakao und Tee immer noch lose in den großen gold glänzenden Blechdosen auf, so wie es schon ihre Eltern und davor deren Eltern getan hatten. Auch Ruth selbst gab einem immer ein wenig das Gefühl, jemand hätte die Uhr zurückgedreht. Sie stand in einer ihrer geerbten weißgestärkten Verkaufsschürzen hinter der Theke, die es bestimmt so nirgends mehr zu kaufen gab, und lächelte an ihren anderen Kunden vorbei Minke entgegen. Ruth und ihr Laden, dachte Minke nicht zum ersten Mal, war eine Art Gesamtkunstwerk. Im Sommer konnte Ruth sich meistens vor entzückten Touristen kaum retten, die sich von ihr aus den großen Bonbongläsern Süßes in knisternde Papiertütchen abfüllen ließen oder friesischen Sahnetee als Mitbringsel kauften.

Heute Abend waren bei Ruth jedoch die Midsander unter sich. Vorne, vor der Theke, stand die schwerhörige Frau Ohlsen und bestellte brüllend und in aller Ruhe eine Käseauswahl. Als sie endlich mit ihrer Käsetüte den Laden verließ, kam Nadine Frank an die Reihe. Sie schien den ganzen Wocheneinkauf erledigen zu wollen, bei der langen Einkaufsliste, die sie von ihrem Zettel ablas. Minke sah wieder auf die Uhr und trat von einem Fuß auf den anderen. Sicher warteten die anderen schon mit angefeuertem Grill und langsam verkohlenden Würstchen.

»Also Rote Bete brauche ich, das ist ganz wichtig«, sagte Nadine währenddessen gut gelaunt in Richtung Theke. »Ich habe Arne versprochen, dass wir am Wochenende mal wieder Labskaus kochen – er isst das so gern.«

»Ach, wie schön!« Ruth strahlte und stellte ein Glas eingemachte Rote Bete auf den Tresen. »Wie geht es denn der kleinen Mila?«

»Ach, sie ist so süß – bei der Wärme plantscht sie am liebsten in einem alten Melkeimer, den ich ihr mit Wasser fülle. Sie passt gerade so hinein.« Nadine packte die Rote Bete in ihren Korb und schüttelte den Kopf. »Baden ist auch immer nötig; sie schafft es, sich überall mit irgendetwas zu bekleckern. Breiflecken, Saftflecken, gestern hatte ich sogar einen Strampler mit Grasflecken in der Wäsche, dabei kann sie noch kaum drei Meter krabbeln. Keine Ahnung, wie sie das schafft – sie hat wohl Superkräfte.« Ruth und Nadine lachten im Duett, dann sah Nadine wieder auf ihren Zettel. »Hast du zufällig Räucherschinken da?«

So ging es noch eine ganze Weile, der Zeiger der altmodischen Wanduhr rückte weiter vor. Minke hatte das Gefühl, die verkohlten Würste aus Immas Garten zu riechen und die mütterlichen Vorwürfe zu hören. Endlich hievte Nadine ihren gefüllten Einkaufskorb von der Theke und verabschiedete sich.

»Tschüss, Minke, ich wünsch dir einen schönen Abend.«

»Danke, gleichfalls!«

Minke rückte erleichtert zu Ruth vor. »Moin, Ruth, hast du irgendetwas, was aussieht wie Baguette?«

»Ich hab nur Pumpernickel.«

Minke verzog das Gesicht. »Ich glaube nicht, dass das passt.

Na ja, dann vielleicht wenigstens Ketchup oder Knoblauchsoße? Irgendetwas muss ich mitbringen.«

Ruth lachte. »Ach, der Grillabend bei Imma, hab ich recht? Sie hat heute Morgen groß dafür eingekauft.« Sie zwinkerte. »Ich schau mal, ob es etwas gibt, das sie noch nicht hat.« Sie verschwand hinter dem Vorhang, der den Verkaufsladen von ihrem kleinen Vorratslager und dem Treppenhaus abtrennte, durch das man in Ruths und Geerts Wohnung über dem Laden gelangte. »Wie gehen deine Ermittlungen voran?«, hörte Minke sie dumpf hinter dem Vorhang fragen.

»Überhaupt nicht gut.«

Ruth tauchte wieder auf. »Hier im Laden wird kaum noch über etwas anderes gesprochen als über den Mord. Die Leute haben Angst, dass ihre Töchter die nächsten sind.« Sie stellte ein Glas auf den Tresen, in dem etwas Undefinierbares in Öl schwamm. »Gibt es wenigstens etwas Neues wegen dieses verschwundenen Pferdchens?«

»Nein, auch nicht. Es ist wie vom Erdboden verschluckt.«

»Das wird dem Professor ja bestimmt gar nicht gefallen.« Ruth strich sich die Schürze glatt. »Ich weiß wirklich nicht, was ich von dem halten soll. Am Altfriesischen Abend ist er irgendwann an mir vorbeigegangen, in Richtung Halligwiese, und er hat dabei ein Gesicht gemacht – wie ein hungriger Kater, würde ich sagen.«

Minke stutzte. »Moment, Jeske Hein ist vom Fest weggegangen?«, fragte sie irritiert. »Lisa gegenüber hat er zu Protokoll gegeben, den ganzen Abend auf der Terrasse gewesen zu sein.«

Ruth schüttelte den Kopf. »Vielleicht fand er es ja unwichtig. Aber ich bin mir sicher, dass ich ihn gesehen habe. Frag mich nicht, wie spät es war – auf jeden Fall hat es schon gedämmert.«

Sie hob das Glas hoch. »Also – wie wäre das? Ich kann dir versichern, das hat deine Mutter definitiv noch nicht.«

»Was ist das?«

»Eingelegte Tintenfische.«

• • •

Paul saß in seinem Garten und genoss den goldenen Sommerabend. Das Meer rauschte sanft und die Stockrosen wiegten sich im Abendwind. Vor ihm, auf dem kleinen schmiedeeisernen Gartentisch, stand ein Teller mit Käsebrot, dazu ein Glas kühles Bier. Isabel war noch bei den Archäologen und so saß er zufrieden da und las in seinem Buch *Neue Erkenntnisse über den mittelalterlichen Nordseehandel vom 12. bis zum 14. Jahrhundert*. Er hatte es vor langer Zeit auf einem Trödelmarkt in Husum gekauft und dann vergessen. Jetzt war es ihm wieder in die Hände gefallen und genau die richtige Lektüre für diesen Abend. Andere hätten das Thema staubtrocken genannt, er aber blätterte gespannt die leicht angegilbten Seiten um, inhalierte glücklich den Geruch des alten Buchs und biss ab und zu von seinem Käsebrot ab. Seine Augen glitten über die Zeilen. Plötzlich blieb ihm der Bissen im Hals stecken. Er hustete, riss die Augen auf, tastete nach seinem Bierglas. Als er sich wieder beruhigt hatte, las er die Stelle noch einmal.

»Das ist es!«, murmelte er, dann noch einmal laut: »Das ist es! Und so einfach!« Victor, der zu seinen Füßen gesessen und sich geputzt hatte, hob erschrocken den grauen Katzenkopf. Paul sprang auf und rannte mit seinen löchrigen Pantoffeln ins Haus. Er hatte den Schlüssel gefunden – es gab plötzlich viel zu tun.

• • •

In Immas Garten waren schon alle versammelt, als Minke dort ankam. Sie stellte das Glas mit den eingelegten Tintenfischen auf den Tisch.

»Nein – du hast gekocht?«, grinste Bo. Er stand am Grill und drehte gerade Fleisch und Gemüse. Es duftete verführerisch.

»Na, ist der Fall gelöst? Max Reiling verhaftet – dank der rasanten Laborergebnisse?«, fragte er dann.

»Nein. Und ich denke auch nicht, dass er es war.« Minke schnitt eine Grimasse. Dann erzählte sie kurz von Max' Aussage und dem Video der Überwachungskamera.

»Na ja, gut für den Jungen, oder?« Bo wendete ein paar Zucchinischeiben auf dem Grill.

»Ja, aber nicht gut für Minke van Hoorn.«

Inzwischen hatte ihre Mutter Minkes Mitbringsel entdeckt. »Ähm, danke, Schatz.« Imma verzog das Gesicht angesichts der vielen kleinen Tentakeln in Öl und stellte das Glas mit spitzen Fingern hinter die Salatschüsseln, Soßen und den Brotkorb voller geschnittener Baguettescheiben.

»Ich dachte, ich sollte das Baguette mitbringen?«, sagte Minke.

»Tja.« Imma lächelte. »Sagen wir – ich hatte so ein Gefühl.«

Minke küsste David zur Begrüßung, der gerade dabei war, eine Flasche Wein zu entkorken. Dann entdeckte sie einen Mann mit aristokratischem Gesicht und grauen Schläfen, der gerade mit einer Platte Grillfisch aus dem Haus kam.

»Jan! Ich wusste gar nicht, dass du auch kommst.«

»Ich bin der Überraschungsgast.« Staatsanwalt Jan Fürst, Minkes Patenonkel und bester Freund ihres Vaters, umarmte sie. »Ausnahmsweise haben sie mich beim Stadtgericht heute früher gehen lassen. Übrigens – wie man dort munkelt, kommst du im Mordfall Leonie Schwarz keinen Schritt voran.«

Minke seufzte. »So – munkelt man das? Lass uns lieber essen, ich habe Hunger.«

Bald saßen sie alle an Immas Gartentisch und ließen es sich schmecken. Bo lobte sich selbst für seine Grillkünste, Jan erzählte ein paar lustige Anekdoten aus dem Gericht, David steuerte Geschichten von der Seehundstation bei. Und Imma erzählte, dass ihr Töpferofen am Nachmittag den Geist aufgegeben hatte. »Wahrscheinlich aus Überanstrengung«, warf Jan neckend ein. Schließlich kam das Gespräch doch wieder auf die beiden Kriminalfälle, mit denen Minke beschäftigt war.

»Wenn du mich fragst – das Pferdchen hat einer der Studenten geklaut«, sagte Bo kauend. »Die buddeln in der Hitze im Dreck herum, während ihr Professor am Ende die Lorbeeren dafür einheimst. Außerdem hatten die die beste Gelegenheit. Immerhin steht der Tresor direkt vor ihrer Nase.« Er griff noch einmal in den Brotkorb. »Fall abgeschlossen.«

Minke schüttelte den Kopf. »Was soll ihnen das bringen? Sie könnten das Pferdchen weder irgendwo verkaufen noch unter ihren Kollegen herumzeigen. Das Pferdchen wäre praktisch nutzlos geworden. Nein, das ergibt keinen Sinn.«

»Aber Bo hat recht, was die Gelegenheit angeht«, gab Jan zu bedenken. »Ich meine – sie kennen sich im Camp aus und wissen, wo der Tresor steht.«

David schenkte allen noch Wein nach. »Und was ist, wenn Indiana Jones recht hat und es ein professioneller Kunstdieb war.«

»Es könnte auch einfach ein Sammler sein«, warf Imma ein. »Sammelleidenschaft kann sehr leicht pathologisch werden. Ich hatte mal einen Patienten in der Therapie, der war völlig fixiert auf Orchideen. Er hat mit ihnen gesprochen, Zeit mit ihnen verbracht, sich für teuerste Exemplare verschuldet. Seine Ehe ist darüber kaputtgegangen und ich glaube, er hat es nicht einmal bemerkt. Vielleicht gibt es solche Leute auch für mittelalterlich-nordfriesische Kunst.«

»Ein Verrückter, der gerade irgendwo sitzt und versonnen ein uraltes Pferdchen streichelt? Möglich. Aber wenn es so ist, finden wir es wohl erst recht nie. Und der Zeugenaufruf in der Zeitung hat auch nichts gebracht – abgesehen von ein paar vagen Vielleicht-Beobachtungen und vielen schrägen Anrufern. Nein, es ist wahr ...« Minke stach mit der Gabel heftig in das letzte Stück Grillgemüse auf ihrem Teller. »Lisa und ich stochern völlig im Dunkeln. Sowohl beim Pferdchen als auch bei Leonie. Und ob beides zusammenhängt, wissen wir auch immer noch nicht.«

»Hast du mit ihren Freundinnen und Klassenkameraden gesprochen?«, fragte Imma.

»Du weißt, dass ich darüber nichts sagen darf, Mama. Ganz besonders nicht dir – dann weiß es nämlich morgen die ganze Hallig.«

»Das ist ja ...«, empörte sich Imma, beendete aber den Satz nicht. Eine Weile schwieg sie beleidigt, dann sagte sie: »Teenager werden dir sowieso nie die ganze Wahrheit sagen.«

»Wie meinst du das?«

»Na ja, die Pubertät ist selbst für uns Therapeuten ein schwieriges Feld. Teenagergehirne sind im Umbruch, ihre Gefühle werden um ein Vielfaches stärker empfunden als bei Erwachsenen – Liebe, Freundschaft, Glück, Hass, Wut, alles ist überwältigend. Das Gehirn ist mit Prozessen beschäftigt und in dieser Zeit ist vieles möglich: Die Wahrheit ist dehnbar, ethische Grundsätze können sich auch mal ausschalten. Manche Teenager merken kaum, dass sie lügen, so sehr leben sie in ihrer eigenen Welt.«

»Hm«, machte Minke. Sie dachte an Leonies Freundinnen, an ihre Klassenkameraden und was sie ihr erzählt hatten. An Judith, die Außenseiterin. Vor allem aber dachte sie an Max und wie wütend er heute geworden war – genauso wie auf dem Video kurz vor Leonies Tod. Er hatte sie wirklich hart angepackt, offensichtlich voller Zorn.

»Und wie kann ich so jemanden aus der Reserve locken?«, fragte sie.

»Na ja«, antwortete Imma gedehnt. »Du könntest einen Profi einbeziehen …«

»Vergiss es, Mama! Ich nehme dich nicht mit zu meinen Befragungen.«

Jan, Bo und David lachten, Immas Gesicht verriet, dass Minke ins Schwarze getroffen hatte.

»Na schön, dann eben nicht. Aber vergiss nicht, dass deine Mutter eine jahrzehntelang trainierte Beobachtungsgabe hat und eine sehr gute Psychotherapeutin ist.«

»Das lässt du mich ja auch gar nicht vergessen.« Minke schmunzelte. »Ist gut Mama, danke – aber nein.«

Es wurde noch ein langer, schöner Abend. Erst als die Sterne schon lange über der Nordsee funkelten, der Nachtisch gegessen und die Weinflaschen leer waren, machten sie sich auf den Heimweg.

16. Januar 1362

Dampf lag über der Küche, ein dichter Duft nach gebratenem Fleisch, Gewürzen, schweren, dicken Soßen und süßem Mus. Die Düfte schwebten unter der niedrigen, vom Ruß der Öfen und Bratstellen dunkel gewordenen Decke und zwischen den vielen Menschen, die in dem von so vielen Herdfeuern aufgeheizten Raum schwitzend arbeiteten. Seit dem Morgen herrschte hier ein hektisches Durcheinander. Befehle und Fragen schwirrten durch die Luft, ständig eilte jemand hierhin oder dorthin und ab und zu klirrte laut Geschirr. Das gleichmäßige Schrubben der Spülmädchen am Wasserstein bildete ein konstantes Rauschen im Hintergrund.

»Wo ist die Rotweinsoße?« Die Köchin, die seit Menschengedenken für Frickas Familie arbeitete, klang ungeduldig. »Wer macht die Rotweinsoße?«

Ein schmächtiger Küchenjunge hielt ihr verschüchtert einen kleinen Topf entgegen.

»Das ist zu wenig, viel zu wenig!« Sie schüttelte ärgerlich den Kopf. »Damit soll das Rind aufgetragen werden, begreifst du? Diese Pfütze reicht gerade mal für ein halbes Kalbsfüßchen.« Der Junge stand wie angewurzelt da und starrte sie verschreckt an. Er arbeitete noch nicht lange hier. »Los, koch mehr davon!« Sie stippte ihren Finger in den Topf und leckte ihn ab. »Nicht schlecht. Aber mach mehr Muskat hinein!« Der Junge eilte zurück an seine Feuerstelle.

Ein Mädchen kam und bat die Köchin an die Hintertür, an dem zwei Fischer gerade Aale anlieferten.

»Gott sei's gedankt!«, rief sie aus.

»Die woll'n aber einen ordentlichen Preis.«

»Den kriegen sie – Aale im Winter, das ist ein Wunder. Davon haben nur die feinen Herrn Kaufleute keine Ahnung. Die glauben, es gibt immer alles, nur weil sie es wollen.«

Die Köchin griff nach der Geldkatze an ihrem Gürtel, an dem auch die schweren Schlüssel zur Küche und den Vorratskammern hingen. Sie griff hinein und zählte den Fischern ohne Umstände das Geld in die Hand, das sie verlangten. Dann winkte sie dem Küchenmädchen mit den roten Haaren zu, ihr persönlicher Liebling. »Los, Kathi, wir machen Pastete daraus. Ach nein, es sind so viele, da können wir auch noch ein paar in Mandelmilch kochen. Und tu ordentlich Safran in die Milch.« Kathi flitzte davon. Die Köchin betrachtete die Aale. Sie waren fett und dunkel. Sehr ungewöhnlich für Januar. Aber sie hatte keine Zeit, sich zu wundern. Dieses Hochzeitsmahl musste gelingen und die Verantwortung dafür lag schwer auf ihren hageren Schultern. Sie sah sich um. An den Bratspießen drehten sich dreißig Hühnchen und fünf Ferkel, deren Haut allmählich knusprig braun wurde. Damit war die Köchin zufrieden, ebenso mit den dreißig großen Honigkuchen, die der Bäcker geliefert hatte. Brote, riesige Pasteten, gefüllt mit Fleisch und Fisch, dazu eine gewaltige Menge heißen Würzwein – die Tische sollten sich heute Abend biegen.

Eine Katze strich der Köchin um die Beine, schwarz und struppig und auf der Suche nach einem Leckerbissen, der vielleicht zu Boden gefallen war. Die Köchin beförderte sie nach draußen. »Hau ab, Schwarze«, sagte sie nicht unfreundlich, »komm später wieder, wenn alle zu viel Wein hatten. Da fällt bestimmt etwas für dich ab.« Sie lächelte; sie mochte Katzen. Die Kirchenglocke schlug. Die Köchin zählte die Schläge. Bald würde es so weit sein. Sie wandte sich um und machte dem neuen Küchenjungen Beine, der ihrer Ansicht nach zu langsam den Aal zerteilte.

Kapitel 11

Der nächste Morgen begann schlecht. Es herrschte Ebbe, was für Minke wieder einmal bedeutete, mit Gummistiefeln über das Watt hinüber nach Jüstering stapfen zu müssen. Als sie endlich dort angekommen war, blieb sie vor dem Kiosk am Hafen wie angewurzelt stehen. Die neueste Ausgabe des *Stadtanzeigers* schrie ihr vom Zeitungsständer beinahe ins Gesicht; Kalle hatte die Titelschlagzeile dieses Mal rot gedruckt und die Lettern noch größer gemacht als sonst. »Nordfriesischer Jack the Ripper am dritten Tag immer noch auf freiem Fuß – wird er erneut zuschlagen?«

Darunter prangte ein Foto von Minke, von dem Morgen, an dem Gabi sie mit der Kamera verfolgt hatte.

»Das ist nicht dein Ernst!«, murmelte Minke und ging mit schnellen Schritten auf den Kiosk zu. Ein paar Hafenarbeiter tranken dort gerade ihren Kaffee aus Pappbechern und aßen dazu das erste Matjesbrötchen des Tages. Währenddessen blätterten sie natürlich in der Zeitung. »Hey, ist die das nicht?«, fragte einer der Männer laut und tippte auf das Foto in der Zeitung. »Die Kommissarin? Moin, Kommissarin – was ist mit dem Ripper?« Die andere nickten zustimmend und begannen, ihre eigenen Theorien über den Mord auszutauschen.

Minke beachtete sie gar nicht. Sie griff sich den Stapel *Jüsteringer Stadtanzeiger*, der im Verkaufsständer einsortiert war, und knallte ihn auf den Ladentisch. Die Verkäuferin sah sie fragend an. »Die kaufe ich – alle.«

»Echt? Aber das ist doch immer dieselbe.« Die Verkäuferin kaute lässig auf ihrem Kaugummi.

»Eben drum.«

Die Verkäuferin beugte sich verschwörerisch nach vorne. »Sagen Sie mal, Sie als Kommissarin ... Glauben Sie, dass der Verrückte wirklich bald die nächste ...« Sie sprach nicht weiter. Minke griff wortlos nach dem Stapel Zeitungen, warf das Geld auf den Tresen und ging.

»Übrigens – heute soll es noch heißer werden als die letzten beiden Tage. Ungewöhnliche Hitzewelle, steht überall«, rief ihr die Verkäuferin noch nach. »Wahnsinn, oder? Und das an der Nordsee!«

• • •

»Kalle wiegelt langsam die Stadt auf.« Minke knallte die Zeitungen auf Lisas Schreibtisch.

»Ich weiß.« Lisa schüttelte den Kopf. »Hier haben heute Morgen schon vier Leute angerufen, die sagen, dass sie sich nicht mehr auf die Straße trauen und dass wir gefälligst endlich jemanden verhaften sollen.« Sie seufzte und sah auf den Stapel Zeitungen mit der fett gedruckten Titelschlagzeile. »Aber was, wenn es wirklich so ist?«, fragte sie schließlich zaghaft. »Also wenn wir es wirklich mit einem Mädchenmörder zu tun haben, der wieder zuschlägt? Das wäre doch eine Nummer zu groß für uns. Da müsste man die nächsthöhere Ebene ...«

»Hör auf!« Minke griff nach dem Autoschlüssel für den Polizeiwagen. »Lass dich nicht von Kalle verrückt machen. Leonie Schwarz ist vor drei Tagen erstochen worden, seitdem gab es keinen weiteren Mord. Es gab auch keinen neuen Diebstahl. Wieso sollte da also ein Serientäter dahinterstecken? Nein, jemand hat Leonie umgebracht, weil er glaubte, einen Grund dafür zu haben. Jemand hat das Pferdchen gestohlen, weil er etwas davon hat. Wir müssen nur die Motive herausfinden.« Sie holte tief Luft. »Wir haben zum Beispiel Max Reiling. Der hat ein Motiv – dass Leonie mit ihm Schluss gemacht hat – und ein richtiges Alibi für die Tatzeit hat er auch nicht.«

»Ja, aber er hat die Wahrheit gesagt, was den Streit und die Hautpartikel unter Leonies Fingernägeln angeht, und ehrlich gesagt glaube ich net mehr daran, dass er es war. Und mit dem Diebstahl hat er auf keinen Fall etwas zu tun; der kann etwas mit Mofas anfangen, aber net mit historischen Bernsteinfiguren.«

»Na schön. Dann wäre da Bütt ...«

»Zwischen ihm und den Schwarzes gibt es aber keine Verbindung. Warum sollte er Leonie umbringen?«, hielt Lisa dagegen.

»Und dann wären da noch die fünfhundert Euro in Leonies Handtasche und das gestohlene Pferdchen.«

»– und von beidem wissen wir net, woher es kam, beziehungsweise wohin es gekommen ist.« Lisa sank unglücklich auf ihren Schreibtischstuhl. »Alles, was wir haben, isch immer nur so eine Andeutung – wie der lauernde Schatten im dunklen Garten vor der Villa vom Schwarz. Und ehrlich gesagt: Das klingt doch eigentlich nach Nordfrieslands Ripper. Minke ...« – Sie sah ihre Chefin mit aufgerissenen Augen an –, » ... wenn der noch mal zuschlägt und noch ein Mädle stirbt, dann lynchen uns die Leute.« Sie nickte in Richtung der Zeitungen. »Das tun sie ja so schon bald.«

»So weit wird es nicht kommen«, sagte Minke entschlossen. »Ich gehe jetzt zu Stephan Schwarz und höre mir an, was er zu dem Mann im Garten zu sagen hat.«

»Und ich?«

»Du lässt dich nicht verrückt machen. Bis später.«

Stephan Schwarz' Büro, das er gleich nach seinem Herzug angemietet hatte, lag in einem renovierten Industriebau im Süden von Jüstering, eine alte Fischdosenfabrik mit großen hohen Glasfenstern und minimalistischer Einrichtung.

Am Empfang saß eine junge Frau in weißer, schlichter Bluse und schwarzem Pagenkopf, die Augen dunkel geschminkt. Sie besah sich den Polizeiausweis, den Minke ihr entgegenstreckte, und sagte dann: »Herr Schwarz ist nicht im Büro.«

»Das sehe ich.« Minke ließ den Blick durch das Loft schweifen. Obwohl es noch früh war, saßen an den sich wie hingeworfen verteilten Schreibtischen schon Schwarz' Mitarbeiter über Bauzeichnungen oder sprachen hektisch in ein Headset.

»Wo ist er denn?«

»In einem privaten Meeting.« Auch die junge Frau vor ihr setzte nun ein Headset auf. Offensichtlich hielt sie das Gespräch für beendet.

»Und wo ist dieses private Meeting?«

»Sorry – ich glaube nicht, dass er dort gestört werden will.«

Minke verlor die Geduld. »Hören Sie – das hier ist eine Mordermittlung. Stephan Schwarz' Tochter wurde ermordet, halb Jüstering ist in Aufruhr. Ich habe eine wichtige Frage an Herrn Schwarz ...« – sie beugte sich vor, sodass sie Auge in Auge mit der Empfangsdame war –, »und darum ich will jetzt wissen, wo Ihr Chef ist!«

Kurz blinzelte die Frau mit ihren stark getuschten, pechschwarzen Wimpern. Dann gab sie auf und sagte: »Im *Mare Mare*. Er frühstückt dort mit seiner Frau.«

Das *Mare Mare* war mit Abstand das teuerste und eleganteste Restaurant der Stadt. Es gehörte zum Strandhotel, einem schicken, blendend weißen Gründerzeitbau direkt am Strand. Einfach alles hier war weiß: die Wände, die Leinen-Tischdecken und Stuhlhussen, die gestärkten Stoffservietten, das teure Geschirr und selbst die ausladenden Blumensträuße in den weißen Vasen, die als Schmuck auf jedem Tisch standen. An diesen Tischen verteilten sich hier und da Gäste zum Frühstück, aber voll war es noch nicht.

»Sie wünschen?«, fragte ein blasierter Kellner. Minke zeigte zum zweiten Mal an diesem Morgen ihren Ausweis. »Ich muss Stephan Schwarz sprechen. Ich weiß, dass er hier ist.«

»Dies ist ein Restaurant, Frau Kommissarin van Hoorn.« Der Kellner wurde noch eine Spur hochnäsiger. »Es ist uns wichtig, dass unsere Gäste hier ungestört sein können.«

Minke steckte den Ausweis wieder ein. »Danke, ich finde sie bestimmt auch selbst. So riesig ist das Ganze hier ja auch wieder nicht.« Bevor er sie aufhalten konnte, ging sie an dem Kellner vorbei. Tatsächlich fand sie Stephan und Kristin Schwarz auf der Strandterrasse des Restaurants an einem weißen Tisch direkt an der weiß lackierten alten Balustrade, von der aus man einen herrlichen Blick über den Strand und das Meer hatte. Die Sonne schien warm, aber noch nicht zu warm, es war ein hübscher Platz, um an diesem Morgen zu sitzen und zu frühstücken. Die Teller mit Rührei, Obst und Hummercocktail waren erst halb leer und Kristin stocherte auf ihrem herum wie ein Spatz, als Minke an den Tisch trat.

»Moin – es tut mir leid, dass ich störe.«

Beide sahen auf. Stephans Gesichtsausdruck war verärgert, Kristins Gesicht nur einfach unendlich müde und traurig. Beide waren vollkommen in Schwarz gekleidet.

»Was soll das? Können wir jetzt nicht einmal mehr in Ruhe

frühstücken?« Angriffslustig rührte Stephan Schwarz seinen Kaffee um. »Wir sind hier, weil wir es in unserem Haus nicht mehr aushalten – und jetzt tauchen ausgerechnet Sie auf?!«

»Wie gesagt, tut mir leid. Darf ich?« Minke setzte sich auf einen der beiden noch freien Stühle am Tisch. »Ich bin auch gleich wieder weg. Ich möchte nur wissen, was Sie von einer bestimmten Aussage halten, die uns vorliegt.«

Kristin sah überrascht auf. »Welche Aussage?«

Minke beschloss, Asta Liebmanns Name vorerst aus dem Spiel zu lassen. So aggressiv, wie Stephan Schwarz wirkte, würde er sonst vielleicht seine Wut an der Putzfrau auslassen. »Wir haben einen Zeugen, der gesehen hat, dass sich vor zwei Wochen ein Mann spätabends in Ihrem Garten herumgetrieben hat. Er wollte Sie sehen, Herr Schwarz, und war wohl sehr aufgebracht.«

Stephan Schwarz' Miene verdüsterte sich weiter. »Ach das«, knurrte er und machte eine wegwerfende Handbewegung. »Das war gar nichts. Das war nur Bütt.«

Kristin schwieg und starrte auf ihren Teller.

»Bütt?«, Minke sah Stephan Schwarz verblüfft an. »Fischer Bütt? Also gibt es zwischen Ihnen eine Verbindung?«

Stephan zuckte unwillig die Achseln. Es war eindeutig, dass ihm das Thema lästig war und er es schnell beenden wollte. »Was heißt hier Verbindung? Ich werde seine Fischerei aufkaufen. Das Gelände ist ideal, um Wohnungen mit Meerblick zu bauen; gehobene Preisklasse. Das Projekt verfolge ich schon eine Weile.«

»Und Bütt verkauft? Ganz einfach so?«

»Natürlich.« Stephans Lächeln war kurz und kühl. »Er hadert noch ein bisschen, aber auch er weiß, dass es das Beste für ihn ist. Die Fischerei läuft schlecht – mein Angebot ist eigentlich ein Segen für ihn. An dem Abend vor zwei Wochen kam er trotzdem zu uns und hat eben ein bisschen Stunk machen wollen. Keine große Sache.«

»Ein bisschen Stunk?« Minke kam das Ganze merkwürdig vor.

»Ja ... hat im Garten ein bisschen rumgebrüllt. Ich habe Kristin rausgeschickt, weil sie diplomatischer ist als ich. Stimmt doch, Liebling?«

Kristin stach mit dem Obstmesser in eine hauchdünn geschnittene Mangoscheibe und nickte. »Ja.«

»Was hat er denn so gebrüllt?«, hakte Minke nach.

Stephan Schwarz schien nun endgültig die Geduld zu verlieren. »Was weiß ich?! Dass er mir auch nimmt, was ich ihm nehme – dummes Zeug eben.«

Minke sah ihn fassungslos an. »Herr Schwarz, das ist eine Drohung! Das hätten Sie mir sagen müssen.«

»Drohung?! Machen Sie sich nicht lächerlich.« Stephan Schwarz plusterte sich immer mehr auf. »Hören Sie mir mal zu – Sie platzen hier in unser Frühstück und nerven uns mit Fragen zu einem dummen kleinen Vorfall vor zwei Wochen. Was soll denn das? Ihr Job wäre es, endlich den Mörder meiner Tochter zu finden. Und nicht, sich mit solchen Kinkerlitzchen aufzuhalten und meine Frau und mich zu belästigen.«

Bevor Minke etwas sagen konnte, fuhr er wütend fort: »Ich werde mich über Sie beschweren. Ich werde dafür sorgen, dass Ihnen der Fall entzogen und Leuten übergeben wird, die wirkliche Profis sind.« Er beugte sich vor. »Ihnen ist das vielleicht nicht klar, aber ich habe Verbindungen nach ganz oben. LKA zum Beispiel. Meine Frau hat mich bisher davon abgehalten, aber mir reicht es jetzt! Ich werde dort anrufen, darauf können Sie sich verlassen, und dann übernehmen die Profis, so wie es sein sollte. Nicht irgendeine Provinzpolizistin, die ein bisschen im Watt herumschnüffelt.«

Kristin, die eben noch mit dem Messer auf ihrem Teller herumgekratzt hatte, legte plötzlich heftig das Besteck beiseite. Ihr Champagnerglas geriet ins Wanken, stürzte und eine schäumende Pfütze ergoss sich auf dem blütenweißen Leinentischtuch. Sie starrte kurz darauf, dann erhob sie sich abrupt und rannte von der Terrasse ins Restaurant.

Stephan Schwarz unterbrach endlich seinen Redeschwall. »Die Nerven«, sagte er schließlich. »Sehen Sie, was Sie anrichten?«

Als sie wieder im von der Sonne aufgeheizten Polizeiwagen saß, schaltete Minke auf Freisprecher und rief mit ihrem Handy eine Nummer an, die sie auswendig kannte.

»*Jüsteringer Stadtanzeiger*, der Chef am Apparat.«

»Kalle, ich bin's.«

»Van Hoorn! Wie geht's dir?«

»Schlecht, wenn du mit deiner Zeitung die Stadt aufscheuchst.«

»Oh, meinst du die von heute? Ja, gut, ein bisschen reißerisch formuliert vielleicht. Aber die Ausgaben gehen seit dem Mord weg wie warme Semmeln«, verteidigte sich Kalle.

»Kann sein – aber die Hitze macht schon alle genug verrückt; da musst du nicht noch Öl ins Feuer gießen, Kalle. Hier geht kein Nordsee-Ripper um. Ein einziges Mädchen ist tot.«

Bevor er antworten konnte, legte Minke auf.

• • •

»Die Glocken von Everbeck«, murmelte Paul vor sich hin, »die klingen, wenn die Nordsee ganz still ist.« Er hatte beinahe das Gefühl, die Glocken zu hören. Grübelnd stützte er den Kopf in die

Hände. Vor ihm lagen ausgebreitet auf dem Gartentisch Bücher und Pläne, alte Landkarten und Folianten, Bleistifte, ein langes Lineal, ein Taschenrechner, auf dem er herumtippte. Auf einem Notizblock neben ihm waren wirr hingekritzelte Zahlen zu lesen; einige wieder durchgestrichen, daneben einfache Skizzen. Paul rechnete und rechnete, schon den ganzen Morgen. Seit seiner Entdeckung in dem Buch am Abend zuvor war er wie im Rausch. Er zeichnete Linien auf die Landkarte von Jüstering und den Halligen, die er dann wieder wegradierte, wütend noch einmal rechnete, wieder einzeichnete. Fieberhaft arbeitete er; die langsam steigende Hitze fühlte er kaum, die Bienen, die um ihn herum summten, hörte er nicht, er fühlte nicht einmal, dass Victor ihm maunzend um die Beine strich. Ab und zu griff er, ohne den Blick vom Taschenrechner oder der Landkarte zu nehmen, nach dem Glas Wasser, das auf dem Tisch stand und warm wurde. Auch das war Paul egal. Er dachte nur an Everbeck und an den Schlüssel zu seinem Geheimnis, den er seit gestern Abend – davon war er überzeugt – endlich in den Händen hielt. »Anno Domini 1362 am Marcellustag«, hallte in seinem Kopf, »begab sich die Grote Mandränke über Friesland und verschluckte Mann, Weib, Kind und jedes Vieh, das sich nicht retten konnte, von Rungholt und Everbeck, den stolzen Städten, so wie es Gott in seinem Zorn gefallen hat als Gericht über die Eitlen.«

So begann die Legende, die er schon seit Kindertagen auswendig kannte und die erwähnte, dass Everbeck einst bei den Steilklippen nördlich von Jüstering gelegen hatte. Und dann gab es noch die alte Urkunde aus dem fünfzehnten Jahrhundert, die Seemeilen nannte, nach denen sich die Lage von Everbeck berechnen lassen sollte. Ja, der Professor hatte recht, wenn man sie nach der heutigen Seemeile berechnete, dann landete man auf Midsand. Aber damals hatte man anders gemessen. Seit gestern Abend wusste er, durch eine winzige Anmerkung in dem alten Buch vom Trödelmarkt, dass es noch eine alte nordfriesische Seemeile gegeben hatte, eine Längeneinheit, die völlig in Vergessenheit geraten war – so sehr, dass selbst die gelehrten Uniprofessoren sie nicht mehr kannten. Es war also ganz einfach, er musste nur alles mit dieser alten Längeneinheit neu berechnen und dann ... Paul stach mit der Spitze seines Bleistifts auf einen Punkt in der Landkarte. Ein Punkt, nicht auf Midsand, sondern draußen im Watt, westlich von Nekpen – Luftlinie auf Höhe der Steilklippen von Jüstering.

»Es passt«, murmelte er, »es passt alles zusammen.« Sein Herz klopfte. Er fühlte ein Glück, wie er es noch nie gefühlt hatte. Alles in seinem Leben, das er der Geschichte seiner nordfriesischen Heimat gewidmet hatte, war auf diesen Moment hin zugelaufen. Jetzt war er da. Das wahre Everbeck war zum Greifen nah.

• • •

Minke bog in den Hof der Fischerei ein und lief dort Jonne über den Weg, dem ältesten Sohn von Bütt, der das jähzornige Wesen seines Vaters geerbt hatte. »Noch eine von der Sorte«, brummte er Minke statt einer Begrüßung entgegen, »ist hier heute Familienversammlung, oder was?«

»Wie meinst du das?«

»Na, dein aufpolierter Bruder ist auch schon da.« Er nickte in Richtung der Räucherkammer. Trotz des heißen Wetters kam aus dem Schornstein des kleinen Häuschens Rauch, der scharf nach Holz und Kräutern roch. Davor standen tatsächlich Bütt und Bo, Letzterer in blauem Hemd, weißer Leinenhose und Sonnenbrille. Der Kontrast zu dem wilden, ungekämmten, riesigen Fischer in seinen speckigen Arbeitshosen und seinem zu warmen schwarzen Pullover hätte nicht größer sein können.

»Moin.« Minke ging auf die beiden zu.

»Na sieh mal an«, spottete der Fischer. »Zwei van Hoorns zum Preis von einem.«

»Was machst du denn hier?«, fragte Minke ihren Bruder.

»Ich habe die Miete für die Kühltruhe verlängert. Du weißt schon, die, die ich für meine Seezungen brauche.« Bo grinste.

»Dein Bruder ist anscheinend ganz schön erfolgreich beim Angeln – denkt man nicht, wenn man ihn so sieht.«

Bütt maß Bo abschätzig von Kopf bis Fuß.

»Ähm, ja.« Minke räusperte sich. »Bütt, es gibt neue Zeugenaussagen. Du bist anscheinend abends ungebeten vor der Villa der Schwarzes aufgetaucht. Gelauert, war das Wort, das fiel.«

Der Fischer zwängte seine Hand unter den Pulloverärmel des anderen Arms und kratzte sich.

»Wer hat das gesagt?«

»Das spielt doch keine Rolle – mehrere Zeugen.«

Bütt schwieg. Nur sein Kratzen intensivierte sich. Bo registrierte es mit gerunzelter Stirn.

Minke verschränkte die Arme. »Ich dachte, dich verbindet nichts mit Schwarz.«

Der Fischer machte ein unwilliges Gesicht. Er zog seine Hand unter dem Ärmel hervor, griff in die Hosentasche und angelte eine zerdrückte Packung Zigaretten heraus. Davon zündete er sich eine an, bevor er antwortete. »Der will das hier alles kaufen.« Die Hand mit der Zigarette machte eine ausholende Bewegung über das ganze Fischereigelände. »Für ein neues Bauprojekt. Penthouse und so Kram – da würde der da so richtig reinpassen«, er wies mit dem Kinn auf Bo.

»Und?«

»Die Fischerei gehört meiner Familie seit Generationen. Das kann man nicht hergeben.«

»Das hat sich aber bei Stephan Schwarz ganz anders angehört. Er scheint völlig sicher zu sein, dass du verkaufen wirst.«

Der Fischer starrte grimmig vor sich hin; der Rauch aus der Räucherkammer wurde stärker.

»Er sagt, deine Geschäfte laufen nicht gut«, unternahm Minke einen Schuss ins Blaue. »Und wenn ich mich richtig erinnere, musstest du vor ein paar Wochen deinen einzigen Hochseekutter verkaufen. Du darfst mit den Booten, die du hast, nur noch im Wattenmeer fischen. Damit bricht dir ganz schön viel weg.«

»Geht schon«, brummte der Fischer und kratzte sich wieder. »Hab in den letzten Wochen trotzdem super Fische gefangen, richtige Oschis.« Minke erinnerte sich an die auffallend großen Kabeljaufilets, die Bütts Sohn bei ihrem letzten Besuch im Laden zerteilt hatte.

Sie stutzte. Damals war ihr das gar nicht aufgefallen. »Ungewöhnlich, oder?«, fragte sie jetzt. »Solche Größen gibt es im flachen Wasser selten.«

»Ach, du hast keine Ahnung, Mädchen.«

Minke musterte ihn. »Schwarz sagt, du hast ihn bedroht. Du sollst gesagt haben, dass du ihm etwas nehmen wirst, wenn er dir etwas nimmt.«

Bütt starrte sie an, dann blitzten seine dunklen Augen und er lachte schallend los.

»Lütte, vergiss es«, sagte er, als er sich wieder beruhigt hatte. »Ich hab seine Tochter nicht abgemurkst, wirklich nicht.«

Minke schwieg. Sie hatte den Eindruck, dass er die Wahrheit sagte. Und gleichzeitig das Gefühl, dass er etwas verbarg.

»So, und wenn jetzt weiter nüscht is' – ich muss nach meinen Fischen sehen.« Bütt drehte sich um und stapfte auf die Tür zur

Räucherkammer zu. Bo machte Minke ein Zeichen, sich zu verabschieden und ihm zu folgen.

»Was ist denn?«, fragte sie, als sie ein paar Meter außer Hörweite waren.

»Hast du seine Arme gesehen?«, raunte Bo.

»Nein, wieso? Ich hab nur gesehen, dass er sich die ganze Zeit gekratzt hat.«

»Stimmt. Darum habe ich mal auf die Haut geachtet. Ich bin mir ganz sicher – diese spezielle Art Ausschlag hab ich erst einmal im Leben gesehen.«

»Aha – ein Ausschlag«, stichelte Minke. »Spannend.«

»Allerdings – wenn man Fischer ist und legal nur noch im Wattenmeer fischen darf.«

Minke sah nun ihren Bruder interessiert an.

Der sagte triumphierend nur ein Wort:

»Doggerbank-Krankheit.«

Sie riss die Augen auf. »Bist du sicher?« Die Doggerbank war eine riesige Sandbank weit draußen in der Nordsee zwischen Nordfriesland und der englischen Küste. Ein berühmtes Hochseefischereigebiet, begehrt wegen der vielen Schollen, Muscheln und …

»Großer Kabeljau«, sagte Minke nachdenklich. »Du meinst – Bütt war illegal in der Hochsee fischen, mit Booten, die dafür nicht zugelassen sind?«

Bo nickte. »Garantiert. Diese Pusteln kriegen Fischer nur dort, wegen irgendwelcher winzigen Viecher im Wasser. Ach, was weiß ich, wie das genau funktioniert – du bist die Meeresbiologin. Auf jeden Fall bin ich mir ganz sicher. Bütts Ausschlag ist kein Zufall.«

Minke sah zurück zur Räucherkammer. Bütt trug gerade eine Menge goldglänzend geräucherten Fisch heraus und wirkte dabei noch mürrischer als sonst. »Schwarz kennt als Fischersohn die Symptome sicher auch«, murmelte sie. »Das heißt – er erpresst Bütt. Entweder er verkauft ihm das Gelände oder er zeigt ihn an wegen illegaler Hochseefischerei. Das würde auch erklären, warum Schwarz bisher nichts von Bütts Drohung erzählt hat. Und warum er so sicher ist, dass Bütt verkauft.«

»Glaubst du, dass das ein Mordmotiv ist? Weil Schwarz ihn erpresst, bringt Bütt seine Tochter um?«

Minke schüttelte den Kopf. »Nein«, sagte sie. »Nein, ich glaube, was das angeht, hat er die Wahrheit gesagt. Zwischen Schwarz und ihm geht es wohl nur um den Verkauf des Grundstücks.«

»Was unternimmst du dagegen? Ich meine – immerhin ist der eine ein Erpresser und der andere ein illegaler Hochseefischer.«

Minke zuckte die Achseln. »Das werde ich aber nie beweisen können. Beide haben einen Grund, den anderen nicht anzuschwärzen, oder?« Sie seufzte. »Bütt kann einem eigentlich fast leidtun. Die Küstenwache wird ihn früher oder später erwischen, wenn wir mit unserer Theorie recht haben. Und Schwarz – seine Tochter ist tot. Er ist gestraft genug.«

• • •

Aus dem Inneren der Bürgermeisterwohnung erklang Wagner, eine dunkle, schwere Melodie, die gar nicht zu dem hellen, heißen Sommernachmittag passen wollte. Sie saßen zu dritt auf dem Balkon: Eida, Dörte und der Bürgermeister. Unter dem aufgespannten sattgelben Sonnenschirm herrschte durch die Farbe des Stoffs ein merkwürdig gedämpftes Licht. Sie lauschten der Musik, die aus der offenen Balkontür nach draußen strömte und aßen Mokkatorte, die in der Hitze förmlich zerlief.

Eida kratzte mit ihrer Kuchengabel die weich gewordene Kaffee-Buttercreme auf ihrem Teller zusammen. Sie hatte einen pappigen Geschmack im Mund. Warum konnte es nicht einen einfachen Obstkuchen geben, irgendetwas Frisches? Aber ihre Cousine liebte schwere Sahnetorten. Dörte bestritt währenddessen den Großteil der Unterhaltung, erzählte irgendwelche Geschichten ihrer Freundinnen, Jüsteringer Klatsch und Tratsch. Natürlich ging es auch um den Mord an Leonie; die neuesten wilden Spekulationen, die letzten Schlagzeilen vom Jüsteringer Jack the Ripper, die Dörte genüsslich wiederholte. Ihr Mann saß währenddessen zufrieden und feist da, ließ sich ab und zu Kaffee nachschenken und nun auch ein drittes Stück Torte aufschwatzen. Es war ein träger, klebriger, erstickender Nachmittag.

»Eida – du auch noch ein Stück?«, fragte Dörte mit dem silbernen Tortenheber in der Hand. Ohne eine Antwort abzuwarten, schob sie ihn unter ein großes Stück Torte und hob dieses damit an, um es in Eidas Richtung zu balancieren. Eida starrte darauf. Die mit Schokolade überzogene Kaffeebohne, die den satten Sahneklecks am breiten Ende des Tortenstücks zierte, war beinahe komplett in die unter der Hitze nachgebende Sahne eingesunken. Sie sah aus wie ein hilflos Ertrinkender. Mechanisch hob sie ihren Teller an und hielt ihn ihrer Cousine entgegen. Dörte lächelte sie an, wie man ein braves Kind anlächelt, und kippte das Tortenstück auf den Teller. Die Schokoladenkaffeebohne rutschte endgültig von der Sahne und landete auf dem Porzellan.

»Upsi«, sagte Dörte gut gelaunt.

Der Bürgermeister dröhnte: »Solche feinen Torten gab es in Helgoland nie, hab ich recht, Eida.«

Eida blickte auf. »Natürlich gibt es auf Helgoland Torten.«

»Aber keine so feine Mokkatorte«, beharrte der Bürgermeister. »Hab ich nicht recht, Dörtchen?« Er lachte.

»Eida, kennst du den – Wie nennt man auf Helgoland einen Heuler?«

Eida schob sich eine Gabel Buttercreme in den Mund. Sie wusste schon, was jetzt kam. Dörte dagegen legte die Stirn spielerisch in Falten. »Wetten, dass die Lösung etwas mit Robben zu tun hat?«, fragte sie lauernd. »Wie jeder Witz über Helgoländer?«

»Klar«, dröhnte ihr Mann vergnügt. »Wo kämen wir denn da hin, wenn man keine Robbenwitze mehr über Helgoländer machen würde? Das wäre, als würde man keine Ostfriesenwitze mehr erzählen.«

»Oder keine Blondinenwitze«, assistierte Dörte. »Also, wie nennt man denn nun den Heuler auf Helgoland?«

Der Bürgermeister zog ein Gesicht, das Spannung ausdrücken sollte. »Appetithäppchen«, löste er schließlich auf. Er lachte scheppernd, Dörte lachte auch.

Eida fühlte die Süße und das Fett im Mund.

»Eida, komm, das ist doch lustig.« Dörte sah zu ihrer Cousine. »Eida?«

Die Wagneroper dröhnte in Eidas Ohren. Sie sah ein Blatt Papier vor sich, mit aufgeklebten Robbenkörpern und Worten, die darübergekritzelt waren. In ihrem Kopf drehte sich alles. Die Torte war zu fett, das Wetter zu warm, sie wollte nur noch in ihre dunkle, stille, einsame Wohnung zurück, eine Tablette nehmen und endlich versuchen, Schlaf zu finden. Sie sah nach unten auf den Boden; die orangebraunen Balkonfliesen verschwammen. Im nächsten Moment wurde Eida ohnmächtig.

• • •

»Paul macht mir Sorgen.« Minke tauchte den Lappen wieder in das heiße Putzwasser und rieb damit noch einmal über den alten, mit Kornblumen und Klatschmohn bemalten Bauernschrank – einer von dreien, die auf dem Dachboden des Deichgrafenhofs lagerten. Seit einer halben Stunde schon versuchte sie, das Holz, auf dem sich der Staub der Jahrzehnte abgelagert hatte, wieder sauber zu bekommen. Sie wischte sich den Schweiß von der Stirn. Unter dem Dach des alten Hofs hatte sich die Hitze gestaut; alles war stickig und klebrig.

»Und warum machst du dir Sorgen?« David arbeitete neben ihr an einer schweren Truhe, bei der der Deckel erst wieder festgeschraubt werden musste, wollte man sie später ohne Unfallgefahr die steile Treppe hinunterwuchten.

»Ich weiß nicht – er kommt mir langsam wie besessen vor von Everbeck.«

Vorhin, als Minke nach Hause gekommen war, um sich für den nächsten Dachbodeneinsatz umzuziehen, war Paul mit fiebrigen Augen über Landkarten gebeugt dagesessen, vollkommen in seiner eigenen Welt versunken.

»Na ja, du weißt doch, dass Geschichte sein Steckenpferd ist. Nordfriesische Heimatgeschichte vor allem.«

»Schon, aber das artet allmählich zu einer fixen Idee aus. Er glaubt zu wissen, wo Everbeck lag – und zwar seiner Meinung nach nicht auf der Halligwiese, das reibt er dem Professor ständig unter die Nase.«

Minke warf den Lappen entnervt in den Putzeimer zurück. »Ich geb's auf – dieser Staub klammert sich praktisch fest.«

Sie ging hinüber an das kleine Dachbodenfenster und stieß es auf. Von draußen strömte zwar auch warme Luft herein, aber die war wenigstens nicht so stickig. Plötzlich erkannte sie unten im Watt eine Gestalt.

»David, sieh dir das an.«

Er trat neben sie. Dort draußen in der außerirdisch wirkenden braunen Schlickweite des Watts rannte eine Person kopflos auf und ab. Immer wieder bückte sie sich, hob etwas auf, warf es wieder weg, vertiefte sich in eine Landkarte. Dann kramte sie aus seinem Rucksack einen Meterstab und steckte ihn in den Meeresboden.

»Wenn man vom Teufel spricht«, seufzte Minke. »Paul. Siehst du jetzt, was ich meine?«

»Was macht er denn da?«, fragte David irritiert.

»Ich nehme an, er glaubt, Everbeck gefunden zu haben.« Minke schüttelte den Kopf. »Es wird wirklich Zeit, dass er sich ein vernünftiges Hobby sucht. Vielleicht sollte ihn meine Mutter mal mit dem Töpfern vertraut machen.«

16. Januar 1362

»Dieser Husten, habt Ihr den schon lange?« Der Arzt mit dem roten Barett auf dem Kopf sah seinen Patienten besorgt an. Der Zunftmeister der Tuchhändler und Schneider nickte und wurde im selben Moment wieder von einem schrecklichen Hustenanfall erschüttert.

»Was habe ich, Medicus?«, fragte er. Er war ein breitschultriger, untersetzter Mann, hart im Verhandeln. Aber nun schlich sich Furcht in seine Stimme. »Ist es die Lungenpest?«

»Nein, Gottlob nicht. Die Pest hat diese Stadt in den vergangenen Jahren verschont ...« Der Arzt wusch sich die Hände in Essigwasser und winkte dann seinem Gehilfen. »Euer Husten erinnert mich viel mehr an eine Krankheit, die ich vor vielen Jahren als junger Arzt einmal in Konstantinopel gesehen habe. Eine ganz bestimmte Auszehrung, die von der Lunge ausgeht, Husten verursacht und eine große Blässe.« Er sah den Zunftmeister nachdenklich an. Tatsächlich hatte er eine durchscheinende Gesichtsfarbe.

»Konstantinopel sagt ihr?« Wieder hustete der Patient. »Ich habe mit Händlern von dort zu tun. Aber sie haben mir noch nie etwas von dieser Krankheit erzählt.« Er zog ein Taschentuch hervor und spuckte hinein. »Wie heißt sie?«

Der Arzt zögerte. »Ich hörte, man nennt sie die Schwindsucht, Zunftmeister. Aber das will nichts bedeuten.«

Der Zunftmeister lachte bitter auf, das Lachen ging bald wieder in Husten über. »Ihr wollt mich schonen, Medicus. Das ist nicht nötig. Alles, was lebt, stirbt, und so auch ich.« Er steckte das Taschentuch wieder ein. »Alles, was wir haben, ist heute, darum sollte man so fröhlich sein, wie man kann.« Er sah nachdenklich hinaus aus dem Fenster des Arzthauses. Draußen lag ein trostloser Januartag.

»Mein Gehilfe wird Euch eine Arznei aufschreiben, die Euch den Husten erleichtern wird«, versprach der Arzt. Mehr konnte er nicht für den Zunftmeister tun. Dieser drehte sich nun gefasst zu ihm um. »Gleich beginnt die Hochzeit des Bürgermeistersohns«, sagte er, »dort muss ich hin. Und ich werde einen so schönen Abend haben, wie es einem Mann nur auf dieser Erde möglich ist.« Er lachte und unterdrückte ein weiteres Husten. »Der Tod wird mich heute noch nicht holen.«

Kapitel 12

Der große Saal des Gemeindezentrums füllte sich an diesem Abend schnell. Keiner der Bewohner von Midsand wollte sich den Vortrag des Professors entgehen lassen, in dem es um die bedeutende Geschichte ihrer Hallig gehen sollte. Dazu kamen noch viele Feriengäste. Die Mitglieder des Halligvereins, die den Vortragsabend organisiert hatten, mussten immer weitere Stühle herbeischaffen; für einige, die spät kamen, blieben nur noch Stehplätze. Vorne, an der Stirnseite des Saals, stand ein Rednerpult mit Mikrofon für den Professor bereit. Geert schwitzte schon seit einer halben Stunde über der Beamer-Technik und drückte ratlos auf alle Knöpfe, ohne dass der Beamer die vorbereitete Präsentation an die Wand werfen wollte.

Je mehr Menschen in den Raum drängten, desto wärmer und lauter wurde es. Gunilla stieß die Fenster weit auf, sanfte Abendluft strömte hinein. Imma hatte währenddessen Minke entdeckt und winkte ihr zu. »Ich hab dir einen Platz reserviert, Schatz«, rief sie über den Tumult der Ankommenden und Plätzesuchenden hinweg. »Lisa ist schon da.« Tatsächlich saß in der ersten Reihe ein brauner Lockenkopf neben einem grauhaarigen Bürstenschnitt. Minke konnte schon von Weitem erkennen, dass Lisa neben Helmut, dem Postboten, gelandet war. Das kann ja heiter werden, dachte sie. Helmut stand Lisa in Redefreudigkeit in nichts nach. Schon jetzt steckten sie die Köpfe zusammen. Helmut war Postbote auf den Halligen, seit Minke denken konnte. Bei Wind und Wetter, Ebbe und Flut brachte er – zu Fuß oder mit dem winzigen Postboot – Briefe und Zeitungen nach Midsand und Nekpen. Minke begrüßte beide, dann nahm ihre Mutter sie für eine Weile in Beschlag und erzählte ausführlich von Bos vergeblichen Versuchen, ihren Töpferofen zu reparieren. »Jedenfalls ist er deswegen nicht mitgekommen, sondern ist daheim und hat sich an diesem Ding festgebissen«, schloss sie ihren Bericht. »Ich hoffe ja, dass er es bald schafft. Erstens ist sonst sein Ego schwer angekratzt, und zweitens kann ich den schönen Katzennapf sonst nicht brennen, den ich für Victor getöpfert habe.«

Minke hatte schon drei von Immas selbst getöpferten Katzennäpfen und keiner davon war dicht. »Mhm«, machte sie darum unverbindlich, während sie sich umsah. Sie entdeckte Paul in der Menge. Er saß etwa in der Mitte, auf einem Stuhl mit direktem Blick zum Rednerpult und hatte die Arme fest vor der Brust verschränkt. Irgendwie erinnerte er an einen Teekessel, der bald zu sieden anfangen würde. Neben ihm saß blass und nervös Isabel. Wenn das mal gut geht, dachte Minke.

Vorne warf nun endlich der Beamer Licht auf die Leinwand; Geert wischte sich erleichtert über die Stirn. Gunilla brachte auf klackernden, eiligen Absätzen ein gefülltes Wasserglas zum Rednerpult und stellte es dort mit großer Geste ab, dann setzte sie sich steif neben Imma und starrte so erwartungsvoll auf das Pult, als stünde dort schon der Professor. Von diesem war nichts zu sehen, nur seine Studenten waren da, aufgereiht in der ersten Reihe, dazu drei grauhaarige Herren, vermutlich Professoren von der Universität Kiel, und die Museumsleiterin des Stadtmuseums, die sich mit ihnen unterhielt. An den Wänden verteilten sich Plakate, anhand derer sich die Gäste bis zum Beginn des Vortrags schon über ein paar Ausgrabungserfolge informieren konnten. Auf jedem Plakat stand in großen Lettern außerdem gedruckt: »Everbeck auf Midsand – eine archäologische Sensation!«

»Bescheidenheit ist wirklich nicht Jeske Heins Ding«, murmelte Minke.

In diesem Moment betrat der Professor den Saal durch die Nebentür. Sofort änderten sich die Geräusche im Saal. War es vorher ein Durcheinander von Begrüßungen und Smalltalk, wurde es jetzt zu einem beinahe ehrfürchtigen Raunen. Mit federnden Schritten ging Jeske Hein zum Rednerpult. Er ließ von dort den Blick über die Menge schweben, entdeckte Minke und lächelte ihr zu.

»Ein ganz toller Mann«, schwärmte Imma, die den Blick bemerkt hatte.

Minke grinste. »Ich find David besser.«

Jeske Hein nickte in Geerts Richtung, um diesem zu bedeuten, dass er die Präsentation starten sollte. Die erste Folie erschien. »Everbeck auf Midsand – eine archäologische Sensation!« stand darauf.

»Natürlich, was auch sonst«, flüsterte Minke grinsend.

Der Professor klopfte auf das Mikrofon, um zu testen, ob es funktionierte, und jemand dimmte das Licht. Langsam wurde es still im Saal. Professor Hein wartete noch ein paar Augenblicke, um die Spannung zu steigern, dann sagte er mit volltönender Stimme, die von der Mikrofonanlage bis in die hinterste Sitzreihe getragen wurde: »Willkommen, meine Damen und Herren – schön, dass Sie diesem wichtigen Moment beiwohnen. Einem Moment, der in die Geschichtsbücher eingehen wird. Dem Moment, in dem das Rätsel von Everbeck gelöst wird. Kurz, der Moment, in dem ich Ihnen, als ersten Zuhörern, erzählen werde, wie ich – wie wir ...« – gönnerhaft machte er eine Handbewegung zur

Reihe der Studenten – »das jahrhundertelang verschollene Everbeck fanden. Hier, auf Ihrer schönen Hallig Midsand.«

Applaus brandete auf. Minke verdrehte die Augen. Gunilla saß, wenn irgend möglich, noch gerader, mit durchgedrücktem Rücken und beflissen zum Sprung bereit, falls das Wasserglas leer werden oder der Professor sonst irgendeine Hilfe benötigen würde. Die Männer von der Universität hatten eine ausdruckslose Miene beibehalten. Pauls Gesicht dagegen hatte schon jetzt eine etwas dunklere Farbe angenommen. Der Teekessel, dachte Minke, er summt schon leise. Neben ihr tuschelten Helmut und Lisa wie erwartet redselig miteinander.

»Das mit Everbeck ist ja gut und schön, aber der Professor platzt ja fast vor Wichtigkeit«, schnappte Minke von Helmut auf. »So wie immer.«

»Kennen Sie ihn denn, den Professor?«, fragte Lisa ihn.

»Na ja, was heißt kennen – ich bring ihm jeden Tag seine Post. Direkt zum Zelt, darauf besteht er. Er könnte seine Briefe ja auch einfach im *Halligprinz* bei Tjark abholen, das wäre für mich viel einfacher, da könnte ich mir den Weg über die Wiese sparen, die ja nicht klein ist. Aber nein, ich muss die Post direkt zu den Ausgrabungen liefern, weil es ja angeblich dringlich sein könnte. Dringlich – bei Archäologen! Und ich sage dir …«

Minke hörte nicht mehr weiter zu, sondern konzentrierte sich wieder auf den Professor, der inzwischen die ersten Fotos an die Leinwand hinter dem Rednerpult werfen ließ. Sie zeigten das Camp, die Ausgrabungsfelder, irgendwelche Zeichnungen von Erdschichten, die eine Bedeutung hatten.

»Große archäologische Entdeckungen beginnen meist mit einer These, die alle anderen für Irrsinn halten«, verkündete Professor Hein gut gelaunt. »Und das war bei unserem Projekt nicht anders. Als ich meinen Kollegen …« – er blickte zu den Herren im Anzug – » … erzählte, ich wolle auf Midsand nach der versunkenen Stadt Everbeck graben, stieß ich auf Skepsis. Schließlich konnte nicht ausgeschlossen werden, dass Everbeck am Ende doch nur eine Legende ist. Aber ich überzeugte mit meinen genauen Berechnungen, die sich auf die einzige belastbare Textquelle stützten, und so wurden mir Forschungsgelder bewilligt. Motivierte Studenten fanden sich dann fast von allein. Und so konnten wir Anfang dieses Sommers mit den Ausgrabungen hier auf der Hallig beginnen.«

Während der Professor weiter erklärte, wie das erste Ausgrabungsfeld ausgehoben worden war und auf welche sensationellen Erdschichten man dort gestoßen war – Minke unterdrückte ein Gähnen –, steckten Lisa und Helmut neben ihr schon wieder die Köpfe zusammen.

»Ich sage Ihnen, das mit der Post zum Camp, das mache ich nicht mehr lange mit. Erstens – dieser Geizkragen von Professor zahlt nicht einmal Trinkgeld oder sagt wenigstens danke«, wisperte Helmut aufgebracht.

»Echt? Des isch ja unmöglich«, pflichtete Lisa ihm bei. »Nach dem schwäbischen Motto ›Net g'schimpft isch gelobt genug‹, oder was? Also nee, da haben Sie recht, ein Dankeschön isch net zu viel verlangt.«

Mittlerweile schoss Gunilla böse Blicke in die Richtung der beiden. Offensichtlich empfand sie es als eine Frechheit, nicht zuzuhören, während der Professor sprach.

Lisa und Helmut ließen sich davon nicht beeindrucken. »Letztens hat er sogar einen richtigen Wutanfall gekriegt, als ich ihm seine Post gebracht habe«, raunte Helmut stattdessen hörbar.

»Awas!« Lisa riss die Augen auf.

»Ruhe!«, zischte Gunilla.

Kurz blieb Lisa still, dann beugte sie sich jedoch wieder zu Helmut. »Erzählen Sie mal.«

»Das war vor vier Tagen; ein Brief aus Dänemark. Das weiß ich, weil ich immer auf die Briefmarken achte. Aus irgendeiner Stadt ... warten Sie ... nein, mir fällt es nicht mehr ein.« Gunilla wippte inzwischen aggressiv mit der Spitze ihres rechten Pumps. »Mit B fing sie an«, grübelte Helmut währenddessen. »B ... nein, es ist wie weggeblasen. Jedenfalls ...«

»Pssssst«, machte jetzt auch jemand hinter ihnen.

»Jedenfalls hab ich ihm den gebracht – nur diesen einen, und deswegen der lange Weg über die Wiese«, fuhr Helmut ungerührt fort. Vorne schritt der Professor voran zum zweiten Ausgrabungsfeld.

»Und des bei der Hitze, gell?«, wisperte Lisa verständnisvoll.

»Ja, genau, die Hitze – furchtbar für uns Postboten, das kann ich Ihnen sagen. Jedenfalls reißt der Professor mir diesen dänischen Brief aus der Hand, wird total sauer, sagt, ich soll abhauen, dreht sich um und rennt ins Zelt.«

»Wirklich? Also, des isch ja wirklich merkwürdig ...«

Gunillas Blick war endgültig tödlich geworden. Gleich springt sie auf und zerrt Lisa vor die Tür, dachte Minke.

»Ja, und dann?«, fragte Lisa währenddessen gespannt.

Helmut zuckte die Achseln. »Nichts und dann. Er kam nicht mehr raus aus dem Zelt.«

»Vielleicht eine dänische Ex-Freundin, von der er nix mehr hören will?!«, mutmaßte Lisa.

»Keine Ahnung. Ich hatte den Eindruck, er wollte nicht, dass seine Heinzelmännchen was mitkriegen.« Helmut nickte hinüber zu den Studenten, die alle hochkonzentriert zu ihrem Professor sahen.

»Myschteriös.«

Minke bekam von dem Getuschel und den zunehmend ungehaltenen Reaktionen um sie herum kaum etwas mit. Sie war viel zu sehr damit beschäftigt, das Foto zu betrachten, das der Professor gerade vom immer noch schwitzenden Geert an die Wand werfen ließ. Es zeigte den Professor im staubigen T-Shirt und mit einem Hut auf dem Kopf, der eine Kopie von Indiana Jones hätte sein können. Er hielt dabei einen kleinen Knochen in die Kamera, einen Hühnerknochen, wie er gerade enthusiastisch erklärte, auf dessen Oberfläche Kratzer möglicherweise bewiesen, dass er mit einem Messer bearbeitet wurde und damit Hühnerbraten, die aus Everbeck stammten, wahrscheinlich machte.

Minke verdrehte die Augen. Wen interessierte das? Allerdings – irgendetwas störte sie auf dem Foto. Sie kam nur nicht darauf, was es war. Da war eine leise Warnung, eine Erinnerung an irgendetwas – aber sie bekam es nicht zu fassen. Dann wurde zum nächsten Bild weitergeklickt, wieder war bloß viel Halligerde zu sehen.

Jeske Hein fuhr nun mit dem roten Punkt eines Laserpointers begeistert über das neue Foto.

»Besonders lohnenswert war die Analyse der Erdschichten innerhalb der Grabungsfelder drei bis fünf«, verkündete er. »Schnell konnten wir die interessantesten Schichten auf die Zeit zwischen 1200 und 1400 nach Christus datieren, also auf genau die Zeit, in der Everbeck eine blühende nordfriesische Handelsstadt gewesen war, bevor die Grote Mandränke 1362 über sie hereinbrach und sie an einem einzigen kalten Januartag verschluckte und –«, er legte eine effektvolle Pause ein, »Everbeck zur Legende werden ließ.«

Minke beobachtete aus den Augenwinkeln, wie Paul seine Arme immer enger vor seinem Bauch verschränkte. Er schien vor Anspannung zu vibrieren.

»Weiter bitte.« Der Professor nickte in Geerts Richtung. »Nun halten Sie sich fest, meine Damen und Herren, denn nun kommen wir zum Höhepunkt, zur eigentlichen Sensation, die uns hieb- und stichfest bewies, dass meine Berechnungen korrekt waren und meine These, Everbeck habe auf Midsand gelegen, keine These, sondern eine historische Tatsache ist.« Er nahm einen Schluck aus dem Wasserglas, wohl um Spannung aufzubauen. Das nächste Foto erschien auf der Leinwand – es zeigte das Bernsteinpferdchen.

Im Saal waren Ohs und Ahs zu hören, spontaner Applaus brandete auf. »Dieses wunderbare Kunstwerk, von einem nordfriesischen Künstler in der ersten Hälfte des vierzehnten Jahrhunderts gefertigt, ist der Beweis, auf den wir gehofft hatten. Die Figur belegt den Reichtum, der einst hier geherrscht hat, die Kunstfertigkeit, die Zivilisation. Dieses Pferdchen beweist, meine Damen und Herren ...«, Jeske Hein lächelte in die Menge, »es beweist – Everbeck.«

Das Raunen steigerte sich zu einem gemurmelten begeisterten Orkan.

»Blödsinn!«

Der sirrende Teekessel war übergekocht. Paul Breitmann war aufgesprungen und seine Stimme übertrumpfte das Raunen. »Lasst euch nicht von ihm einlullen. Das ist alles absoluter Blödsinn!«

Alle Köpfe drehten sich zu dem alten Mann in der zerschlissenen warmen Strickjacke und den wirren grauen Haaren. Paul ruderte wild mit den Armen, er war inzwischen feuerrot im Gesicht. »Everbeck lag nicht auf Midsand. Und dieses – inzwischen sowieso geklaute Pferd – beweist gar nichts.«

Isabel wirkte, als würde sie am liebsten im Erdboden versinken. Minke bedachte sie mit einem mitleidigen Blick.

Vorne am Rednerpult seufzte der Professor nachsichtig. »Herr Breitmann – natürlich. Das hätte ich mir denken können. Wollen Sie uns an Ihren Überlegungen teilhaben lassen? Ich habe nichts gegen einen interessanten Diskurs.«

»Interessanter Diskurs ...« Paul schnaubte. »Quatsch, ich kann es beweisen. Seit heute bin ich mir ganz sicher – ich habe es berechnet!«

Er nestelte eine zerknitterte riesige Landkarte mit wirren Strichen, Pfeilen und Kreuzen darauf aus seiner Tasche und hielt sie in die Höhe. »Hier, es ist ganz eindeutig. Der Schlüssel ist die Seemeile, Professor, die alte nordfriesische Seemeile. Damit passt endlich alles zusammen. Die Steilklippen, die Seemeilen ...« Er sah sich um. Alle starrten ihn verständnislos an. »Versteht ihr denn nicht? Die Seemeilen!«

Minke hatte das Gefühl, allmählich einschreiten zu müssen. Sie stand auf und bahnte sich einen Weg zu Paul, der immer noch die vollgekritzelte Landkarte in die Luft hielt und zeterte.

»Komm mal mit«, sagte sie bestimmt und nahm ihn sacht am Arm.

»Nein!« Er schüttelte den Kopf, seine Augen leuchteten. »Nein, Minke, das ist wichtig! Ich kann jetzt beweisen, wo Everbeck lag. Ich habe es ausgerechnet ...«

»Ja, wirklich schön. Komm mit, du kannst es mir draußen erklären.«

Unbeeindruckt schob Minke ihren Vermieter sanft vor sich her. »Es ist die Seemeile, alles dreht sich um die Seemeile«, rief er noch einmal dem Professor zu.

»Aber ja doch«, Minke tätschelte ihn beruhigend.

Im Saal brach allmählich ein Tumult aus. Alle redeten durcheinander. Minke sah im Augenwinkel, wie Isabel aufstand und nach vorne zum Professor ging. Sie redete auf ihn ein. Aber er starrte sie nur mit einer versteinerten Miene an; scheinbar nützte ihre Entschuldigung nichts.

»Los, Paul, wir gehen an die frische Luft.« Minke schob ihren ehemaligen Geschichtslehrer weiter voran.

Als sie draußen unter dem Sternenhimmel standen und die Nordsee rauschte, beruhigte Paul sich wieder. Seine runden treuherzigen Augen sahen Minke unglücklich an.

»Ich glaube, ich habe mich gerade dort drin ziemlich unmöglich benommen, oder?«, fragte er zaghaft.

»Ach, nur ein bisschen.« Minke grinste. Sie hängte sich bei ihm ein und dirigierte ihn auf den Wiesenweg in Richtung der Markuswarft. »Komm, wir bringen dich nach Hause.«

»Ich hätte heute Abend gar nicht herkommen sollen.« Paul ließ den Kopf hängen. »Das war eine dumme Idee. Ich hätte dem Professor alles morgen in Ruhe erklären können, meine neuen Berechnungen und all das. Aber ich war so aufgeregt über das, was ich herausgefunden habe, und dieser blasierte, eingebildete …« Abermals schnaubte er. »Die glauben ihm alle, aber es ist wirklich Quatsch, was er sagt.«

»Na ja, das Bernsteinpferd jedenfalls gab es wirklich. Wie erklärst du das?«

Er schwieg.

Minke atmete tief durch. Die Abendluft tat ihr gut, hier draußen war es weit angenehmer als in dem stickigen Saal. Beinahe war sie Paul dankbar für seine Szene.

»Paul, denkst du nicht, du solltest mal Urlaub von Everbeck machen?«, fragte sie, nachdem sie ein paar Schritte gegangen waren.

»Wie meinst du das?«

»Ich habe das Gefühl, du hast dich da in den letzten Wochen

ein bisschen verrannt. Beschäftige dich doch mal eine Weile mit etwas anderem, entspann dich, lies etwas über – na ja, keine Ahnung, die Geschichte der Krabbenfischerei, meinetwegen. Oder wir könnten auch zusammen ein bisschen Segeln gehen, vielleicht Isabel mitnehmen, einfach mal raus.«

Er blieb stehen. »Aber Minke – ich bin mir sicher. Ganz sicher. Ich weiß jetzt, wo Everbeck lag. Das ist doch wichtig, oder nicht?«

Minke seufzte. »Paul, ich habe dich heute Nachmittag da draußen im Watt vor Nekpen gesehen. Du hast ziemlich kopflos gewirkt.«

Er ließ sich von ihr weiterziehen. »Findest du, dass ich langsam verrückt werde?«, fragte er nach einer Weile.

»Na ja, verrückt ist ein hartes Wort.«

Sie schlenderten den Weg an der großen Halligwiese entlang. Die Sterne über ihnen funkelten; man konnte den Großen Wagen sehen und das W der Kassiopeia. Letzteres war das Lieblingssternbild ihres Vaters gewesen; er hatte es ihr schon gezeigt, als sie noch ganz klein war, und erzählt, wie sich die alten Seefahrer an Sternbildern wie diesem orientiert hatten. Minke wünschte sich plötzlich glühend, ihren Vater in diesem Mordfall um Rat fragen zu können – oder wenigstens etwas zur Orientierung zu haben, wie die Seefahrer früher die Sterne. Ich komme mir verloren vor, gestand sie sich ein. Als würde ich irgendwo im dunklen Wasser schwimmen und würde das Land nicht sehen.

Laut sagte sie: »Vielleicht solltest du auch einfach ein paar mehr Geschichtsstunden an der Schule geben. Vielleicht würde dich das auf andere Gedanken bringen.«

»Ab nächster Woche sind Sommerferien«, brummte Paul verstimmt.

»Sag mal ...« Minke fiel plötzlich eine Frage ein, von der sie sich wunderte, dass sie ihr nicht schon viel früher eingefallen war,

»Hattest du eigentlich auch Leonies und Isabels Klasse in Geschichte?«

»Nein, Gott sei Dank nicht.« Er sah auch in den Sternenhimmel hinauf. »Außerdem hat die Direktorin immer darauf geachtet, dass Isabel mich nicht als Lehrer kriegt. Das war uns beiden lieber so – wer will schon vom eigenen Onkel benotet werden?«

»Hm.« Nun standen sie beide mit dem Kopf in den Nacken gelegt da. »Was meinst du mit ›Gott sei Dank‹?«, fragte Minke nach einer Weile.

»Na ja«, begann Paul zögernd, »ehrlich gesagt war ich froh, Leonie nicht als Schülerin zu haben. Vor ein paar Tagen erst habe ich eine Kollegin weinend im Lehrerzimmer gefunden. Sie gab Leonie Nachhilfe und na ja …«

Minkes Gedanken waren plötzlich nicht mehr beim Sternenhimmel, sondern bei dem, was Paul gesagt hatte. »Meinst du Eida?«, fragte sie. »Paul, das ist vielleicht wichtig. War diese Kollegin Eida?«

»Nun ja … ja. Leonie hat ihr das Leben anscheinend zur Hölle gemacht; ich weiß aber nicht genau, wie. Sie war jedenfalls völlig aufgelöst. Ich habe versucht, sie damit zu trösten, dass nun erst einmal Ferien sind, aber sie sagte, dass sie selbst über die Ferien Leonie würde Nachhilfe geben.« Paul wirkte schuldbewusst. »Aber eigentlich hat Eida mir das alles im Vertrauen erzählt …«

Minke hängte sich bei ihm ein. »Keine Sorge, es war gut, dass du es mir gesagt hast.«

Bis sie Pauls kleines Haus am Rand der Markuswarft erreichten, war er vom schlechten Gewissen wegen seines Auftritts beim Vortrag endgültig zerfressen.

»Isabel ist bestimmt böse auf mich«, murmelte er unglücklich, während er den Türschlüssel aus seiner ausgebeulten Cordhose kramte und die Tür aufschloss. »Ihr bedeuten die Ausgrabungen so viel und sie ist sowieso völlig neben sich wegen dem, was mit Leonie passiert ist ... Und dann benimmt sich ihr Onkel auch noch in aller Öffentlichkeit daneben.«

Minke hatte das Gefühl, ihn trösten zu müssen. »Komm, du kennst doch Isabel. Sie mag dich, sie wird dir auf jeden Fall verzeihen. Und wenn du dann noch ein paar deiner unglaublichen Zimtschnecken backst ...«

Pauls Gesicht hellte sich auf. »Oh, eine sehr gute Idee.«

Minke wünschte ihm eine gute Nacht, dann stieg sie die Treppe hinauf in ihr kleines Reich unterm Reetdach. Dort riss sie als Erstes alle Fenster auf, um die kühle Abendluft hereinzulassen, und versorgte Victor, der vorwurfsvoll maunzte, mit einem späten Abendessen. Anschließend putzte sie sich die Zähne, zog sich aus und legte sich ins Bett. Doch sie konnte nicht einschlafen. In ihrem Kopf kreisten die Gedanken. Morgen würde sie mit Eida sprechen müssen.

• • •

Kristin lächelte und schlang ihre Arme um den muskulösen Körper des Mannes. »Wenn ich mit dir zusammen bin«, flüsterte sie, »dann höre ich auf zu denken.«

»Und das ist eine gute Sache?«

»Oh ja. Eine sehr gute.«

Sie küsste ihn. Sein dunkler Bart kratzte, seine starken Hände hielten sie. Sie liebte seinen männlichen Duft, er roch nicht nach Parfüm und Rasierwasser, sondern nach Arbeit, Schweiß, Muskeln und Meer. Bildete sie es sich ein oder konnte sie an seiner Haut tatsächlich das salzige Nordseewasser riechen?

Er umschlang sie und eine Weile gab es nur sie beide.

Später, als sie auf dem harten Boden des Bootsschuppens lagen, flüsterte er ihr ins Ohr: »Ich werde verdächtigt.«

»Ja, ich weiß.« Sie sah ihm in die Augen; diese dunklen, wilden Augen, die sie von Anfang an in ihren Bann gezogen hatten. Er war so anders als alles, was sie kannte. »Aber ich weiß, dass du es nicht warst.« Sie schüttelte den Kopf, ließ ihre blonden Haare auf seine nackten Schultern fallen. »Du warst zuerst bei mir und dann warst du fischen in dieser Nacht.«

»Stimmt genau«, brummte er.

Kristin richtete sich auf und sah Bütt an. »Weißt du, dass ich mich lebendig fühle mit dir?«, sagte sie leise. »Es ist merkwürdig ... das mit uns.«

»Ja, das mit uns.« Er zog sie wieder zu sich herab. »Weißt du, dass ich bei dir ganz anders bin?«

Sie küssten sich wieder. »Und weißt du eigentlich«, begann er wieder.

Sie lachte leise. Zum ersten Mal, seit ihr Minke van Hoorn gesagt hatte, dass ihre Tochter tot war, lachte sie. Für einen Moment erschrak sie beinahe darüber. »Was weiß ich?«

Er zeichnete mit seinem Zeigefinger ihre Schulterblätter nach. »Weißt du, was ich gedacht hab, als ich dich zum ersten Mal gesehen hab? An dem Abend, als ich bei euch im Garten war und du aus dem Haus kamst, weil dein Mann dich geschickt hat?«

»Nein, was denn?«

»Dass so die Nixen aussehen müssen, die die Fischer aufs Meer rauslocken. Ganz genau so.«

• • •

Minke konnte nicht einschlafen. Nach dem turbulenten Vortragsabend und dem, was sie von Paul erfahren hatte, lag sie nun hellwach in ihrem Bett unterm Reetdach, die Fenster alle geöffnet, um die Hitze des Tages aus der Wohnung zu vertreiben, und starrte ins Dunkel, während sie nachdachte. Von draußen wehte der Blütenduft des Gartens herein, schwere, süße Sommernachtluft. Das Meer rauschte, irgendwo krächzte ein Nachtvogel.

Plötzlich schreckte Minke auf. Was war das? Es klang, als würde draußen jemand durch den Garten schleichen. Leise Schritte, ein Rascheln ... Vielleicht nur Paul, wollte Minke sich selbst beruhigen, aber ihr Bauchgefühl sagte etwas anderes. Einen Augenblick später – ein erstickter Schrei!

Minke sprang auf. Durch das Fenster sah sie von Weitem zwei Gestalten unter dem knorrigen Pflaumenbaum. Im Mondlicht sah sie nur die Silhouetten, aber es schien, als würden sie miteinander ringen.

»Hey!«, schrie sie. Barfuß und wegen der Hitze nur in Unterwäsche und einem alten Schlafshirt rannte Minke die Treppe nach unten, riss die Haustür auf und stürzte hinaus in den Garten. Die Nacht war mondhell, die Luft noch immer warm. Minke brauchte einen Moment, um die Situation zu erfassen. Dort unter dem alten Pflaumenbaum kauerte Isabel in einem dünnen weißen Nachthemd, das im Mondschein beinahe leuchtete. »Oh mein Gott!«

Mit ein paar Schritten war sie bei Isabel. Die war auf die Knie gesunken, presste die Hände an den Hals und hustete schrecklich. Es war, als würde sie Minke nicht wahrnehmen. Die kniete sich neben sie, strich ihr über den Rücken.

»Isabel! Was ist passiert?«, fragte sie eindringlich. »Isabel?!«

Das Mädchen sah auf. Ihre langen Haare fielen ihr ins Gesicht; die Augen waren weit aufgerissen. Selbst im silbrigen Mondlicht konnte Minke die sich langsam dunkel färbenden Abdrücke an ihrem fast weißen Hals erkennen. »Wer war das? Wer hat dich angegriffen?«

Isabel antwortete nicht; sie hustete nur. Minke sah sich fieberhaft um. Alles war wieder still, nirgends ein Rascheln oder ein Schatten. Das Meer rauschte, die Sterne funkelten am Himmel und der leise Wind wisperte im Pflaumenbaum. Der Angreifer war nicht mehr da. Die Gestalt, die sie vom Fenster aus gesehen hatte, war wie von der Nacht verschluckt.

»Isabel«, versuchte sie es noch einmal. »Konntest du erkennen, wer es war?«

»Er … er hat mich gewürgt«, presste Isabel hervor. Ihre Stimme klang rau. Sie begann zu weinen.

»Was hast du überhaupt hier draußen gemacht?«, fragte Minke, nachdem sie Isabel eine Weile hatte weinen lassen.

»Ich konnte nicht schlafen.«

»Ja, so ging es mir auch.« Minke half ihr auf. »Komm, wir gehen rein.« Sie war selbst wie unter Schock. Ein neuer Angriff auf ein Mädchen – in Pauls Garten, direkt vor ihrem Fenster. Plötzlich schoss ihr Kalles Schlagzeile durch den Kopf. Was, wenn er recht hatte? Wenn es doch zu weiteren Morden kommen würde?

Noch einmal ließ sie den Blick schweifen. Aber da war nur die Sommernacht, die wie Tinte über der Hallig lag.

16. Januar 1362

Die Glocken der Everbecker Kirche ließen das Festtagsgeläut zur Hochzeit erklingen. Die Gäste strömten aus den Gassen und Straßen zum Platz vor der Kirche. Ihre teuren Gewänder bildeten leuchtende Farbtupfer im winterlichen Grau und Braun von Everbeck. Safrangelb, Purpurrot, Indigoblau, all die teuren, schönen Farben schimmerten und funkelten nun auf einem Fleck. Ein kleiner schmutziger Fischerjunge stand staunend abseits und bewunderte die reichen Leute, die Stadträte und Kaufmänner. Die Hauben der verheirateten Frauen waren aus feiner Seide und Brokat, mit Perlen besetzt. Jede von ihnen trug den teuersten Schmuck, den sie besaß: Gold, Silber und Bernstein. So viele Kostbarkeiten hatte der kleine Junge noch nie auf einmal gesehen. So viel Pracht. Ein Flötenspieler begann zu musizieren – das Zeichen, dass die Brautleute heranzogen. Die Menge sah sich neugierig um. Wie es der Brauch wollte, würde Fricka, die Braut, von Süden heranziehen und Johannes, ihr Bräutigam, von Norden. Ein Raunen und Murmeln ging durch die Menge, als sie Fricka sahen und auch die Augen des Fischerjungen wurden kugelrund. Ihr kostbares taubenblaues Kleid war nach der neuesten Mode geschnitten, der Schmuck um ihren Hals und an ihren Ohren war erlesen und auf ihrem Haar lag ein spinnwebenfeiner Brautschleier, der allein schon ein Vermögen gekostet haben musste. Sie sah aus wie eine Prinzessin.

Ihr Bräutigam war ebenfalls prächtig. In einer goldbestickten Hose und einem tiefroten Wams zog er zur Kirche, begleitet von ein paar jungen Männern. Vor dem Brautportal der Kirche traf das Hochzeitspaar zusammen, wie es Tradition war. Dort wartete schon der Priester, ein ernster, stiller Mann in dunkler Kutte. Der kleine Junge schlich ein wenig näher heran, um zuhören zu können. Die Hochzeitsgesellschaft achtete nicht auf ihn.

Der Priester empfing Fricka und Johannes, stellte die vorgeschriebenen Fragen und legte dann ihre Hände ineinander – das Zeichen, dass sie nun verheiratet waren. Er sprach den Brautsegen; dann steckte der Bräutigam seiner Braut einen Ring an den Finger. Wispern war zu hören; der Ring war mit einem großen Rubin besetzt.

Die Glocken läuteten wieder, ohrenbetäubend schallten sie durch die Stadt. Über dem Kirchturm zogen sich dunkle, regenschwere Wolken zusammen. Die Festgesellschaft zog in die Kirche ein zur Brautmesse. Der Fischerjunge blieb allein zurück.

Kapitel 13

»Ballerup«, murmelte Lisa vor sich hin. »Ballerup vielleicht. Oder es könnt auch Brøndby sein ...« Sie scrollte sich weiter durch die Liste. »Birkerød. Ach je, es gibt so viele.«

Seufzend lehnte sie sich zurück. Langsam kam sie sich doch albern vor, dass sie die halbe Nacht – sie hatte nach dem aufreibenden Vortragsabend nur schlecht geschlafen – hier in ihrem kleinen Wohnzimmer wieder einmal vor dem Laptop saß und nach dänischen Ortschaften suchte, die mit »B« begannen. Bestimmt war gar nichts dran an der ganzen Briefgeschichte von Helmut. Am Ende war es wirklich irgendeine Verflossene des Professors, mit der er nichts mehr zu tun haben wollte und die ihn mit Liebesbriefen aus Dänemark belästigte.

»Aber was isch mit deinem Bauchgefühl, Lisa, hm?«, murmelte sie ins Halbdunkel der Morgendämmerung, die das Wohnzimmer in ein gräulich-rosa Licht tauchte. Ihr Bauchgefühl sagte ihr, dass sich das Nachsehen lohnte. Oder lag es nur daran, dass sie den Professor nicht mochte? Irgendetwas hatte er an sich, was sie skeptisch machte.

Wieder beugte sie sich über die Ortsliste. Sie hatte allmählich das Gefühl, halb Dänemark bestand aus Gemeinden und Städten, die mit »B« anfingen: Bjerringbro, Bryup, Bredsten, Billund ... Wie sollte sie aus dieser Menge an Namen den einen herausfinden, von dem der Brief gekommen war? Vor allem, wenn sie sonst keinen Anhaltspunkt hatte – es war die Nadel im Heuhaufen, die sie suchte.

»Da musch dich jetzt durchfuchsen, Lisa«, feuerte sie sich selbst an. »Jetzt kannsch mal zeigen, was schwäbische Genauigkeit isch!« In ihrer kleinen Küche machte sie sich eine Tasse Kaffee und eine Schüssel Müsli zurecht, trug beides ins Wohnzimmer und fuhr dann mit neuer Energie fort, einen Namen nach dem anderen einzutippen. Sie suchte nicht nur einen dänischen Ort, der mit B begann, sie suchte einen, der irgendeine Verbindung zu Professor Jeske Hein haben könnte. Lisa klickte sich durch die Artikel über die jeweiligen Orte. Über Bredsten erfuhr sie, dass dort eine Kirche mit einem blendend weißen Turm stand. In Billund wurde Lego produziert und Ballerup besaß die einzige Radrennbahn Dänemarks. Nein, das klang alles nicht nach Jeske Hein. Lisa seufzte. Das konnte noch ewig dauern.

• • •

Minke war in der Nacht immer wieder aufgeschreckt. Jedes Mal war es ihr gewesen, als hätte sie wieder draußen im Garten Schreie gehört. Der Überfall auf Isabel beunruhigte sie zutiefst.

Sie wälzte sich auf die andere Seite und schob die Bettdecke von sich. Immer noch war es warm, oder schon wieder. Dieser Fall, diese Hitze, die dunkle Gestalt draußen im Garten – die letzten Tage kamen ihr vor wie ein Fiebertraum.

Minke starrte ins Halbdunkel ihrer Wohnung. Sie hatte, nachdem sie mit Isabel ins Haus zurückgekehrt war, sofort Bo angerufen, damit er das Mädchen untersuchte und mögliche Spuren sicherte. Paul war natürlich völlig außer sich gewesen; es hatte nicht viel gefehlt, und er hätte seine uralte Schrotflinte herausgekramt. Minke hatte Isabel eingeschärft, vorerst auf keinen Fall mehr allein das Haus zu verlassen.

»Was sehe ich nicht?«, murmelte Minke ins Dunkel. »Irgendetwas sehe ich nicht. Dabei ist es sicher da, vor meiner Nase …« Ihre Möbel warfen lange Schatten. Sie hatte das Gefühl, dass sie einfach nicht begriff, wie die losen Fäden zusammenhingen; was für ein Muster sie ergaben.

Als der Morgen graute, stand sie auf und floh nach draußen an die frische Luft.

Sie ging hinunter in Pauls Garten, dem Schauplatz des gestrigen Angriffs. Die Morgendämmerung war an diesem Tag von einem eigenartig bleiernen, schweren Rosa, das über der Küste und dem Meer lag und das eine merkwürdige Stimmung erzeugte. Die Luft roch nach Gewitter und Minke hoffte, dass die willkommene Abkühlung bald kommen würde. Der sanfte Wind, der vom Meer her über die Hallig strich und in den Blättern des Pflaumenbaums wisperte, vertrieb fürs Erste ihre düsteren Traumbilder. Sie dachte nach. Und dann beschloss sie, dass es spät genug war, um jemandem einen Besuch abzustatten – jemandem, der ohnehin nicht schlafen konnte.

Kurze Zeit später klingelte Minke an der Tür der Einliegerwohnung im Amselweg. Nach dem dritten Mal öffnete Eida endlich. Sie sah schrecklich aus; verquollene Augen, blasse Haut und ein sandfarbener Pyjama, der sie noch blasser machte.

»Ja?«, fragte sie erstaunt, als sie Minke erkannte.

»Moin, kann ich kurz reinkommen?«

Bevor Eida reagieren konnte, hatte Minke sich an ihr vorbei in die Wohnung geschoben. Im Inneren roch es muffig.

»Worum geht es denn so früh am Morgen?« Eida fuhr sich

über das Gesicht, aber es blieb zerknittert und verquollen. »Ist etwas passiert?«

»Kann es sein, dass Sie mit Leonie nicht so gut ausgekommen sind, wie Sie behauptet haben?« Minkes Tonfall war scharf. Sie spürte, dass ihre Nerven angespannt waren.

Eida antwortete nicht sofort. Sie sank auf einen der braunen Polstersessel, die schon ein paar Jahrzehnte alt sein mussten.

»Wie kommen Sie darauf?«

Minke zuckte die Achseln. »Sie sollen im Lehrerzimmer geweint haben, wegen Leonie. Merkwürdig, wo Sie mir doch erzählt haben, dass Sie so wunderbar mit ihr ausgekommen sind.«

Kurz wirkte Eida, als wolle sie widersprechen. Dann aber war es, als würde alle Kraft aus ihr weichen.

»Das war Paul«, stellte sie leise fest. »Er hat es Ihnen erzählt, nicht wahr? Ich wusste doch, dass es ein Fehler war, mich jemandem anzuvertrauen – nur ein einziges Mal.«

Minke ging hinüber zum Wohnzimmerfenster. Von hier aus konnte man in den Garten des Bürgermeisters sehen – ein unglaublich langweiliger Garten, mit einem akkurat zurechtgestutzten Rasen und ein paar roten Geranien in Töpfen, sonst nichts.

»Im Gegenteil, es war sehr gut, dass Sie es ihm gesagt haben. Mobbing ist eine ernste Sache. Schlecht war nur, mich anzulügen.« Sie drehte sich zu der Lehrerin um. »Fangen wir also noch einmal von vorne an: Wie war es wirklich mit Leonie?«

Eidas Hände zitterten. Eine Weile sagte sie nichts.

»Sie war grauenvoll«, wisperte sie schließlich. »Von Anfang an hat sie mich gehasst. Sie wollte keine Nachhilfe. Sie wollte Spaß haben, stattdessen saß sie mit mir über Mathematikaufgaben fest. Und irgendjemand musste ihren Zorn darüber abkriegen. Das war ich. Sie ... sie hatte ein Talent, bei ihrem Gegenüber den schwächsten Punkt zu finden und hineinzustechen, wenn Sie verstehen. Es war für sie wie ein Spiel, glaube ich. Sie fand es lustig, Grenzen zu überschreiten, zu sehen, wie man reagiert.« Eida starrte vor sich hin. »Ich glaube, das war einfach ihr Wesen.«

Minke betrachtete nachdenklich die erschöpfte Frau vor sich. Ein Schnipsel fiel ihr ein, ein zerschnittenes Blatt Papier im ansonsten leeren Papierkorb von Leonies Mädchenzimmer. Schwachstellen ... Sie sah zum Helgolandkalender. Die vielen derben Witze über Helgoländer und Robben fielen ihr ein, die man sich hier an der Küste erzählte. Und wieder der Schnipsel.

»Hat sie Ihnen irgendetwas mit Robben gebastelt?« Es war ein Schuss ins Blaue. »Eine Collage oder so etwas? An ihrem Todestag?«

Eida sah auf. »Nein«, sagte sie hart. »Da weiß ich nicht, wovon Sie reden.«

»Das Mobbing hätte nicht aufgehört.« Minke ging auf Eida zu. »Stephan Schwarz wollte, dass Sie seiner Tochter auch noch in den Ferien Nachhilfe geben. Sie sind nicht der Typ, der Nein sagt. Und Sie sagten selbst, dass Sie Stephan Schwarz nichts abschlagen konnten, weil er mit Ihrer Cousine und Ihrem Schwager befreundet ist. Sie hätten sich das nie getraut. Also wären sie auch in den nächsten Wochen Leonie und ihrem Zorn jeden Tag ausgeliefert gewesen ... Das müssen schreckliche Aussichten gewesen sein.«

Eida starrte sie an.

»Eida, wo waren Sie in der Zeit, in der Leonie starb?«

Die Lehrerin zuckte zusammen und schwieg.

»Wo waren Sie am Altfriesischen Abend zwischen halb zehn und, sagen wir, Viertel nach zehn?«, fragte Minke noch einmal.

Eida stand auf. Ihre Knie wirkten, als würden sie jeden Moment nachgeben. »Glauben Sie, dass ich es getan habe?«

»Grund genug hätten Sie. Sie waren in einer aussichtslosen

Lage. Leonies Grausamkeiten hätten sich wahrscheinlich nur noch weiter gesteigert. Sie standen unter Druck, wussten sich nicht anders zu helfen …«

»Ich war den ganzen Abend auf der Terrasse.«

»Kann das jemand bezeugen?«

Eida antwortete nicht sofort. »Wahrscheinlich nicht. Jeder war ab und zu irgendwo. Sogar der alte Pfarrer.«

»Und was haben Sie in der Zeit gemacht?«

»Ich saß weiterhin am Tisch.«

Minke musterte die Frau vor sich. Eida war so unglaublich unscheinbar, so absolut farblos, dass kein Mensch bemerkt hätte, wenn sie für eine Zeit an dem Festabend verschwunden wäre. Aber war dieselbe Frau fähig, einem Mädchen einen Eispickel ins Herz zu rammen? Sie war immerhin recht kräftig und groß, größer als Leonie.

»Sie haben gesagt, Leonie hätte ihren schwachen Punkt herausgefunden«, sagte Minke. »Was haben Sie eigentlich damit genau gemeint?«

Eidas Gesicht verschloss sich. »Dies und das. Nichts Bestimmtes. Bitte gehen Sie jetzt.«

Minke konnte sehen, dass aus dieser erschöpften Frau für den Moment nichts mehr herauszubekommen war. Sie ging zur Tür. Dort drehte sie sich noch einmal um.

»Eine Frage noch: Wo waren Sie gestern Abend?«

»Hier.« Eida sah überrascht aus. »Wo soll ich schon hin?«

Minke hatte das Gefühl, die Einsamkeit, die die Lehrerin umgab, mit den Händen greifen zu können.

»Warum fragen Sie?«

»Gegenfrage: Hatten Sie auch Probleme mit Isabel Breitmann?«

»Nein. Ich kenne sie kaum, aber sie wirkt nett. Viel zu nett für Leonie, wenn Sie mich fragen.«

Minke ging. Erst als sie wieder draußen im Amselweg stand, fiel ihr ein, was ihr aufgefallen war. Im Papierkorb neben dem Kühlschrank hatten auffällig viele leere Tablettenschachteln gelegen. Beruhigungsmittel, wenn sie richtig gesehen hatte.

• • •

Nachdem sie wieder allein war, ging Eida auf wackligen Knien wieder einmal zum Badezimmerschrank und öffnete ihn. Sie wartete ein paar Herzschläge lang, bevor sie ihre Hand dazu brachte, nach dem Stück Papier zu greifen. Zitternd rollte sie es auseinander und strich es glatt. Darauf waren mehrere ausgeschnittene Robben geklebt. In kühnen Buchstaben stand darüber: »Eidas Hobby«. Jede der Robben grinste und fraß eine Menge aufgemalter Tabletten.

Das Blatt war sogar mit Filzstift datiert worden – auf Leonies Todestag.

Eida starrte eine Weile darauf. Sie begriff immer noch nicht, wie Leonie davon hatte wissen können. Sie war doch immer vorsichtig gewesen; nicht Dörte, nicht der Bürgermeister und vor allem keiner ihrer Kollegen wussten, dass sie seit Jahren die Tage nur mit einer großen Menge Beruhigungstabletten überstand. Es war ihr Geheimnis, und das musste es auch bleiben. Eine tablettensüchtige Lehrerin war nicht tragbar, würde beurlaubt werden. Dann hätte sie gar nichts mehr.

Leonie hatte wirklich ein Talent gehabt, hinter jedes Geheimnis ihrer Mitmenschen zu kommen. Allerdings, dachte Eida nun an diesem Morgen in ihrem kleinen, unpersönlichen Badezimmer, allerdings habe ich seit dem Tag, an dem sie mir dieses

Blatt mit höhnischem Lächeln auf das Mathematikbuch gelegt hat, keine Tablette mehr angerührt. Der Entzug war hart. Aber sie hatte das Gefühl, ihn zu schaffen. Am Ende, dachte sie, am Ende hat mir dieses Mädchen sogar einen Gefallen getan.

• • •

Lisa starrte auf den Bildschirm ihres Laptops. Inzwischen war der Tee ausgetrunken, die Müslischüssel leer gelöffelt. Sie las noch einmal den letzten Absatz, an dem sie gerade hängen geblieben war. Und dann noch einmal. »Des isch's!« rief sie schließlich. »Ich hab's! Oh Mann, wenn des stimmt …«

Aufgeregt griff sie nach dem Telefonhörer und tippte eine Handynummer ein. »Minke!«, rief sie dann in den Hörer, sobald abgenommen wurde. »Ich hab's! Ich weiß, was das Geheimnis vom Professor isch – glaub ich jedenfalls. Wir müssen nach Dänemark.«

Kapitel 14

Gunilla arbeitete an diesem schönen Morgen schon früh im Garten. Wie immer trug sie dazu ihre geblümte Gartenschürze und die grünen Gartenhandschuhe. Zuerst zupfte sie gewissenhaft das Unkraut aus, das sich zwischen den Steinplatten der Terrasse hervorgewagt hatte. Anschließend goss sie die Blumenrabatten. Schließlich rührte sie ihren besonderen Dünger für die Eibenhecken an, dessen Rezept sie selbst zusammengestellt hatte. Zum Schluss schaltete sie den Rasensprenger an. Erst dann machte sie sich an die eigentliche Aufgabe dieses Morgens. Sie griff nach einem Gegenstand, den sie in einen alten Putzlappen eingewickelt hatte, und nach einer kleinen Schaufel und machte sich mit beidem auf den Weg zu einem bestimmten Teil des Gartens. Sie hatte gründlich darüber nachgedacht und hier, unter den prächtig blühenden Hortensien, für die Gunilla auf der ganzen Hallig bekannt war, war es am sichersten. Die Hortensien waren ihr Stolz, ihr Heiligtum. Keiner, auch nicht ihr Mann, würde es wagen, hier zu graben.

Sie nahm die kleine Schaufel und grub sorgfältig und geübt. Im Grunde ist es nichts anderes als ein tiefes Pflanzloch, dachte sie, und das habe ich schon hundert Mal gemacht. Als das Loch tief genug war, wickelte sie das rosa glitzernde Handy aus. Gunilla betrachtete es kurz. Dann, mit einer gewissen Genugtuung, warf sie es in das Loch und bedeckte es sorgfältig mit Erde. Als sie fertig war, stand sie auf und betrachtete ihr Werk. Ja, jeder, der sich ihre Hortensien ansah, sah nur die pastellfarbenen Blüten – nicht, dass darunter etwas vergraben worden war.

Gunilla atmete aus. Nun war alles in Ordnung. Sie verstaute die Schaufel an ihrem Platz im Schuppen, zog die Schürze und die Handschuhe aus. Dann ging sie ins Haus, wo sie ein ganzes Blech Makronen backte. Judith würde sich freuen.

• • •

»Hey, Schwesterherz.«

»Bo.« Minke drückte auf die Freisprechfunktion am Lenkrad. »Hast du schon irgendetwas wegen des Angriffs auf Isabel?«

»Ich habe mir die Abdrücke an ihrem Hals noch einmal genau angesehen. Kräftige Hände, recht groß – es muss ein Mann gewesen sein. Er kam von hinten, hat ihr mit beiden Händen den Hals zugedrückt, die Finger sind gut als blaue Flecken zu erkennen. Was die möglichen Spuren angeht, würde ich mir nicht viel Hoffnung machen. Der Angriff war ja nur kurz und sie hat sich kaum gewehrt, weil er von hinten kam. Wir hätten wirklich unglaubliches Glück, wenn bei dem, was ich gesichert habe, verwertbare Hautpartikel dabei sind.«

»Aber falls doch ... Bo – streng dich gefälligst an!«

»Na, wenn du mich so lieb bittest – wer kann da Nein sagen.« Sie hörte sein Grinsen. »Ich tu, was ich kann.« Dann legte er auf.

Draußen zog die Landschaft vorbei, flach und grün, ab und an ein Dorf mit niedrigen, lang gestreckten Häusern, viele weiß getüncht, manche mit roten oder anthrazitfarbenen Holzfassaden und weißen Sprossenfenstern. Es gab Kirchen mit steilen, spitzen Türmen und hier und da einen Campingplatz. Über allem lag der weite blaue dänische Himmel.

Die Fahrt nach Blåvand, »Blaues Wasser« auf Dänisch, dauerte mehr als zwei Stunden und genauso lange würden sie wieder zurück brauchen. Vier Stunden Autofahrt wegen eines Briefs aus »B« und einer vagen Vermutung. Minke überlegte, ob sie gerade wertvolle Zeit verplemperten, während Lisa neben ihr aufgeregt in einem fort redete.

»Und dann hab ich grad aufgeben wollen und mir gedacht – noch den einen Ort und dann isch aber wirklich mal gut, Lisa«, erzählte sie gerade. »Und dann klick ich auf die Einträge zu Blåvand und da steht's – Bernsteinmuseum, Bernsteinschleiferei. Des kann doch kein Zufall sein, des war mir gleich klar! Lisa, jetzt bisch vielleicht des Rätsels Lösung nahe, hab ich gedacht. Dem muss man einfach nachgehen. Und ich find's echt subba, dass wir des zusammen machen, weil – stell dir doch mal vor, es isch echt so, wie es aussieht ...«

Und was, wenn nicht, dachte Minke. Dann jagen wir einen ganzen Tag lang ein dänisches Phantom, während ich eigentlich in Jüstering sein und ermitteln sollte. Sie wollte gar nicht wissen, was Kalle sich nun, nach dem Angriff auf Isabel, einfallen ließ. Wahrscheinlich würde sie bei ihrer Rückkehr endgültig ein wütender Mob empfangen – der gar nicht begeistert davon wäre, dass ihre Kommissarin auch noch einen sinnlosen Tagesausflug nach Dänemark gemacht hatte.

Minke seufzte. Jetzt war es sowieso zu spät. Sie hatte sich von Lisa zu dieser Fahrt überreden lassen und ja, wenn stimmte, was Lisa glaubte, dann würde das ein völlig neues Licht auf den Fall und seine Beteiligten werfen. Vielleicht hatten sie Glück.

»Also ... wenn ich mir des so anguck, dann muss ich echt mal in Dänemark Urlaub machen«, plauderte Lisa weiter und sah begeistert aus dem Fenster. »Man denkt ja, des isch genauso wie bei uns in Nordfriesland, weil es ja nur ein Katzensprung isch. Aber es isch doch eben was anderes hier. Irgendwie – skandinavischer. Des Licht, die Häuser …«

»Es ist Skandinavien.«

»Ja, aber so nah. Guck dir doch des süße Häusle dort mit den roten Wänden und den weißen Fensterrahmen an. Des sieht aus wie Michel aus Lönneberga, oder net? *Michel in der Suppenschüssel*, *Michel muss mehr Männchen machen* – ach, des waren meine Lieblingsbücher als Kind.«

Minke war froh, als sie endlich das Schild »Blåvand« erreichten und in Richtung des Ortes abbogen. Blåvand war ein Nordseebad an der jütländischen Küste, ganz im Westen von Dänemark, und bestand zu einem großen Teil aus Ferienhäusern. Sie verstreuten sich wie hingewürfelt über die mit Heidepflanzen bewachsenen sanften Hügel, die schließlich in Dünen und dann in einen weißen Sandstrand übergingen. Hoch aufgerichtet ragte über allem der weiße eckige Leuchtturm, der Blåvandshuk Fyr.

»Hach, wie hübsch es hier isch!« Lisa strahlte. Minke lenkte den Wagen den Naviangaben nach zu der Adresse, zu der sie wollten. Sie waren pünktlich, Lisa hatte telefonisch einen Termin vereinbart.

Die Bernsteinschleiferei in der Havgade 33 war in einem hübschen, typisch dänischen Haus untergebracht und besaß ein altes schmiedeeisernes Schild über dem Eingang.

»Rav«, entzifferte Lisa, »des heißt Bernstein, hab ich extra nachgeguckt. Und ›Værksted‹ heißt Werkstatt.«

»Was du nicht sagst.« Minke grinste und ließ Lisa den Vortritt. »Bitte – du bist doch das Team Pferdchen. Und das hier ist deine Spur.«

Lisa nickte nervös und ging auf die Tür zu, um zu klingeln. Ein sehr alter Mann in lederner Arbeitsschürze öffnete kurz darauf. Lisa stellte sich und Minke auf Englisch vor.

Der Mann lächelte, sein Gesicht legte sich in tausend Falten. »Hej. Ihr seid also die deutschen Mädchen.« Sein Akzent war stark, aber man konnte ihn trotzdem gut verstehen. »Die Polizistinnen.«

Lisa nickte und wechselte ebenfalls ins Deutsche. »Und Sie sind der Herr Jorgensen, gell?«

»Ja, wir haben telefoniert. Kommen Sie rein.«

Sie folgten ihm ins Innere der gemütlichen Werkstatt, die die ganze Fläche des kleinen Häuschens einnahm. Über große Werktische gebeugt saßen zwei Männer und eine Frau, die in verstellbare große Lupengläser sahen, während ihre Hände unter den Gläsern an feinsten Schmuckstücken arbeiteten. Schleifmaschinen verursachten ein gleichbleibendes kratzendes Surren. In einigen Vitrinen waren Schmuckstücke und Figuren ausgestellt.

»Ich habe die Werkstatt von meinem Vater geerbt und der von seinem Vater. Seit Generationen sind die Jorgensens traditionelle Bernsteinschleifer«, erklärte der alte Mann stolz. »Es gibt nicht mehr viele von uns in Dänemark. Der Bernsteinboom findet heutzutage in China statt und die richtigen Methoden des alten Handwerks beherrschen nur noch wenige.« Er sah von einer zur andern. Sein wehmütiger Gesichtsausdruck verschwand, als er lächelte. »Aber wir können uns nicht beklagen, das Geschäft läuft gut. Weil wir die einzige Bernsteinschleiferei dieser Art weit und breit sind, bekommen wir genug Aufträge.« Er sah sich um. »Gerade fehlen zwei meiner Mitarbeiter. Anders liefert die neuesten Stücke aus und Josefine kauft Nachschub von unserem Rohmaterial, also dem Bernstein.« Die Art, wie er das Wort »Bernstein« aussprach, klang wie ein Kosewort. Verliebt in Bernstein, dachte Minke.

»Bernstein ist so ein wunderbares Material. Keiner ist wie der andere; sie unterscheiden sich in Farbe, Größe, Struktur und Einschlüssen. Hier.« Er griff in eine Schublade eines Werktischs und nahm einen großen glatt geschliffenen Bernstein heraus, den er Lisa in die Hand legte. »Fühlen Sie, wie glatt er ist und wie leicht und warm? Bernstein ist brennbar. Daher auch sein deutscher Name – von »bernen«, brennen.«

Lisa nickte eifrig. »Stimmt es, dass man glaubte, er hält die bösen Geister fern?«

»Ja – ein alter Glaube.«

Minke sah sich um. An den Wänden der Werkstatt hingen ein paar gerahmte Fotos; eines zeigte den deutlich jüngeren Herrn Jorgensen mit einem großen unbearbeiteten Bernsteinbrocken, den er strahlend in die Kamera hielt. Offensichtlich hatte er ihn selbst irgendwo am Strand gefunden. Einige Meisterbriefe hingen da und Zeitungsberichte über die Werkstatt.

»Woher bekommen Sie den ganzen Bernstein, den Sie in Ihrer Werkstatt verarbeiten?«, fragte Lisa interessiert.

»Der meiste Bernstein kommt heute aus Russland und wird unterirdisch abgebaut«, erklärte Herr Jorgensen eifrig. »Wir versuchen allerdings, so wenig wie möglich davon zu verwenden. Ich mag immer noch den Bernstein am liebsten, der hier an der Nord- und Ostseeküste gesammelt wird. Das Meer schwemmt ihn heute genauso wie vor tausend Jahren an unsere Strände.«

»An Sturmtagen«, warf Lisa ein.

Er lächelte. »Stimmt, Sturm bringt Bernstein.«

Minke zog ein Foto aus ihrer Tasche. »Sagen Sie, haben Sie diesen Mann schon einmal gesehen?«

Abrupt endete das Geplauder von Lisa und dem Werkstattmeister. Er kniff die Augen zusammen, tastete dann nach seiner

Brille in der Hemdtasche und setzte sie auf. Seine Miene erhellte sich. »Ja, natürlich. Ein Kunde von mir.«

Lisa sog die Luft ein. Volltreffer. »Was hat er hier bestellt?«

»Na ja, das war ein ziemlich spezieller Auftrag. Er wollte eine Figur als Geschenk zum Hochzeitstag für seine Frau. Ein Pferd.« Er lächelte. »Aber nicht irgendeines, nein. Es musste unbedingt aus Bernstein sein, der hier an der Nordsee gefunden wurde. Eine ziemlich schwierige Aufgabe war das, in der Kürze der Zeit ein passendes Stück zu finden. Und er hat mir auch genaue Vorschriften gemacht, wie das Pferdchen aussehen sollte und welches Werkzeug dafür verwendet werden durfte. Es wurde natürlich entsprechend teuer, aber das schien für diesen Herrn auf ihrem Foto keine Rolle zu spielen.« Herr Jorgensen seufzte. »Ich muss zugeben, es war ein toller Auftrag. Eine richtige Herausforderung. Ich habe all mein Herzblut in das Pferdchen gelegt.«

»Das hat man gesehen.«

Der alte Mann sah Minke überrascht an. »Ach – Sie kennen meine Figur?«

»Allerdings. Eine ganze Menge Leute kennen sie inzwischen und bald hätte sie auch eine sehr interessierte Fachwelt kennengelernt.«

»Ich verstehe nicht ...«

Lisa mischte sich ein. »Herr Jorgensen, wann haben Sie denn dann dem Herrn Hein des Pferdle übergeben?«

»Vor drei Wochen. Er hat es hier bei mir abgeholt, an einem Abend, ziemlich spät. Er sagte, es ginge nicht anders, wegen der Überraschung für seine Frau.«

Lisa sah ihn lauernd an. »Und dann haben Sie ihm letzte Woche einen Brief geschickt, gell?«

Er nickte. »Ja, die Rechnung und noch ein paar Formalitäten. Aber das war ein Fehler, er hat hier angerufen und sich fürchterlich aufgeregt. Hat gesagt, dass er mir doch ganz genau eingeschärft hat, keine Post zu schicken. Und das hatte er, es stimmt. Aber mein alter Kopf … Na ja, es war doch keine Absicht.« Der Mann sah unglücklich drein. »Ich fürchte, ich habe seiner Frau dadurch die Überraschung verdorben. Jammerschade.«

Minkes Gesichtsausdruck hatte sich verdüstert. »Keine Sorge, es gibt keine Frau. Und auch keinen Hochzeitstag. Sie haben gar niemandem etwas verdorben, außer dem Professor.«

Nun war der alte Werkstattleiter endgültig verwirrt. »Keine Frau? Ja, aber, warum hat er … ich meine, für wen war das Pferd dann?«

Minke streckte ihm die Hand hin. »Danke, Sie haben uns sehr weitergeholfen, Herr Jorgensen.«

»Und Ihre Sachen sind wirklich toll.« Lisa lächelte. »Ihr Pferdle – wunderschön, ein echtes Kunschtwerk.«

»Danke.« Der alte Mann wirkte immer noch völlig aus dem Konzept gebracht, als er sie zur Tür brachte und sie sich verabschiedeten.

Als sie wieder im Auto saßen, schüttelte Minke wütend den Kopf. »Du hattest recht.«

»Ja, es isch alles eine Fälschung.« Lisa lehnte sich gegen den Sitz. »Kein altfriesisches Pferdle aus Everbeck – ein brandneues aus Dänemark.«

Sie sahen sich an. »Gute Arbeit«, sagte Minke anerkennend.

»Danke.«

Zu Minkes Überraschung beließ Lisa es bei diesem einen Wort. Aber ihre roten Apfelbäckchen verrieten, wie sehr sie sich freute. »Und jetzt?«

Minke ließ den Wagen an und trat aufs Gas. »Jetzt wird es Zeit, dass wir nach Hause kommen.«

• • •

»Mama, schau mal, die Muschel dort am Strand.« Das kleine Mädchen rannte zu dem hellen Punkt im nachmittäglichen lichtdurchfluteten Watt und bückte sich begeistert. Einen Augenblick später hielt sie eine große Herzmuschel mit cremefarbener Schale und hübschen kleinen braunen Einsprengseln in die Luft. »Ist die nicht schön?«

»Oh ja, sehr schön«, ihre Mutter lächelte. »Tu sie schnell in deinen Eimer.«

Der kleine bunte Plastikeimer war schon zur Hälfte mit Muscheln und anderen Schätzen gefüllt; schon beinahe eine Stunde dauerte der Wattspaziergang. Das kleine Mädchen rannte dabei hier hin und dort hin, die Eltern schlenderten händchenhaltend und urlaubsentspannt hinterher. Nun patschte das kleine Mädchen vergnügt in eine Pfütze. Der Sandboden war an der Stelle weich, gab etwas nach und der Schlick spritzte bis an ihre speckigen Waden. Sie kreischte gut gelaunt, dann rannte sie wieder ein Stück ausgelassen vor ihren Eltern her – ein kleiner Schmetterling im bunten Badeanzug und mit einem pinken Sonnenhütchen. Doch plötzlich blieb sie stehen.

»Mama, Papa, ich hab was gefunden!«, schrie sie aufgeregt. »Schaut mal, was ist das?«

Kurz darauf beugten sich die Eltern über den Gegenstand im Watt. Er war länglich, aus massivem Metall und mit zwei gebogenen Enden.

»Was ist das denn?«, quengelte das kleine Mädchen.

»Das ist eine Brechstange«, antwortete der Vater stirnrunzelnd. »Merkwürdig – wie kommt die denn ins Watt? Jemand muss sie ins Meer geworfen haben.«

»Eine Brechstange«, wiederholte die Kleine und schüttete sich aus vor Lachen. »Komisches Wort.«

»Das ist ein Werkzeug«, erklärte die Mutter, »damit öffnet man etwas, was verschlossen ist.«

»Wie die Tür von meinem Kleiderschrank zu Hause? Die, die immer klemmt?«

Die Mutter lächelte. »So ähnlich, ja.«

Währenddessen hatte der Vater das Metallstück aufgehoben. Es wog schwer in seiner Hand und machte ein schmatzendes Geräusch, als er es aus dem Watt zog. »Die liegt noch nicht lange hier«, sagte er, »sie ist noch kein bisschen verrostet.«

»Steht dort nicht etwas?«, fragte seine Frau und deutete auf eine Stelle im Lack. Er hielt die Brechstange ins Sonnenlicht.

»Ja, da sind Buchstaben eingeritzt.« Er sah genauer hin. »Initialen. Wahrscheinlich die des Besitzers.«

Inzwischen hüpfte der kleine bunte Schmetterling schon wieder fröhlich weiter. Die merkwürdige Stange hatte sie beinahe schon wieder vergessen.

16. Januar 1362

Der Priester mühte sich durch die Brautmesse. Der strenge Blick des Bürgermeisters ließ ihm den Mund trocken werden. In der Kirche tuschelten und kicherten die Leute, es war nichts von einer feierlichen Stille zu spüren oder gar von einer andächtigen Aufmerksamkeit. Der Priester starrte auf sein Gebetbuch, das aufgeschlagen vor ihm lag. Diese Hochzeitsgesellschaft würde kaum mitbeten, das wusste er. Diese Leute waren in der Kirche, weil es ihnen die Gelegenheit gab, ihre neuesten Kleider und ihren teuersten Schmuck auszuführen, und nun warteten sie sehnsüchtig darauf, dass die Messe vorbei sein würde und die Feier anfing.

Donnergrollen übertönte das Ave Maria des Priesters. Es war lang gezogen und unheilvoll. Ein Wintersturm, dachte er, das ist nie ein gutes Zeichen. Winterstürme konnten schlimm werden. Außer ihm schien allerdings kaum jemand beunruhigt zu sein. Das Tuscheln wurde lauter, um den Donner zu übertönen.

Die Braut und der Bräutigam waren die Einzigen, die den Worten des Priesters zu lauschen schienen. Fricka hatte leuchtend rote Wangen vor Aufregung, ihr junger Ehemann neben ihr wirkte stolz und zufrieden. Und warum sollte er auch nicht? Als Sohn des Bürgermeisters und Schwiegersohn des reichsten Mannes von Everbeck war ihm ein sorgenfreies Leben sicher.

Der Priester kam zum Vaterunser. Merklich atmete die Hochzeitsgesellschaft auf, nun würde es nicht mehr lange dauern. Wieder grollte der Donner.

Kapitel 15

Es war später Nachmittag, als Minke und Lisa wieder in Jüstering ankamen. Da Ebbe herrschte und das Wattenmeer trocken vor ihnen lag, machten sie einen Fußmarsch, um hinüber nach Midsand zu den Archäologen zu gelangen. Mit jedem Schritt, den Minke durch das Watt, die Priele und die vereinzelten Pfützen stapfte, wurde sie wütender. Wütender auf Jeske Hein.

Im Camp auf der sonnendurchfluteten Halligwiese fanden sie den Professor über einen Tisch gebeugt, der vor das Arbeitszelt getragen worden war. Er schien etwas auf einer Karte einzuzeichnen. Sein helles Indiana-Jones-Hemd leuchtete ihnen von Weitem entgegen. Isabel und Niels standen neben dem Professor und schauten ihm bewundernd bei der Arbeit zu.

»Und was, wenn er alles abstreitet und sich weigert mitzukommen? Dein Patenonkel hat doch vorhin gesagt, dass es noch net für einen Haftbefehl reicht.« Lisa beeilte sich wieder einmal, mit Minke Schritt zu halten. Die steuerte wortlos mit grimmigem Gesichtsausdruck auf Jeske Hein zu. Lisas Bedenken schien sie nicht zu teilen, trotz des Telefonats mit Jan, das sie auf der Rückfahrt geführt hatte.

»Professor!«, rief sie. Er sah auf. Über sein Gesicht huschte ein flirtendes Lächeln. »Kommissarin van Hoorn, das ist ja eine schöne Überraschung!« Sein Tonfall klang wie der eines schnurrenden Katers. »Haben Sie Neuigkeiten für uns wegen des Diebstahls?«

»Nein, aber wegen des Pferdchens.«

Er runzelte irritiert die Stirn. »Ich verstehe nicht recht ...«

»Schönen Gruß von Herrn Jorgensen«, schnitt Minke ihm das Wort ab. Lisa beobachtete ihre Chefin. Sie erinnerte mit einem Mal an eine Amazone – zwar in verwaschenem Greenpeace-Shirt und alter Jeans, aber hoch aufgerichtet, wütend, mit einem hohen, weißblond leuchtenden Pferdeschwanz, der im heißen Sommerwind wehte.

Das Lächeln auf dem Gesicht des Professors erlosch.

»Wer soll das sein?«, fragte er glatt.

»Das ist der Bernsteinschleifer in Jütland, der Ihnen ein Pferdchen gemacht hat, das Sie dann als mittelalterlichen Kunstschatz ausgegeben haben.«

Niels, der neben dem Professor stand, schnappte unwillkürlich nach Luft. Inzwischen war auch der Rest der Studenten aufmerksam geworden. Einer nach dem anderen richtete sich in den Ausgrabungsfeldern auf und sah zu Minke und ihrem Professor hinüber. Minke hatte laut und deutlich gesprochen, verstanden hatte sie wahrscheinlich jeder. Über dem Camp lag plötzlich eine Stille, die zum Zerschneiden war.

Jeske Hein allerdings blieb nach außen hin unbeeindruckt.

»Das ist pure Verleumdung, Frau van Hoorn«, sagte er in einem weiterhin freundlichen Tonfall. »Ich werde Sie anzeigen, wenn Sie das noch einmal wiederholen.«

»Sie sind ein Betrüger – da, ich hab es noch einmal gesagt.« Minke lächelte. »Jetzt haben wir wohl dasselbe Ziel: die Polizeistation.«

»Wie bitte?«

Minke holte Luft. »Jeske Hein, gegen Sie liegt dringender Betrugsverdacht vor. Außerdem der Verdacht des Mordes an Leonie Schwarz und des versuchten Mordes an Isabel Breitmann.«

Sie wartete seine Reaktion ab. Aber Professor Hein sagte nichts. Er starrte sie nur wütend an. Die Studenten begannen nach einer Schrecksekunde alle wild durcheinander zu reden. Niels rückte ein wenig von dem Professor ab; Isabel schlug sich mit stummem Entsetzen die Hand vor den Mund.

Minke ließ sich von dem Tumult nicht irritieren. Ihr Blick blieb auf den Professor gerichtet.

»Solche Dinge bespricht man lieber im stillen Polizeibüro und nicht hier auf der grünen Wiese, wo es jeder hören kann – habe ich recht?«

Lisa sah gespannt zum Professor. Minke und er wirkten nun wie zwei Kontrahenten eines Western, die sich unter der glühenden Sonne gegenüberstanden.

Dann, nachdem er für ein paar Wimpernschläge nur einfach dagestanden und Minkes Blick erwidert hatte, setzte der Professor sich tatsächlich in Bewegung. Seine Augen allerdings waren dunkel vor Zorn.

Zwei Stunden später saß der Professor immer noch schweigend vor Minkes Schreibtisch in der Polizeistation Jüstering. Im Raum war es stickig; Lisa hatte ihren Ventilator aus ihrem Büro geholt und auf Minkes Tisch gestellt. Dieser surrte leise und ließ dabei den Hauch eines Luftzugs aufkommen. Das Glas kaltes Mineralwasser, das sie Jeske gebracht hatte, war inzwischen beschlagen vom Kondenswasser, das langsam herunterrann und auf der Schreibtischplatte einen Ring bildete. Der Professor starrte auf irgendeinen Punkt hinter Minkes Schreibtisch. Er verzog keine Miene.

»Professor Hein, es macht überhaupt keinen Sinn, dass Sie

es abstreiten. Wir haben eine eindeutige Aussage des dänischen Bernsteinschleifers, bei dem Sie die Figur in Auftrag gegeben haben«, sagte Minke, für ihre Verhältnisse ungewöhnlich geduldig.

»Ich streite nichts ab«, schnappte der Professor. »Ich sage gar nichts. Nicht, bevor mein Anwalt hier ist. Und bis der im Feierabendverkehr von Kiel hierhergefahren ist, dauert es eben eine Weile.«

»Na schön.« Minke lehnte sich nach vorne und stützte ihre Ellenbogen auf die Schreibtischplatte. »Dann sage ich Ihnen in der Zwischenzeit, was ich denke, was passiert ist.« Sie machte eine Pause und forschte im Gesicht des Archäologen. »Angefangen hat alles mit diesem neuen Lehrstuhl für friesische Archäologie, habe ich recht? Der soll im Herbst besetzt werden und Sie wollen ihn unbedingt haben. Allerdings sind Sie da nicht der Einzige – ich habe auf der Fahrt von Dänemark hierher nämlich mit der Uni telefoniert. Es gibt mehrere Bewerber. Allerdings keinen, der so ehrgeizig ist wie Sie. Sie müssen den Zuschlag bekommen, mit etwas anderem können Sie gar nicht leben. Aber Sie brauchten dafür ein spektakuläres Projekt.« Sie sah ihm in die Augen. »Everbeck. Das war perfekt – eine sagenumwobene Stadt, das friesische Atlantis, was weiß ich. Jedenfalls etwas, das die Leute interessiert und was durch die Presse gehen wird wie ein Lauffeuer, sollten Sie die Stadt tatsächlich finden. Also haben Sie sich hingesetzt, haben Berechnungen angestellt und kamen auf Midsand. Sie haben Forschungsgelder beantragt, eine Gruppe von Studenten zusammengestellt – alles hat gut geklappt. Anfang des Sommers kamen Sie zu uns auf die Hallig und begannen zu graben.«

»Na und? Das ist doch ganz normal.«

»Stimmt, nur haben Sie im Laufe der Zeit festgestellt, dass es ein Problem gibt. Sie haben dort in der Halligerde nämlich überhaupt nichts Spektakuläres gefunden.«

Er wirkte, als wollte er aufbegehren, Minke ließ ihn aber nicht zu Wort kommen. »Ich war in Ihrem Vortrag, Herr Professor. Und wenn wir mal ehrlich sind, bestand der erste Teil, der ohne Pferdchen, nur aus lauter Fotos von Erdgruben, in denen ab und zu mal ein Hühnerknochen auftauchte oder irgendetwas, das möglicherweise und nur eventuell eine Abfallschicht sein könnte.« Sie grinste. »Sehen Sie, ich habe aufgepasst. Jedenfalls reichte das bei Weitem nicht, um eine Sensationsmeldung zu bekommen. Ein paar Hühnerknochen – na und? Damit kriegt man keinen Lehrstuhl, ich denke, das weiß sogar ich. Sie brauchten dringend einen Erfolg. Es wäre eine Katastrophe gewesen, zugeben zu müssen, dass das große Everbeck doch nicht da lag, wo Sie Ihre Studenten herumbuddeln ließen. Und weil die Zeit drängte – immerhin wird die Entscheidung über die Lehrstuhlbesetzung bald fallen –, haben Sie sich etwas ausgedacht. Das war der Beginn des Bernsteinpferdchens von Everbeck.«

Sie forschte in seinem Gesicht nach einer Regung, aber abgesehen von seinen zornig funkelnden Augen war es, als würde das alles an ihm abperlen.

»Wieso eigentlich ausgerechnet ein Pferd?«, fragte sie. »Ich meine, das hätte doch auch irgendetwas anderes sein können.«

»Vielleicht wegen dem Woldenberger Bernsteinpferdle«, mischte Lisa sich ein, die bisher nur im Türrahmen gelehnt hatte und ungewohnt stumm alles verfolgt hatte. »Des isch berühmt und da dachten Sie vielleicht: Klar, ein Pferdle! Des kann net verkehrt sein.«

Der Professor drehte sich nur kurz zu ihr um. Sein Blick war verächtlich. »Sie haben doch gar keine Ahnung, wovon Sie reden.«

»Des stimmt aber net!« Lisa verschränkte die Arme. »So viel, wie ich mich in den letzten vier Tagen in Bernstein reingefuchst hab.«

»Jedenfalls«, fuhr Minke fort, »haben Sie wahrscheinlich nach einer passenden Werkstatt für Ihren Plan gesucht und kamen auf die von Herrn Jorgensen in Jütland. Er arbeitet noch von Hand und es ist abgelegen genug, dass Ihnen mit ein bisschen Glück nie jemand auf die Spur kommen würde. Sie waren vorsichtig, haben ihm alles genau erklärt, darauf bestanden, dass er nur Bernstein von der Nordsee nimmt, keine modernen Verarbeitungsmethoden und so weiter. Sie mussten sich ja absichern; wenn das Pferdchen so eine Sensation werden würde, wie Sie gehofft hatten, dann würde es sicher auch untersucht werden. Und da musste alles stimmen. So weit, so gut. Das Pferdchen ist wunderschön geworden. Sie haben es abgeholt und kurz darauf findet Ihr bester Student, Niels Rückert, den großen bedeutenden mittelalterlichen Kunstschatz – das nagelneue Bernsteinpferdchen – in der Erde. Wo Sie es vorher heimlich eingegraben haben. Alles läuft für Sie nach Plan: Die Begeisterung und das Interesse sind groß; Sie informieren Ihre Kollegen, planen den Vortrag, mit dem Sie Tatsachen schaffen wollen – das Pferdchen der Öffentlichkeit präsentieren und Ihren Ruhm als Entdecker von Everbeck begründen. Aber dann fängt es an schiefzulaufen. Zuerst kommt entgegen Ihren Vorgaben ein Brief von Herrn Jorgensen. Das war nicht geplant, Sie wollten natürlich keine schriftlichen Beweise für Ihre Verbindung zu dieser Werkstatt. Als Sie den Brief bekommen haben, wurden Sie so wütend, haben so sehr die Fassung verloren, dass Helmut, der Postbote, aufmerksam wurde. Dann wird das Pferdchen gestohlen. Ich habe mich ja die ganze Zeit gewundert, warum Sie recht gelassen geblieben sind, was den Diebstahl betraf. Ich meine – es ging doch um Ihren großen Fund! Aber in

Wirklichkeit kam er Ihnen ganz gelegen, nicht wahr? Wenn die Figur verschwunden ist, kann sie nie jemand Ihrer Kollegen unter die Lupe nehmen und vielleicht doch noch die Fälschung erkennen. Und die Fotos und den Ruhm hatten Sie ja trotzdem. Eigentlich perfekt für Sie, darum auch die Gelassenheit – im Gegensatz zu Ihren Studenten, die ja völlig aufgelöst deswegen waren. Tja, und jetzt kommt das, womit ich mir noch nicht so sicher bin …«

Der Professor, der bislang scheinbar gelangweilt zugehört hatte, sah auf. Minke konnte seinen Blick nicht richtig deuten.

»Was ich weiß, ist, dass Leonie ein Mensch war, der gerne die Schwachpunkte von anderen ausnutzte. Ich weiß, dass Isabel sie öfter mit zu den Ausgrabungen genommen hat. Und ich weiß, dass Leonies einziges Lieblingsfach in der Schule Dänisch war. Sie konnte also einen Brief auf Dänisch von Herrn Jorgensen ganz sicher lesen. Ich denke, es war so: An dem Tag, an dem Helmut Ihnen den Brief aus Dänemark überreicht, verlieren Sie kurz die Fassung. Leonie, die sich ohnehin nicht besonders für die Ausgrabungen interessiert hat, bekommt das mit und wird neugierig. Sie spioniert Ihnen nach, einfach so, aus Spaß, und bekommt irgendwie den Brief in die Finger, den sie lesen kann. Jetzt haben Sie eine Mitwisserin, und das ist nun die tatsächliche Katastrophe für Sie! Es wird plötzlich richtig gefährlich für Sie, Ihre Reputation als Archäologe wäre vollkommen dahin, absolut irreparabel zerstört, wenn herauskommen würde, dass alles nur Betrug war. Sie müssen handeln. Leonie bediente an Ihrem Tisch am Altfriesischen Abend. Sie war ziemlich unverfroren, ich könnte mir also gut vorstellen, dass sie Ihnen vielleicht etwas ins Ohr geflüstert hat, als sie Ihnen die Buttermilchsuppe oder die Krabbenterrine serviert hat. Nach allem, was ich von Leonie weiß, hätte ihr das Spaß gemacht. Vielleicht hat sie es Ihnen auch bei einer anderen Gelegenheit zu verstehen gegeben, dass sie Bescheid weiß.

Jedenfalls mussten Sie etwas unternehmen. Ich habe eine Zeugin, die ausgesagt hat, Sie hätten sich entgegen Ihrer Behauptung vom Fest entfernt, und zwar mit ziemlich mürrischem Gesichtsausdruck. Sie haben sich mit Leonie am Ufer getroffen an diesem Abend. Sie hat Sie provoziert, vielleicht hat sie Sie auch erpresst – die fünfhundert Euro in ihrer Handtasche, für die wir bislang keine Erklärung hatten, könnten daher stammen. Jedenfalls werden Sie zornig, so wie Sie Helmut gegenüber wegen dem Brief zornig wurden, so, wie Sie es jetzt auf mich sind. Sie können keine Mitwisserin dulden, erst recht keine, die so ist wie Leonie. Sie verlieren die Kontrolle. Vielleicht haben Sie den Eispickel schon vorab zum Treffen mitgenommen, nur für alle Fälle. Vielleicht gehen Sie auch zurück zum Fest, sehen den Eispickel dort liegen, überlegen es sich anders und gehen noch einmal ans Ufer zu Leonie zurück. Laut Obduktion muss der Täter größer gewesen sein als Leonie. Sie steht da, vielleicht rufen Sie ihren Namen. Sie dreht sich um, Sie stechen zu, Leonie bricht zusammen. Sie gehen zurück zum Fest. Kurze Zeit später machen sich alle auf zum Meeresleuchten. Ich habe Sie selbst auf dem Weg gesehen, Sie schauten düster drein. Weil Sie wussten, was wir gleich finden würden ...« Minke schwieg. Ihr letzter Satz hing in der Luft. Der Ventilator surrte, eine Fliege summte träge an der Fensterscheibe entlang. Der Professor starrte vor sich hin.

In die Stille hinein klingelte das Telefon in Lisas Büro.

Lisa ging hinüber und nahm ab. Minke hörte, wie sie sich meldete, dann zuhörte, schließlich sagte sie: »Isch gut, ich sag's ihr.«

Als Lisa zurück zu Minke und dem Professor kam, wirkte sie unschlüssig. »Das war Ruth vom Halligladen«, sagte sie. »Sie sagt, du musst unbedingt kommen. Es pressiert arg.«

Der Professor sah sie stirnrunzelnd an.

»Des heißt, es isch eilig«, erläuterte Lisa würdevoll in seine Richtung. »Jedenfalls – sie erwartet dich.«

Minke seufzte und stand auf. »Okay, wartest du mit ihm hier, bis sein Anwalt da ist? Ich nehme an, er sagt sowieso weiterhin nichts.«

»Klaro.« Lisa nickte. »Na, Herr Professor, für Sie vielleicht ein frisches Gläsle Wasser, was meinen Sie? Und ein Keksle dazu? Ich hab da ganz tolle – Schokolade, aber keine Sorge, net solche mit Guss, der bei der Hitze schmilzt und man dann ganz bebbiche Finger hat …«

Der Professor warf Minke einen tödlichen Blick zu. Minke grinste und verabschiedete sich.

• • •

Die Flut war allmählich in Richtung Küste gewandert, sodass der Wasserspiegel gerade so dazu reichte, mit dem leichten Motorboot darüberzufahren.

Ruths und Geerts Wohnung über dem Halligladen war immer noch so romantisch verträumt, wie Minke es von ihrem letzten Besuch – im Zuge ihres ersten Falls – noch in Erinnerung hatte. Alles war gemütlich, mit Blümchentapeten, Rüschen und kleinen Nippesfiguren. Als Minke ankam, war eine Teetafel im Wohnzimmer gedeckt, mit geblümtem Porzellangeschirr, einer ebensolchen Teekanne und einem frisch gebackenen Kuchen.

»Setz dich, setz dich!« Ruth flatterte aufgeregt um Minke herum. »Wie gut, dass du gleich kommen konntest.«

»Lisa hat gesagt, es sei dringend. – Aber du hättest doch deswegen nichts backen müssen.«

»Ach.« Ruth winkte ab und lachte nervös. »Der backt sich

praktisch von alleine. Und so ein Stück Kuchen macht doch immer vieles leichter.«

Minke sah sie misstrauisch an. So überdreht kannte sie Ruth gar nicht.

»Moin, Minke.« Geert tauchte auf. Er trug wegen der Hitze nur ein Feinrippunterhemd zu seiner unvermeidlichen Bügelfaltenhose und wirkte ähnlich aufgeregt wie seine Frau. »Ruth hat dich also schon begrüßt – gut, gut.«

Minke kam sich langsam vor wie in einem Theaterstück. Das nervöse Ehepaar komplimentierte sie zu einem Sessel, gepolstert mit zwei rosafarbenen Zierkissen, und Ruth drängte ihr ein großes Stück Kuchen auf. Dann schenkte sie den Tee ein. Erst als sie selbst mit einem Stück Kuchen auf dem Teller dasaß und Geert an seinem Tee nippte, wagte Ruth einen Vorstoß: »Du fragst dich sicher, was wir dir so Wichtiges zu sagen haben.«

Minke nickte. »Und was so schlimm ist, dass ich mit Kuchen bestochen werden muss.«

Ein weiteres nervöses Lachen von Ruth, und dieses Mal fiel auch Geert mit ein.

»Nun ja, es gibt da etwas, das Geert dir erzählen muss«, sagte Ruth, als sie sich wieder beruhigt hatten. »Und es ist – na ja, es ist etwas ungünstig, dass er sich erst jetzt daran erinnert hat. Aber sobald er es dann getan hatte, war uns gleich klar, dass wir es dir so schnell wie möglich sagen müssen, und da hab ich eben angerufen und ... nun sitzt du hier.«

»Ja.« Minke sah gespannt vom einen zum anderen. »Nun sitze ich hier. Worum geht es denn? Ich habe drüben in der Polizeistation doch schon den mutmaßlichen Täter in meinem Büro sitzen.«

Ruth riss die Augen auf, und Geert schnappte nach Luft. »Tatsächlich? Und hat sie schon gestanden?«

Nun war es an Minke, erstaunt zu sein. »Sie? Von wem sprecht ihr?«

»Na – von Gunilla«, erklärte Ruth verständnislos. »Gunilla Petersen.«

Minke starrte sie an. Das Stück Kuchen, das sie auf der Gabel hatte, fiel zurück auf den Teller. »Wie bitte?«

»Das ist es doch gerade, was Geert dir sagen will«, beeilte Ruth zu erklären. »Gunilla war vor ein paar Tagen bei ihm. Auf der Bank meine ich und – Geert, erzähl du es doch am besten.«

Minkes Blick wanderte zu Geert.

»Ja, ähm, also ...« Er rieb sich verlegen über die Stirnglatze. »Als Allererstes muss ich dir sagen, dass ich nicht erklären kann, warum ich nicht früher daran gedacht habe. Es hätte mir gleich einfallen müssen, aber so war's nicht. War in meiner Murmel irgendwo weit hinter den Schrank gerutscht, wenn man das so sagen kann, und erst heute, als ich in der Bank drüben saß und Gunilla reinkam, um Geld abzuheben, da ist es mir wieder eingefallen.«

»Was ist dir eingefallen?«

Geert rutschte unangenehm berührt auf seinem Sessel hin und her. »Na ja, vor fünf Tagen kam Gunilla zu mir in die Bank, ganz früh morgens, direkt nachdem ich aufgemacht hatte. Damals hab ich mir nix dabei gedacht, obwohl sie sonst nicht so früh unterwegs ist, aber jetzt denke ich, dass sie vielleicht unbedingt die einzige Kundin sein wollte. Damit niemand was mitkriegt, verstehst du?«

Minke nickte, verstand aber nichts. »Damit niemand was mitkriegt?«, fragte sie.

Geert schluckte. »Dass sie fünfhundert Euro in bar haben wollte.« Er schluckte. »Und sie hat fünf druckfrische Hunderter gekriegt. Ganz glatt, neugeboren quasi. So wie die, die laut *Stadtanzeiger* bei Leonie gefunden wurden.«

Ruth setzte geziert die Teetasse ab, die sie mit abgespreiztem kleinen Finger gehalten hatte. »Verstehst du jetzt, warum es uns so schrecklich leidtut, dass du das nicht schon früher erfahren hast?«

• • •

»Kristin, wo bist du?« Stephan sah sich im Haus um. Das warme Frühabendlicht, das durch die vielen Glasfronten fiel, ließ das Haus so hell wirken und von goldenem Licht durchflutet, dass er für einen Moment innehielt.

»Kristin?«

Sie saß auf dem Sofa. Ihre Haare waren zerzaust, sie war ungeschminkt und, obwohl es Abend war, im Morgenmantel.

»Kristin!« Er war mit ein paar Schritten bei ihr. »Was soll das?«

Sie sah auf. »Du hast heute den Termin beim Bestatter vergessen«, sagte sie. »Ich musste allein dort den Sarg für unsere Tochter aussuchen. Allein entscheiden, wie das Kreuz auf ihrem Grab aussehen soll, welche Musik wir für die Beerdigung wollen und welche Blumen.«

»Ich ... Es war wichtig.«

»Ich will das nicht mehr, Stephan«, sagte sie schlicht.

»Was meinst du damit? Ich verstehe, dass du das nicht alleine machen wolltest. Aber es geht eben oft nicht darum, was man will. Es geht um das, was man tun muss. Und ich muss nun mal arbeiten, die Projekte ...«

Sie fuhr sich über das Gesicht. Sie sah aus wie jemand, der nach einem sehr langen Weg endlich am Ziel angelangt ist.

»Ich habe nicht nur das gemeint«, sagte sie. »Ich meine, ich will das alles nicht mehr. Ich will dieses Leben nicht mehr. Ich will nicht mehr allein in diesem weißen Haus sitzen. Ich will nicht mehr wissen, über welche Leichen du gehst. Weißt du, dass das der Wesenszug an Leonie war, den sie von dir hatte und der mir immer ein bisschen Angst gemacht hat?«

»Wie kannst du so etwas über sie sagen?« Er wurde wütend.

»Weil es stimmt. Ich habe sie geliebt, aber ich war nicht blind für das, wie sie wirklich war, Stephan.« Sie schluckte. »Jetzt, wo Leonie nicht mehr hier ist, welchen Sinn hat das alles noch?«

Für einen kleinen, sehr kleinen Moment wurde sein Gesicht weich. Seine harte Fassade bröckelte für einen Augenblick und sie sah ihm an, dass er sie noch liebte und dass er ihr sagen wollte, dass sie nicht gehen sollte – sie sah den Mann, den sie einmal geheiratet hatte. Aber dann war der Moment vorbei. Sein Gesicht wurde wieder glatt, professionell, hart. »Tu, was du für richtig hältst.«

Er ging. Kristin saß da und sah hinaus in den hellen Garten, auf das Meer, das golden schimmerte. Irgendwo schlug eine Uhr sechs Mal.

16. Januar 1362

Der Hochzeitszug nahm seinen Weg von der Kirche bis zum Haus der Brauteltern, so, wie es Brauch war. Die Gäste waren voller Vorfreude auf das rauschende Fest. Die schwarzblauen Wolken, die sich draußen über dem Meer zusammengebraut hatten, verdarben ihnen die Festtagsstimmung nicht. Nur hier und da machte man sich darauf aufmerksam. Ein Januargewitter, unangenehm, aber durchaus nichts, das man nicht – sicher in einem der größten und prächtigsten Häuser der Stadt sitzend – gut gelaunt überstehen würde, mit Wein und Gebratenem reichlich versorgt.

Fricka ging an der Seite ihres Ehemanns. Sie spürte das Gewicht des Rings an ihrem Finger, der neu und glänzend dort saß und ihr sagte, dass sie nun eine ehrbare, eine erwachsene Frau war. Sie war aufgeregt – wegen der Feier, wegen der Hochzeitsnacht, wegen dieses ganzen neuen Lebens, das nun auf sie zukam. Ihr junger Ehemann hatte seine Hand feierlich auf ihre gelegt und wirkte genauso nervös. Sie lächelte. Ja, er war ein guter Mann. Er würde sie glücklich machen und sie würden von morgen an gemeinsam im Haus am Marktplatz wohnen, nicht weit von ihren Eltern entfernt, und ein schönes Leben haben. Sie strich unauffällig über ihren flachen Mädchenbauch. Hoffentlich würde ihr erstes Kind ein Sohn werden. Und hoffentlich kam es bald.

Sie fing den Blick ihres Bräutigams auf. Sofort stieg ihr die Röte in die Wangen.

»Seid Ihr glücklich, Liebste?«, fragte er.

Sie nickte stumm. Der Ring an ihrem Finger drückte. Sie würde ihn ein wenig weiter machen lassen müssen. Aber alles hatte seine Zeit. Heute war ihr Hochzeitsfest.

Draußen vor dem Fenster zuckte der erste Blitz am Himmel.

Kapitel 16

Minke hatte sich von Ruth und Geert verabschiedet und stand nun wieder draußen vor dem Laden. Sie blinzelte ins frühe Sommerabendlicht. Drüben beim *Halligprinzen* füllte sich die Terrasse gerade mit hungrigen Gästen. Auf dem Weg, der einmal rund um die Halligwiese führte, fuhren ein paar Kinder kreischend Fahrrad. Im Camp der Archäologen war niemand mehr zu sehen, offensichtlich hatten sich die Studenten nach dem Schock zurückgezogen. Minke konnte es ihnen nicht verdenken. Auch sie waren von ihrem Professor getäuscht worden.

Es war ein friedlicher Sommerabend. Minke setzte sich in Bewegung; sie hielt Kurs auf die Stinewarft und dort auf das besonders adrette Haus, das etwa in der Mitte stand. Gunilla Petersons Haus.

Die Petersons gewannen – mit Paul Breitmann zusammen – Jahr für Jahr den Preis für den schönsten Garten auf Midsand. Doch während Pauls Garten ein verwunschenes, buntes Paradies war, stand in Gunillas Garten, vollkommen eingerahmt von einer dunkelgrünen dichten Eibenhecke, jeder Grashalm stramm. Der Rasen erinnerte an einen Golfplatz, die Hecke war wie immer perfekt getrimmt. Die einzigen Farbtupfer, allerdings ausgeklügelt verteilt, waren die Hortensien, für die Gunilla berühmt war. Niemand hatte schönere Hortensien als sie und einmal hatte sie sogar einen kleinen Artikel in einem Gartenmagazin über die richtige Hortensienpflege veröffentlicht.

Minke hatte das Haus erreicht und drückte auf den polierten Klingelknopf. Als Gunilla öffnete, erinnerte sie irgendwie an ihren Garten: perfekt herausgeputzt und tadellos.

»Minke«, sagte sie überrascht, »was führt dich denn hierher?«

»Ich muss dich etwas fragen.«

Gunilla lächelte. »Natürlich, komm rein. Ich koche allerdings gerade Abendessen.«

Tatsächlich roch es im Haus verlockend. »Judith ist schon da, mein Mann kommt in einer halben Stunde nach Hause.«

»Ich muss nur mit dir reden.«

Täuschte Minke sich oder huschte ein nervöser Ausdruck über Gunillas Gesicht? Sie folgte ihr über den glänzenden Marmorfußboden in die Küche. Im Flur hingen ein paar gerahmte Fotos, alle waren sorgfältig arrangiert, die meisten in einem Fotostudio gemacht – Familienporträts, zu denen sich alle fein machen mussten. Ein Bild war älter. Es zeigte die junge Gunilla im Ballkleid mit aufgesteckten Haaren und rot geschminkten Lippen im Kreis ihrer Freundinnen auf einem Fest.

»Das war unser Abiturball«, sagte Gunilla, die Minkes Blick bemerkt hatte. »Ein wunderschöner Abend. Wir hatten damals viel Spaß. Und ich bin noch mit all diesen Mädchen befreundet.« Sie lächelte.

In der Küche standen zwei Töpfe auf dem Herd, in denen Soße und Kartoffeln vor sich hinblubberten, im Ofen stand ein Bräter. »Es gibt Lammbraten mit Kartoffelpüree«, verkündete Gunilla zufrieden und warf einen Blick in den Ofen. »Bei Lammbraten muss man immer darauf achten, genau die richtige Temperatur und den richtigen Grad Saftigkeit zu haben.«

»Aha.« Minke setzte sich an den Küchentisch.

Gunilla sah auf. »Möchtest du etwas zu trinken?«

»Nein danke.«

»Na schön, aber ich habe Durst.« Gunilla ging zum Kühlschrank, nahm eine Flasche Johannisbeersaft heraus und goss sich davon in ein Glas. Anschließend mischte sie es mit Mineralwasser. Das Gemisch schäumte blutrot auf; Minke und Gunilla sahen beide einen Moment lang zu.

»Also«, sagte Gunilla dann, »was wolltest du mich fragen?«

»Gunilla, warum hast du vor fünf Tagen bei Geert fünfhundert Euro in druckfrischen Hunderterscheinen abgehoben?«

Gunilla erstarrte für einen Moment. Dann lachte sie perlend und unecht auf. »Ist das etwa verboten? Ich bezahle eben lieber mit Bargeld.«

Sie setzte das Glas an und trank.

»Wir haben bei der toten Leonie fünf druckfrische Hunderter gefunden«, sagte Minke ruhig. »Also nein, es ist nicht verboten, aber ich glaube auch nicht an einen Zufall.«

Gunillas Hand, die das Glas hielt, zitterte. Sie bemerkte es selbst, stellte es ab und bückte sich schnell, um in das Ofenfenster zu sehen. Eindeutig wollte sie Minkes Blick ausweichen.

»Gunilla.« Minke fühlte, wie sie ungeduldig wurde. »Antworte bitte. War das dein Geld? Wofür hast du es ihr gegeben?«

Gunilla ging stumm zur Arbeitsfläche, nahm ein Paar pastellfarbene Ofenhandschuhe vom Haken und streifte sie sich über. Dann öffnete sie die Backofentür. Ein Schwall heißer Luft füllte die Küche mit dem Geruch von gebratenem Fleisch. Gunilla griff nach einer kleinen silbernen Schöpfkelle und übergoss den Braten sorgfältig mit Bratensoße. »Das muss man mehrmals während des Bratens tun, weißt du?«, plauderte sie. »Dadurch wird das Fleisch nicht trocken.«

»Gunilla!«

Minkes Tonfall ließ Gunilla innehalten. Sie legte die Schöpfkelle beiseite und schlang die Arme um sich, als ob sie fröre – trotz des warmen, sonnigen Sommerabends draußen und der Hitze in der Küche.

»Das Geld war von dir, stimmt's?«

Langsam nickte Gunilla.

»Wofür hast du dem Mädchen so viel Geld gegeben? Fürs Kellnern kann es nicht gewesen sein, die anderen Mädchen haben nur ein Taschengeld dafür bekommen und eine Grilleinladung bei meiner Mutter, das weiß ich.

Gunilla stand immer noch da und umarmte sich selbst.

»Ja, Mama.«

Weder Minke noch Gunilla hatten bemerkt, dass Judith in der Küchentür aufgetaucht war. Sie stand da, blass, wie immer in Jeans und T-Shirt, ungeschminkt und die dunklen Haare nachlässig zu einem Dutt gebunden. »Wofür hast du Leonie so viel Geld gegeben?«

Endlich löste sich Gunillas Starre. Sie ging hinüber zum Küchentisch und sank dort auf einen Stuhl.

»Ich habe es für dich getan, Judith«, sagte sie leise. »Nur für dich.«

»Wie bitte?« Judith schüttelte den Kopf.

»Ich wollte doch, dass du ein schönes Leben hast, eine schöne Jugend. Viele Freundinnen, schöne Partys, Jungs, tanzen, einfach ..., dass du eine normale Siebzehnjährige sein kannst.«

Judith verdrehte die Augen.

»Als Leonie in deine Klasse kam, habe ich gehofft, du würdest dich mit ihr anfreunden. Ich meine – Familie Schwarz, das sind nicht irgendwelche Leute. Ich dachte, Leonie wäre ... nun ja, eine gute Eintrittskarte in das Leben, das du führen solltest. Ich will doch nur nicht, dass du deine Jugend vertust und es später bereust.«

Gunilla sah ihre Tochter an. Der Kontrast zwischen beiden hätte kaum größer sein können. Dort die übermäßig gepflegte, sorgfältig geschminkte Gunilla, feminin und elegant, fester Bestandteil der Halliggemeinschaft mit einer ganzen Schar ähnlich eleganter, perfekter Freundinnen. Dort Judith in dunklem T-Shirt und zerrissener Jeans, mit Pickeln, ungeschminkt und ohne jede Lust, nett zu lächeln.

»Aber du hast dich nicht mit ihr angefreundet und mit den anderen auch nicht. Du saßt weiterhin nur in deinem Zimmer, hast gelesen und dich höchstens mal mit Melanie getroffen, die genauso ein Mauerblümchen ist, das nichts aus sich macht. Da musste ich doch etwas tun, ich bin deine Mutter.«

»Was hast du getan?«, fragte nun Minke.

Gunilla sah jedoch weiter zu Judith. »An dem Altfriesischen Abend, noch bevor die Gäste kamen, da habe ich Leonie beiseitegenommen. Wir sind hinunter zum Ufer und ich habe ihr …« Sie stockte. »Ich habe ihr fünfhundert Euro gegeben, damit sie dich zu ihrer Geburtstagsparty nächste Woche einlädt.«

Judith starrte ihre Mutter fassungslos an. Minke seufzte.

»Und dann?«, fragte sie.

»Sie hat mich ausgelacht.« Gunilla schüttelte den Kopf. »Sie fand es einfach nur lustig, dass ich sie bestechen muss, um meiner Tochter eine Einladung zu sichern. Sie hat ein Foto von mir gemacht, mit ihrem«, Gunilla redete sich allmählich in Rage, »mit ihrem *verdammten* Glitzerhandy. Ein Foto, wie ich das Geld in der Hand halte – und dann hat sie gelacht. Da habe ich rotgesehen – ich meine, ich könnte mich doch nirgends mehr blicken lassen, wenn sie das herumgezeigt hätte.«

»Also?«, fragte Minke.

»Also habe ich ihr das Handy weggenommen.« Gunilla straffte ihre Schultern. »Ehrlich gesagt war ich selbst erstaunt, wie schnell ich war. Ich meine, sie war viel flinker als ich – aber ich habe es trotzdem geschafft, ihr das Ding aus der Hand zu reißen. Ich habe es eingesteckt, ihr das Geld gegeben und ihr gesagt, dass sie das Handy wiederbekommt, wenn das mit der Einladung erledigt ist.« Gunilla sah von Judith zu Minke und wieder zurück. »Das ist alles, ich schwöre es. Ich habe ihr ansonsten nichts getan. Und sie hat Judith ja auch wirklich die Einladung gegeben.«

Judith nickte. »Allerdings, und ich habe mich darüber gewundert.«

»Jetzt weißt du, warum«, sagte Gunilla leise. »Tut mir leid, dass du nun trotzdem nicht hingehen kannst.«

Judith stand noch für einen Moment mit verschränkten Armen an den Türrahmen gelehnt, dann löste sie sich und ging hinüber zu ihrer Mutter. Sie legte ihr die Hand auf die Schulter; offensichtlich überraschte sie Gunilla damit. Sie sah auf.

»Mama, ich will das alles gar nicht. Ich bin anders als du. Ich wollte nicht zu der Party, und ich wollte auch nicht mit Leonie befreundet sein. Ich will nicht stundenlang im Badezimmer stehen, ich interessiere mich nicht für Kleider und Handtaschen und na ja, die Jungs in meiner Klasse interessieren mich auch nicht besonders.«

»Verständlich!« Minke schnitt eine Grimasse. »Ich habe immerhin mit jedem von ihnen gesprochen und ich denke, da verpasst du nichts.«

Judith grinste sie dankbar an.

»Melanie interessiert sich für diesen Mädchenkram auch nicht so sehr, darum finde ich, wir sind wirklich gute Freundinnen. Wir machen eben lieber Fahrradtouren, finden Bücher und

Tiere gut. Ich bin gut in der Schule und mache mir nichts aus Partys – ist das wirklich so schlimm?«

Gunilla sah zu ihrer Tochter auf. »Ich will doch, dass du glücklich bist.«

»Ich bin glücklich, Mama. Allerdings war ich nicht so glücklich über die Einladung von Leonie. Ehrlich gesagt habe ich mir schon, als sie sie mir gegeben hat, überlegt, dass ich absagen würde.« Judith grinste. »Das wäre allerdings eine ziemlich teure Absage geworden, wie ich gerade erfahren habe.«

Gunilla lächelte vorsichtig. Sie legte ihre Hand auf die von Judith.

»Eine Frage bleibt aber«, mischte Minke sich nun ein. »Was ist mit Leonies Handy passiert?«

Gunilla sah sie schuldbewusst an. »Als Leonie tot aufgefunden wurde, habe ich Panik bekommen. Ich hatte das Handy, ich habe ihr Geld gegeben. Ich war es, die die Eisfigur bestellt hatte und ich hatte früher am Abend den Eispickel benutzt. Es mussten meine Fingerabdrücke darauf sein. Das sah doch alles gar nicht gut aus. Also musste ich das Handy loswerden.«

»Wo ist es jetzt?«

Gunilla schwieg kurz. Vom Herd her zischte es; die Kartoffeln waren übergekocht. Sicher zum ersten Mal in Gunillas Leben, dachte Minke.

»Unter den Hortensien«, antwortete Gunilla schließlich.

Minke konnte nicht anders, sie musste lachen.

Als Minke zurück zur Polizeistation kam, hatte sich der Professor mit seinem inzwischen angekommenen Anwalt in ihrem Büro verschanzt.

»Zur Absprache der weiteren Vorgehensweise«, sagte Lisa und

verdrehte die Augen. »Schon seit einer Stunde.« Dann erst stutzte sie. »Wie siehsch du denn aus?« Minkes Jeans war erdig.

»Hab was ausgegraben.« Minke grinste und legte einen Frischhaltebeutel auf Lisas Schreibtisch. Darin war ein rosa glitzerndes verdrecktes Handy.

Lisa starrte darauf. »Wo hasch denn des auf einmal her?«

»Wächst unter Gunillas Hortensien.« Minke berichtete, was sie in der letzten Stunde alles erfahren hatte.

»Also des Geld war von Gunilla?«

Minke nickte.

»Für die Einladung zu einer Geburtstagsparty?«

Minke nickte noch einmal.

»Des isch verrückt.«

»Allerdings.«

»Und du bisch dir sicher, dass Gunilla nicht am Ende auch noch die Mörderin isch?«

»Ganz sicher. Sie wollte nur, dass ihre Tochter endlich dazugehört.«

Lisa seufzte. »Also bleibt der Professor?«

»Ja«, sagte Minke zögernd. »Bleibt wohl der Professor. Wir haben keinen anderen Verdächtigen.«

Sie bemerkte Lisas zögernden Blick.

»Was ist denn los?«

»Na ja, des stimmt net ganz, dass wir sonst keinen haben. Hier isch nämlich auch was passiert, während du weg warsch. Es wurd was abgegeben. Eine Familie hat's heute Nachmittag im Watt gefunden.«

Auf Minkes fragenden Blick hin stand Lisa auf und ging zu ihrem Büroschrank. »Aber es wird dir net gefallen, des kann ich dir gleich sagen.«

Minke runzelte die Stirn. »Lisa – was ist los?«

Ihre Assistentin öffnete den Schrank und nahm aus dem obersten Fach etwas, das, wie Leonies Handy, in Klarsichtfolie verpackt war.

»Sie haben sich erscht net so arg viel dabei gedacht, aber dann isch ihnen der Diebstahl vom Pferdle wieder eingefallen und sie dachten, es wäre doch besser, es abzugeben.« Zögernd reichte Lisa den verpackten Gegenstand weiter.

»Eine Brechstange?«

»Ja. Sie lag vor der Markuswarft im Watt. Es könnte die Brechstange sein, mit der der Tresor vom Professor aufgehebelt worden isch. Ich hab's mit meinen Fotos von der Tresortür verglichen und ich denke, es passt.«

»Und warum soll mir das nicht gefallen?«

Lisa zögerte. »Lies die Initialen, die in den Lack geritzt sind.«

Minke drehte die Brechstange, bis sie die beiden Buchstaben fand. P und B. Paul Breitmann?

Sie starrte darauf. »Nein«, stieß sie hervor. »Nein, Quatsch, das kann nicht sein.«

»Hm, irgendwie passt es schon ...«, Lisa machte ein unangenehm berührtes Gesicht. »Ich meine – er isch total gegen diese Grabungen, wirklich besessen von Everbeck und dass er weiß, wo es wirklich lag. Des hasch selber gesagt, des mit dem Besessensein.«

»Ja, schon, aber ...«

»Es könnte schon sein, dass er das Pferdle gestohlen hat, einfach, um dem Professor eins auszuwischen. Ich hab mir den Fundort angesehen, er liegt im Prinzip in Luftlinie vor Pauls Haus, also ... eurem Haus.«

Minke dachte nach. »Okay, ja, vielleicht ... er könnte vielleicht hinter dem Diebstahl stecken. Aber er würde niemals jemanden umbringen; nein, mit dem Mord hat er auf keinen Fall was zu tun.

Und mit dem Angriff auf Isabel natürlich auch nicht; das ist vollkommen absurd.«

Lisa wiegte den Kopf. »Schon, aber andererseits hat das Ganze in seinem Garten stattgefunden.«

Minke holte tief Luft. »Mit ihm reden muss ich natürlich trotzdem.« Sie wünschte, es wäre nicht so. Eine Weile stand sie einfach nur so da und dachte nach. Wieso passte in diesem Fall einfach nichts zusammen? So viele lose Fäden, Möglichkeiten, Theorien …

»Minke?«, fragte Lisa nach einer Weile.

Die riss sich aus ihren Gedanken. »Ich muss noch einmal rüber nach Midsand. Pass du weiter auf den Professor auf.«

• • •

Als Minke mit dem Polizeiboot auf Midsand anlegte, das zweite Mal an diesem Abend, hatte sie das Gefühl, ein tonnenschweres Gewicht auf ihren Schultern zu tragen. Die abendliche Hallig und die Nordsee, vom goldenen Abendlicht überflutet, schienen dazu überhaupt nicht passen zu wollen. Minke sah auf das glitzernde Wasser hinaus und wäre am liebsten einfach wieder ins Boot gestiegen. Den Motor anlassen, hinaus aufs Meer fahren, immer weiter weg von dem, was sie hier zu tun hatte – es war verlockend. Aber es würde nichts ändern. Seufzend drehte sie sich um und ging den Warfthügel hinauf.

In Gedanken versunken überquerte sie die Markuswarft. Ihre Füße wurden mit jedem Meter, den sie Pauls Häuschen näher kam, immer schwerer. Sie wollte es nicht hören. Sie hatte heute schon genug gehört – Enthüllungen, Geständnisse, Betrug, Lügen. Sie wollte nichts mehr hören. Erst recht wollte sie nicht hören, dass Paul wirklich das Bernsteinpferdchen gestohlen hatte, dass er Leonie ermordet hatte, dass er aus irgendeinem aberwitzigen Grund, den sie sich nicht vorstellen konnte, in seinem eigenen Garten nachts seine Nichte gewürgt hatte. Sie wollte es nicht wissen.

Minke sah über die weite grüne Halligwiese, das verlassene Archäologencamp bis zur Kirchwarft, wo der Friedhof in der Abendsonne lag. Wie automatisch lenkten sie ihre Schritte dorthin. Es war bestimmt das Richtige, noch ein bisschen Ruhe, ein bisschen Nachdenken, bevor sie mit Paul würde reden müssen.

Der Friedhof war inzwischen einer ihrer Lieblingsplätze auf Midsand. Lange hatte sie sich nach dem Tod ihres Vaters davor gedrückt hierherzukommen, zum Leidwesen ihrer Mutter, die das für psychisch ungesund hielt. Jetzt steuerte Minke ohne zu zögern auf das Grab am Rand des Friedhofs zu. Ihr Vater hatte den schönsten Platz bekommen, fand sie. Von hier aus sah man über die ganze Hallig, weiter bis aufs Meer, das er geliebt hatte. Minke ließ sich auf dem gekiesten Weg vor dem Grab nieder, auf dessen Grabstein »Michael van Hoorn« stand.

»Moin, Papa«, sagte sie leise. »Oh Mann, du glaubst nicht, was ich heute für einen Tag hatte.«

Sie war allein auf dem Friedhof, keiner störte sie, also erzählte sie ihrem Vater alles, den ganzen Fall und ihr ungutes Gefühl im Magen, wenn sie an das Gespräch dachte, das ihr nun bevorstand. »Papa, was würdest du machen?«, murmelte sie schließlich. »Ich wünschte, du könntest mir einen Rat geben.«

»Sitz nicht auf dem Kies, der macht doch alles ganz staubig.«

Minke schrak zusammen. Hinter ihr tauchte Imma auf mit einer Palette gelber Stiefmütterchen zum Einpflanzen und eine Gießkanne in der Hand.

»Mama, du hast mich erschreckt.«

»Entschuldige. Ich wollte euch beide nicht stören, es ist nur so – die Stiefmütterchen muss ich heute noch einpflanzen, sonst gehen sie mir bei dem Wetter doch gleich kaputt.« Imma blinzelte gegen die Abendsonne. »Angeblich soll es mit der Hitzewelle bald vorbei sein, aber ich glaube noch nicht so recht dran.« Sie zückte aus ihrer Tasche eine kleine Pflanzschaufel. »Hilfst du mir?«

Minke stand auf. Tatsächlich hatte der Kies eine Menge Staub auf ihrer Jeans hinterlassen. Sie ließ ihn, wo er war.

»Okay.«

Imma sah sie erstaunt an, sparte sich aber untypischerweise jeden Kommentar. Minke hatte noch nie beim Bepflanzen des Grabes geholfen. »Schön, dann nimm du die Schaufel.«

Eine Weile arbeiteten sie schweigend, dann fragte Minke: »Sag mal, kannst du dir vorstellen, dass Paul ein Verbrechen begeht?«

Imma runzelte die Stirn und zog die Gartenhandschuhe aus. »Paul? Dein Paul – Paul Breitmann?«

Minke nickte.

»Hm, schwer zu sagen.« Imma griff nach der Gießkanne. »Letztlich ist jeder zu beinahe allem fähig, es kommt nur auf den Auslöser und die Umstände an.« Sie neigte die Kanne und ließ es auf die Stiefmütterchen regnen. »Aber wenn du mich nach meiner spontanen Einschätzung fragst: Paul ist ein bisschen schräg und keiner brennt mehr für unsere nordfriesische Heimatgeschichte als er, aber er müsste schon ziemlich aus der Fassung gebracht werden, um etwas wirklich Schlimmes zu tun.«

Minke betrachtete die Stiefmütterchen, auf deren Blättern die Wassertropfen glitzerten. »Er ist aus der Fassung. Denk nur an seinen Auftritt beim Vortrag gestern Abend.«

»Stimmt, aber das ist eben auch seine Leidenschaft. Bei ihren Leidenschaften sind die Leute immer ein bisschen durchgeknallt und unberechenbar.« Imma sah ihre Tochter aufmerksam an. »Verdächtigt ihr allen Ernstes Paul?«

»Wir müssen es wohl. Es gibt ein Indiz.«

»Indizien können aber auch einen falschen Eindruck vermitteln, oder etwa nicht?« Imma setzte die Gießkanne ab.

»Ja, vielleicht. Ich muss mit ihm reden, heute Abend noch.«

Imma schüttelte den Kopf. »Wenn du recht hast ... die arme Isabel. Zuerst das mit Leonie, jetzt auch noch ihr Onkel unter Verdacht. Ihr hat sicher schon gestern Pauls Auftritt vor ihrem geliebten Professor gereicht ...«

Minke runzelte die Stirn. »Geliebt?«

»Natürlich.« Imma lachte. »Minke, erkennst du keinen verknallten Teenager mehr? Oh Gott, sie ist total verschossen. Ich sehe sie noch genau vor mir, da auf dem Altfriesischen Abend, als ich vorne am Mikro stand und die Leute zum Gang zum Meeresleuchten aufgefordert habe. Da kam sie gerade auf dem Fest an, noch total außer Atem, aber ihre Augen haben sofort den Professor gefunden und nicht mehr losgelassen. Verliebte Mädchenblicke erkenne ich sofort.«

Minke sah wieder auf die Stiefmütterchen. Verliebte Mädchenblicke, dachte sie. Verliebte ... »Wiederhol noch einmal, was du gerade gesagt hast«, sagte sie.

Imma tat es.

Minke ließ plötzlich die Pflanzschaufel fallen. »Ich muss los! Danke, Mama – du bist die Beste.«

Eilig rannte sie den Friedhofsweg entlang, der Kies knirschte unter ihren Füßen.

»Was hab ich denn getan?«, rief Imma ihr ratlos hinterher.

Ihre Tochter drehte sich im Rennen noch einmal um.

»Sieben Minuten«, schrie sie zurück, »es dreht sich alles um sieben Minuten.«

16. Januar 1362

Das Hochzeitsfest hatte begonnen. Die Speisen waren aufgetragen, der Wein floss in Strömen, die Luft war geschwängert von Essensgerüchen, dem Schweiß der Feiernden, der Hitze der Kamine und dem Lachen und Scherzen der Gäste. Letztere wurden immer derber, je mehr Wein und Bier floss, und das Lachen immer lauter.

Fricka saß auf dem Ehrenplatz der Braut, hinter ihr an der Wand hing der grüne Brautkranz. Ihr Schleier war inzwischen verrutscht und sie fühlte sich ein wenig benebelt. Die vielen Menschen im Raum, die Gerüche des Essens, der Wein, den ihr Brautvater ihr immerfort nachschenken ließ, sobald sie ein wenig davon getrunken hatte. Jedes Mal, wenn ihr ein Gast zuprostete, musste sie auch das Glas erheben und auf ihr Glück trinken. Johannes vertrug den Wein besser als sie. Mit leicht geröteten Wangen und gut gelaunt saß er neben ihr und unterhielt sich mit einem der Stadträte. Zu Frickas Linken saß ihr Schwiegervater, ihr gegenüber ihre Eltern. Ihre Mutter hatte verweinte Augen; von der Brautmutter wurden Tränen erwartet. Nun aber sprach sie mit der Frau des Kürschners und wirkte fröhlich, zumal es Aal gab, und sie liebte Aal.

Zwischen all den Feiernden saß stumm und schwarz gekleidet der Priester und wünschte sich, schon gehen zu können. Je betrunkener die Festgesellschaft wurde, desto mehr musste er sich gefallen lassen, das war auf jeder Hochzeit so und da machte diese keine Ausnahme.

»He – Pfaffe!«, rief ihm ein grobschlächtiger Mann zu, der Zunftmeister der Bäcker. »Warum so ernst? Hättest auch gern eine Braut wie diese da, die dir dein kaltes Pfaffenbett wärmt?« Er lachte und die, die es gehört hatten, stimmten ein.

Einer, es war der Anker-Wirt, ein hagerer, kleiner Mann mit großer Nase, der sich schon am Tisch festhalten musste, um nicht von seinem Stuhl zu kippen, brüllte gut gelaunt: »Die einzige Frau, die der hat, ist die Muttergottes. Und die wärmt gar nichts.«

Wieder dröhnte schallendes Gelächter. Der Priester sah zum Fenster. Draußen begann es zu regnen, schwere Tropfen fielen. Das Gewitter, dachte der Pfarrer. Der Himmel war schwarz. Die anderen lachten und scherzten weiter. Seine Augen trafen die von Fricka. In ihren Augen las er so etwas wie Mitleid.

Als er das nächste Mal zum Fenster sah, prasselte der Regen schon, dicht und wütend. Aber keiner im Saal achtete darauf. Was konnte ihnen heute schon passieren?

Kapitel 17

Paul ging leise auf seinen Pantoffeln durch den abendlichen Garten. Vorsichtig setzte er im weichen Gras einen Fuß vor den anderen. Die sanfte rosa-goldene Dämmerung lag über den Stockrosen, den Johannisbeerbüschen und dem Pflaumenbaum und tauchte den Garten in geheimnisvolles Licht. Bald würde es dunkel sein.

Paul ging auf den Pflaumenbaum zu und blieb dann darunter stehen. Die vielen kleinen Blätter an den Zweigen schienen ihm zuzuwispern, ihn aufzufordern, das zu tun, was nötig war. Also streckte er die Hand aus und griff in das alte Spechtloch im Stamm. Er griff hinein, so wie er es zuvor bei ihr beobachtet hatte. Tatsächlich, seine Finger stießen auf eine glatte Oberfläche, geschwungen und poliert. Als er es herausnahm, war es eine Figur, honigfarben und kunstvoll. Dieses Pferdchen war tatsächlich wunderschön.

»Guten Abend, Paul.«

Er keuchte erschrocken auf und fuhr herum. Um ein Haar hätte er das Kunstwerk fallen lassen.

»Minke!«

Stumm und beinahe unsichtbar saß seine junge Mieterin dort auf der alten Gartenbank, halb hinter der Brombeerhecke verborgen. Ihr weißblonder Pferdeschwanz leuchtete in der Dämmerung.

»Was ... was machst du hier?«, stotterte er.

»Das Gleiche könnte ich dich fragen. Du bist es immerhin, der das Bernsteinpferd in der Hand hält, nach dem wir seit Tagen suchen.«

»Ich ...«

Er brach ab. Sie sahen sich stumm an.

Schließlich fragte Minke: »Wann hast du verstanden, dass es Isabel war?«

»Was sagst du da? Nein, Isabel hat niemals ...«

»Doch, sie war es«, beharrte Minke ruhig. »Sie steckt hinter allem, was hier auf Midsand in den letzten Tagen passiert ist.«

Isabel trat durch die offene Balkontür in den dämmrigen Garten. »Was macht ihr da?«

Paul, immer noch mit dem Bernsteinpferd in der Hand, drehte sich erschrocken zu ihr um, auch Minke sah sie an.

»Isabel!« Paul klang ängstlich.

»Gut, dass du da bist, Isabel«, sagte Minke. »Dann können wir es hier und jetzt zu Ende bringen.« Isabel stand wie versteinert da.

»Was denn zu Ende bringen?«, fragte Paul, immer noch verwirrt.

»Willst du es ihm erzählen, oder soll ich?«

Isabel blieb stumm; sie verschränkte die Arme vor der Brust.

»Okay.« Minke nickte. »Dann erzähle ich die Geschichte, so wie ich glaube, dass es passiert ist. Wenn ich alle kleinen Puzzleteile der letzten Tage zusammenlege, dann komme ich immer wieder zu dem selben Schluss.«

»Lass diesen Schluss.« Paul strich sich fahrig durchs Haar. »Deinen Schluss mag ich nicht.«

Minke beachtete ihn nicht; ihr Blick war fest auf Isabel gerichtet. »Ich glaube, alles hat vor fünf Tagen begonnen. Du hattest an dem Tag Leonie zur Ausgrabung mitgenommen, wie du es manchmal gemacht hast. Es war ein bestimmter Tag, nämlich der, an dem Helmut dem Professor vor den Augen von euch allen einen Brief überbracht hat, den der Professor ihm wütend aus der Hand riss. Leonie entging das auf keinen Fall; sie war außergewöhnlich gut im Beobachten, wenn es darum ging, jemandem auf die Schliche zu kommen. Sie hat sich nicht so sehr für die Ausgrabungen interessiert, aber für den Brief und warum der Professor so reagierte – dafür interessierte sie sich umso mehr. Sie muss es irgendwie geschafft haben, den Brief an diesem Nachmittag in die Finger zu bekommen. Und sie konnte ihn lesen; Dänisch war ihr Lieblingsfach. Von da an wusste sie Bescheid: Das Pferdchen, um das sich der ganze Erfolg der Grabungen drehte, war eine Fälschung. Sie hat es dir erzählt – du warst sicher entsetzt. Leonie dagegen fand es wahrscheinlich einfach nur lustig, sie hat ja nie etwas ernst genommen. Und sie fand, dass man daraus ein neues Abenteuer machen konnte. Ich bin mir sicher, dass sie auf die Idee kam, es zu stehlen. Einfach so, ohne besonderen Plan dahinter. Was war schon groß dabei? Die Figur war doch ohnehin nicht echt.«

Isabel hörte angespannt zu. Immer noch hatte sie kein Wort gesagt. In den Fensterscheiben des Häuschens spiegelte sich das allerletzte Abendlicht. Noch ein paar Minuten, dann wäre die Sonne im Meer verschwunden.

»Sie hat dich überredet, wie immer. Ihr habt in der Nacht Pauls Brecheisen aus dem Schuppen geholt und seid hinüber ins Camp geschlichen. Wie man einen Tresor aufbricht, wusstet ihr zwar nicht und es hat darum ein paar Versuche gebraucht, aber am Ende hat es geklappt. Die Figur habt ihr dann hier im Pflaumenbaum versteckt, die Brechstange ins Meer geworfen – das

Spiel war zu Ende, dachtest du. Eigentlich hätte ich schon früher darauf kommen können, dass ihr zwei die Diebe wart. Nicht nur, weil der Tresor so amateurhaft geknackt worden war, sondern weil zwischen unseren vielen nicht gerade hilfreichen Anrufen auch einer dabei war, der mich auf die richtige Spur hätte bringen können. Ein alter Mann war sich sicher, zwei Schatten mit langen Haaren in dieser Nacht auf der Halligwiese gesehen zu haben. Er hatte recht. Es waren zwei Mädchen, und zwar Isabel und Leonie.«

»Na und?«, mischte sich Paul nun ein. »Selbst wenn – ein gefälschtes Pferdchen zu klauen und hier im Baum zu verstecken, das ist doch harmlos. Was hat das mit Mord zu tun?«

»Nicht sehr viel«, stimmte Minke zu, »jedenfalls weniger, als ich die ganze Zeit angenommen hatte. Ich habe bis vor ein paar Stunden noch geglaubt, dass Leonie den Professor mit ihrem Wissen erpresst hat und er sie deshalb umgebracht hat. Aber das hat sie gar nicht getan. Den Diebstahl und den Mord verbindet in Wirklichkeit nur eines: die drei Personen, um die sich alles drehte, habe ich recht, Isabel?« Sie sah wieder zu dem Mädchen. Isabels Gesicht hatte sich verändert, es sah plötzlich härter aus als gewöhnlich.

»Am Mordabend waren Leonie und du nicht zusammen. Leonie hat beim Altfriesischen Abend gekellnert. Du, Isabel, warst bei den Franks zum Babysitten. Von wann bis wann?«

»Von sieben bis zehn«, antwortete Isabel mürrisch.

»Genau, sieben bis zehn – das haben die Franks auch gesagt, und die Archäologen auch und überhaupt jeder, der es irgendwie hätte wissen können. Darum habe ich dich auch nie in Betracht gezogen. Du bist ja gar nicht da gewesen. Und Leonie war auf dem Fest. Aber so ganz stimmt das nicht. Leonie war in Wirklichkeit nur bis halb zehn auf dem Fest, denn danach hat sie niemand mehr gesehen.«

»Wahrscheinlich war sie da schon tot«, warf Paul ein. »Dann kann es Isabel nicht gewesen sein, denn, wie du sagtest – sie war um halb zehn noch bei den Franks.«

»Vielleicht war sie da schon tot. Laut Obduktion wäre das möglich. Aber Bo tippt eher auf einen Todeszeitpunkt um zehn Uhr herum. Wenn das stimmt, dann stellt sich doch die Frage, wo Leonie in der Zwischenzeit war, also zwischen halb zehn und zehn. Hat sie sich mit Isabel getroffen, mit ihrer besten Freundin? Nein, das glaube ich nicht. Nach allem, was ich inzwischen von Leonie weiß, hätte sie sich wohl kaum zu einem quengelnden Baby gesetzt, wo sie doch so viel Aufregenderes hätte tun können. Außerdem erklärt das nicht ihre Unterwäsche.«

»Wie bitte?« Paul sah Minke verständnislos an.

Die schüttelte nur sacht den Kopf. »Nein, ich denke, es ist viel wahrscheinlicher, dass sie sich mit einem Mann getroffen hat. Nur mit welchem? Max war es sicher nicht, den hatte sie ein paar Stunden zuvor ziemlich uncharmant abserviert. Für ihn hätte sie außerdem früher am Tag ganz sicher nicht schwarze teure Spitzenunterwäsche angezogen. Wen hat sie also dann getroffen? Und da ist mir der leere Stuhl am Ehrentisch wieder eingefallen. Jeske Hein war nämlich ebenfalls irgendwann nicht mehr da. Ruth hat ihn in Richtung Camp gehen sehen, später am Abend, aber noch nicht so spät, dass es dunkel war. Das könnte etwa halb zehn gewesen sein. Der Professor hat behauptet, dass er nur etwas aus dem Archäologenzelt habe holen wollen. Ich bin mir ziemlich sicher, dass das gelogen war. Er war dort mit Leonie verabredet.«

»Aha, und warum?« Paul wirkte zunehmend ungehalten.

»Vermutlich, weil sie es so wollte. Glücklicherweise hat sich meine Assistentin mit ihrer schwäbischen Genauigkeit wirklich jede noch so kleine Aussage am Tatabend aufgeschrieben. Darum wissen wir, dass laut der anderen Kellnerinnen Leonie von Anfang an gefordert hatte, den Ehrentisch bedienen zu dürfen. Und Gunilla, die aus ganz anderen Gründen unbedingt wollte, dass Leonie an diesem Abend mit von der Partie war, hatte ihr das natürlich versprochen. Leonie wusste also schon vorab, dass sie an dem Tisch bedienen würde, an dem der Professor saß. Ich denke, sie hat die Gelegenheit genutzt und dem Professor irgendwann im Lauf des Abends, als sie ihm Buttermilchsuppe oder Krabbenterrine serviert hat, etwas zugeflüstert. Vielleicht hat sie ihm auch einen Zettel zugesteckt, aber wenn das so war, dann hat Jeske Hein den sicher inzwischen vernichtet. Jedenfalls hat sie dafür gesorgt, dass sie um halb zehn mit dem berühmten Professor im Archäologencamp verabredet war.

»Und was soll das jetzt alles mit Isabel zu tun haben?« Paul wurde immer verzweifelter, zumal seine Nichte weiterhin schwieg.

»Ja, dazu komme ich jetzt. Ich war vorhin kurz auf der Frankwarft, um alles nachzuprüfen. Vom Haus der Franks hat man einen wunderbaren Blick über die Halligwiese, und das Archäologencamp ist nicht weit. Von Milas Kinderzimmer aus kann man sogar genau dorthin schauen. Ich schätze, Mila lag um halb zehn schon längst in ihrem Bettchen und du, Isabel, zuverlässig, wie du bist, hast nach ihr gesehen, zumal sie ja so schlecht schläft, sagt ihre Mutter. Wahrscheinlich hat sie geweint, du bist also ins Kinderzimmer. Mila wird ruhig, wenn man sie auf den Arm nimmt und sie ›mit von der Partie ist‹, wie Nadine sagt. Du weißt das, du hast ja schon öfter auf sie aufgepasst. Du hast sie also auf den Arm genommen und bist mit ihr ans Fenster gegangen, ihr ein bisschen die Aussicht zeigen. Und da hast du sie gesehen: Leonie und Jeske Hein, wie sie gemeinsam im Arbeitszelt verschwanden.«

Täuschte sie sich oder flackerte Isabels Blick?

»Du standst also dort oben am Fenster und hast die beiden beobachtete, wie sie – ja, was eigentlich? Was passierte da? Hatte Leonie vor, den Professor auf das gefälschte Pferd anzusprechen? Hatte sie eine ihrer waghalsigen Aktionen ohne dich geplant? Du musstest es wissen, du warst eifersüchtig. Leonie war doch deine beste Freundin. Mila hättest du nie allein gelassen, zumal sie dann sicher geweint hätte. Du musstest sie also mitnehmen. Mit dem Baby auf dem Arm bist du nach draußen. Von der Frankwarft kommt man von hinten an das Archäologenzelt, die beiden haben dich also nicht bemerkt. Du hast dir einen Spalt gesucht, von dem aus du in das Zelt hineinsehen konntest. Im Zelt war es bei dieser Dämmerung schon dunkel, sie werden also Licht angemacht haben. Damit waren sie von außen gut zu sehen, aber dich, draußen im Halbdunkel, sahen sie nicht. Du bist in die Hocke gegangen, um keine Aufmerksamkeit zu erregen. In diesen ersten Momenten warst du vielleicht nur gespannt und neugierig, was Leonie vorhatte. Du hast vermutlich noch nicht geahnt, was gleich kommen würde. Mila hast du währenddessen neben dir im Gras abgesetzt, damit sie mit den Halmen spielen konnte und leise war. Das war auch eines meiner vielen kleinen Puzzlestücke: Vor zwei Tagen hat sich Nadine in Ruths Laden über die Grasflecken auf Milas Strampler gewundert. Ich habe damals nur mit halbem Ohr zugehört, aber jetzt finde ich diese Grasflecken interessant. Ich bin mir sicher, dass sie genau auf dieser Weise zustande kamen: Du saßt vor dem Zelt, Isabel, und Mila krabbelte auf dem Gras herum, während du die beiden beobachtet hast – deine beste Freundin und den Professor. Und das, was du da gesehen hast, war der entscheidende Moment. Ab da kippte alles.«

»Wieso das denn bitte?« Pauls Haare standen ihm inzwischen zu Berge, so viel raufte er sie.

»Weil Isabel in den Professor verliebt ist. Ganz wahnsinnig verliebt. Darum warst du von morgens bis abends bei den Ausgrabungen, darum willst du unbedingt in Kiel studieren, da, wo Jeske Hein lehrt. Darum hast du sein Armband geklaut, wahrscheinlich in derselben Nacht, in der ihr das Pferdchen gestohlen habt.«

Unwillkürlich griff Isabel an ihr rechtes Handgelenk.

»Du verbirgst es unter deinen langen Shirts, egal wie heiß es ist, weil du es immer tragen willst, so verrückt bist du nach ihm. So verrückt, dass du das Risiko in Kauf nimmst, dass es am Ende doch jemand sieht. Ich habe es gesehen, für einen Moment, als wir zusammen Johannisbeeren pflückten. Ich habe dir sogar ein Kompliment dafür gemacht. Den Anhänger habe ich damals für ein verschlungenes großes I gehalten, I für Isabel. Aber in Wirklichkeit ist es ein J, für Jeske. Beim Vortrag gestern hat er ein Foto von sich gezeigt, auf dem er etwas in die Kamera hält. Ich habe lange nicht begriffen, was mir darauf so bekannt vorkam. Es war das Armband.«

»Na ja, eine Teenieschwärmerei …«, wiegelte Paul ab.

»Nein«, widersprach Minke. »Das ist keine harmlose Schwärmerei. Das ist viel mehr. Isabel liebt Jeske Hein rettungslos. Und du hast Leonie davon erzählt, spätestens in eurer Diebstahlnacht. Dass du nämlich dort – wo sonst hättest du die Gelegenheit gehabt? – auch sein Armband hast mitgehen lassen. Du hast es ihr also erzählt, denn: Beste Freundinnen haben keine Geheimnisse voreinander. Das war euer Schwur, hast du mir gesagt, und zumindest du hast dich auch fest daran gehalten. Wie dumm du dir draußen vor dem Zelt plötzlich vorgekommen sein musstest.«

Isabel starrte sie an.

»Du hast in diesem Moment, als du die beiden im beleuchteten Zelt beobachtet hast, erst begriffen, was für ein Mensch Leonie war. Sie wusste, dass du in den Professor verliebt bist, und hat sich trotzdem an ihn herangemacht. Oder vielleicht sogar gerade deswegen? War das ihr neuestes Spiel, eine neue Herausforderung? War ihr Treffen dort im Zelt, das so nahe an der Frankwarft ist, pure Gedankenlosigkeit oder kalkuliertes Risiko, von dir gesehen zu werden? Und was davon ist schlimmer? Du wusstest, dass Leonie Spielchen mit Menschen spielte, dass sie immer wissen wollte, wie weit sie gehen konnte, wie die anderen reagierten. Du wusstest doch sicher davon, was sie bei eurem Klassenlehrer auf der Schwedenfahrt versucht hat. Du wusstest, welche immer neuen Sticheleien sie sich für Eida ausdachte. Du wusstest doch, dass sie Max' Verliebtheit ausnutzte, wie es ihr passte, und selbst, wenn es nur darum ging, dass sie ein Mofa für euren gemeinsamen Ausflug an die Klippen brauchte. Du wusstest doch, wie sie war. Aber du hast bis zu diesem Abend geglaubt, dass sie für dich eine Ausnahme machte. Dass sie mit dir nie so umspringen, nie so spielen würde wie mit allen anderen. Und da saßt du nun und konntest zusehen, wie deine beste Freundin den Mann bezirzte, den du so rasend liebst. Und so, wie ich Jeske Hein kennengelernt habe, kann es nicht lange gedauert haben, bis sie Erfolg hatte. Hast du gesehen, wie sie sich küssten? Ich nehme an, dass so auch der frische Knutschfleck an Leonies Hals zustande kam. Lisa hat recht – Knutschflecke macht doch heute kein Mensch mehr, zumindest kein Teenager. Aber ein Mann in seinem Alter, der vielleicht schon.« Sie sah Isabel an. »Dieser Verrat. Es muss sich angefühlt haben, als hätte sie dir ein Messer in den Rücken gestoßen. Du musst unglaublich wütend geworden sein, draußen auf deinem Beobachtungsposten. Endlich hast du Leonie gesehen, wie sie wirklich war. Du hast Mila zurückgebracht, dich von den Franks verabschiedet, die kurz nach dir nach Hause kamen. Da war es zehn Uhr. Und dann? Ich nehme an, du hast in dem Moment, als du von der Frankwarft zur Halligwiese hinuntergingst, um zum Fest zu gehen, gesehen, wie Leonie und Jeske Hein wieder aus dem Zelt kamen. Der Professor ging auf geradem Weg hinüber zum *Halligprinzen*; aber Leonie nicht. Und du bist ihr gefolgt. Du hast mir selbst erzählt, wie sehr sie das Meeresleuchten mochte, du hast wahrscheinlich schnell verstanden, dass sie zum Ufer hinunterwollte. Sie hat nicht bemerkt, wie du ihr gefolgt bist. Ihre Haare haben im Halbdunkeln geschwungen, ihr Kleid war schön, ihr Blumenkranz sah aus wie eine Krone. Und sie zeigte keine Spur eines schlechten Gewissens; im Gegenteil, wahrscheinlich war sie einfach zufrieden. Sie hatte einen guten Abend gehabt, sie hatte wieder einmal ein Spiel gewonnen. Hast du bewusst nach dem Eispickel gegriffen, als du auf dem Halligweg an der Eisskulptur vorbeikamst, die dort so verlassen im Dunkeln stand, während hinter dem Haus auf der Terrasse das Fest im Gange war? Oder konntest du gar nicht mehr denken? War da nur noch weiß glühender Zorn auf dieses Mädchen, von dem du bis eben gedacht hattest, dass sie deine beste Freundin sei?

Am Wassersaum muss Leonie stehen geblieben sein. Sie hat sich das Meeresleuchten angesehen. Hast du sie bei ihrem Namen gerufen, als du nahe genug warst? Wahrscheinlich, sie hat sich ja umgedreht. Und dann? Zwei, drei Schritte auf dem abschüssigen Hang, noch näher zu ihr. Das Ufer ist der niedrigste Punkt des Warfthügels – du musst höher gestanden haben als sie. Die Obduktion hat einen Stichkanal ergeben, der darauf schließen lässt, der Mörder sei größer gewesen als Leonie. Das hat uns alle in die Irre geführt. Erst heute Abend, als ich noch einmal dort war, wurde mir klar, dass der Täter durchaus gleich groß gewesen sein kann, solange er ein paar Zentimeter höher als Leonie gestanden hatte – nicht viel, nur vielleicht zehn Zentimeter, fünfzehn möglicherweise. Leonie drehte sich um und da hast du zugestochen, hast allen Zorn in diesen einen Stoß gelegt. Vielleicht ein Zufallstreffer, vielleicht liegt es auch daran, wie geschickt du mit Werkzeug umgehen kannst. Die Archäologen haben dich ja immer wieder dafür gelobt. Ein Stich und Leonie lag vor dir, es ging alles ganz schnell.« Minke hatte lange gesprochen, nun erfüllte Stille den halbdunklen Garten.

»Aber«, sagte Paul schließlich, »das kann ja alles gar nicht so sein, wie du sagst. Du musst dich irren. Isabel wurde doch selbst angegriffen – gestern Nacht, hier im Garten.«

Minke nickte. »Stimmt, das habe ich auch lange gedacht. Deswegen musste sie ja unschuldig sein. Sie hat sich ja schwerlich selbst angegriffen, außerdem habe ich die zweite Person selbst gesehen. Aber – das alles ist nur dann ein Problem, wenn man davon ausgeht, dass hinter dem Mord an Leonie und dem Angriff auf Isabel ein und dieselbe Person steckt.«

»Du meinst … zwei …? Wer soll denn dann der Angreifer von gestern Nacht gewesen sein?«, fragte Paul ungläubig.

»Ich denke, das war Jeske Hein.« Minke wandte sich wieder an Isabel. »Ich habe dich mit ihm reden sehen bei dem Vortrag, gleich nach Pauls Ausbruch. Ich habe natürlich angenommen, du würdest dich für deinen Onkel entschuldigen, aber Jeskes aufgewühlter Gesichtsausdruck passte dazu eigentlich nicht. Inzwischen glaube ich, du hast ihm in diesem Moment gesagt, dass du weißt, dass das Pferdchen eine Fälschung ist und dass du es hast. Und dass es in Zukunft ein Geheimnis zwischen euch beiden ist, ein Geheimnis zwischen Liebenden.« Minke seufzte. »Liebe lässt manche Menschen merkwürdige Dinge tun. Dinge, die man unter anderen Umständen Erpressung nennen würde. Nicht Leonie hat ihn unter Druck gesetzt wegen der Fälschung, sondern du. Du hast gehofft, das gemeinsame Geheimnis würde euch näherbringen. Du hast ihm versprochen, dass er die Figur zurückbekommt, und hast dich mit ihm hier im Garten verabredet, romantisch bei Mondschein und leicht bekleidet im Nachthemd. Nicht unbedingt die Verführungsqualitäten von Leonie und ihren schwarzen Spitzendessous, aber immerhin. Nur leider wollte Jeske Hein keine Romantik, er hatte nur seine Karriere im Kopf, die er retten wollte. Ein gestohlenes Pferdchen hat ihn nicht aus dem Gleichgewicht gebracht – aber eine Mitwisserin, die den Beweis für seinen Betrug besitzt, das konnte er nicht dulden. Er musste die Figur unbedingt wiederhaben. Er hat dich angegriffen, vermutlich, weil du sie ihm nicht gleich gegeben hast. Er hat nicht verstanden, dass er beinahe direkt davorstand, neben dem Pflaumenbaum.« Minke machte eine Pause. Dann sagte sie: »Ja, das gestern Nacht, das war Jeske Hein. Aber die Mörderin von Leonie – das bist du, Isabel.«

Mittlerweile war die Dämmerung der Nacht gewichen, der ganze Garten lag im Mondschein wie mit Silber übergossen. Lange sagte keiner etwas. Schließlich stellte Isabel nur eine einzige Frage.

»Was hat mich verraten?«

Paul gab ein ersticktes Geräusch von sich. Minke schloss für einen Moment die Augen. Bisher war es nur eine Theorie gewesen; eine ziemlich gewagte sogar, ohne viele belastbare Beweise. Mit dieser einzigen Frage von Isabel wurde alles wahr. Dieses Mädchen, das sie gerne mochte, mit dem sie unter einem Dach lebte, hatte einen Menschen getötet.

»Sieben Minuten«, antwortete sie schließlich leise.

»Eigentlich waren es nur sieben fehlende Minuten, die keinen Sinn ergaben. Ich habe meine halbe Kindheit lang ausprobiert, wie lange man von einer Warft zur anderen braucht. Die Zeiten vergessen mein Bruder und ich nie im Leben wieder. Von der

Frankwarft zum *Halligprinzen* braucht man, wenn man normal geht, genau sieben Minuten. Die Franks sagen, dass du ziemlich genau um zehn gegangen bist – na schön, sagen wir, es war vielleicht eine Minute nach zehn, bis du dich wirklich verabschiedet hattest. Du hast Lisa gesagt, du seist vom Babysitten hinüber zum Fest gegangen, von einem Umweg war keine Rede. Also hättest du um sieben oder acht nach zehn auf der Terrasse des *Halligprinzen* ankommen müssen. Doch meine Mutter sagt, sie hat dich bei deiner Ankunft gesehen, und zwar, als sie gerade ihre Ansprache zum Meeresleuchten beginnen wollte. Das war genau um Viertel nach zehn; die Kirchenglocken waren zu hören, erinnerst du dich? Nicht nur das, meine Mutter sagte auch, dass du außer Atem warst. Warum? Du hast doch beinahe doppelt so lange von den Franks zum *Halligprinzen* gebraucht, als normal gewesen wäre. Du hättest geradezu kriechen müssen, und das wäre wirklich nicht anstrengend. Gut, du hättest schon um sieben nach auf dem Fest ankommen und noch schnell zur Toilette gehen können. Aber auch dann ist man nicht außer Atem. Nein, dieser Punkt war einfach merkwürdig. Deine abgehetzte Ankunft um Viertel nach zehn konnte nur dann Sinn ergeben, wenn du zwischenzeitlich noch an einem anderen Ort gewesen warst, einem, von dem aus du dich dann sehr beeilt hast, auf das Fest zu kommen, in der Gästemenge unterzugehen, in der keiner genau wusste, wer wann wo war. Das wäre dir auch beinahe gelungen, wenn es meine Mutter nicht gäbe. Ich bin den Weg abgegangen. Die fehlenden sieben Minuten sind genau die Zeit, die es braucht, um vom *Halligprinzen* hinunter zum Ufer und wieder zurück zu kommen. Wenn man noch eine Minute abzieht, in der man einen Mord begeht und mit den wie immer langen Ärmeln geistesgegenwärtig die Tatwaffe abwischt, muss man sich sogar beeilen, um alles zu schaffen.« Sie musterte Isabel, und fühlte überraschendes Mitleid. »Es waren am Ende nur diese sieben Minuten, die dich verraten haben. Sieben Minuten und ein zu schneller Atem. In diesen sieben Minuten hast du deine Freundin getötet.«

»Ich glaube, sie war nie meine Freundin«, sagte Isabel.

Später saß Minke allein im Garten. Sie legte den Kopf in den Nacken. Direkt über ihr stand das Sternbild Kassiopeia. Sie dachte an ihren Vater und lächelte.

16. Januar 1362

Die schwarze Katze hatte sich unbemerkt in den Festsaal geschlichen. Sie strich um die Beine der Feiernden, machte einen Buckel, sah mit ihren gelben Augen auf einen Betrunkenen, der von der Bank gekippt war, auf der er gesessen hatte. An ihre Katzenohren drang die Musik der Flötenpfeifer und Fiedelspieler, die immer schneller werdenden Melodien, zu der sich ein paar Mädchen, deren weiße, junge Körper nur von ein paar dünnen Schleiern bedeckt waren, bewegten. Die Männer unter den Gästen klatschten ihnen zu, immer wieder grölte jemand einen derben Scherz. Die Mädchen drehten sich, ihre feinen Schleier wehten, ließen hier und da einen offenherzigen Blick erhaschen. Die Braut sah zur Seite, errötete ein wenig, genauso, wie es sich gehörte. Bald würde es Zeit für den Lichterzug sein, der sie und ihren Ehemann zum Brautbett führen würde.

Der Priester saß immer noch auf seinem Platz, versuchte, nicht zu den Tänzerinnen zu sehen und gleichzeitig keinem der betrunkenen Gäste aufzufallen. Der Bäckermeister tunkte währenddessen übermütig ein Stück Fleisch in starken Würzwein und warf es der schwarzen Katze hin, die sich freudig darüber hermachte. »Ich mach die Katze besoffen«, lachte er dröhnend. »Schaut her.« Er ließ ein zweites weingetränktes Stück Fleisch folgen und noch eines. Irgendwann taumelte die Katze tatsächlich ein wenig. Sie machte einen Buckel, fauchte.

»He, Pfaffe, wer weiß, wie lange das Vieh es noch macht! Wein ist für

Katzen vielleicht nix. Du solltest ihr vorsorglich die Sakramente spenden!«, schrie der Bäckermeister vergnügt dem Priester zu.

Der sah ihn entsetzt an. Ein paar Gäste, die in der Nähe saßen, hatten alles mitbekommen und begannen nun, zu johlen und zu klatschen. »Die Sakramente!«, riefen sie, »Die Sakramente!« Die Katze fauchte wieder.

Der Bäckermeister stand schwankend auf. Seine schwere große Hand krachte auf die Schulter des Priesters. »Los doch, mein Pfäffchen, wir warten!«, seine Stimme klang höhnisch. »Du wirst doch einer Kreatur Gottes nicht die heiligen Sakramente verwehren?!«

Der Priester riss sich los. Für einen Moment starrte er nur in die feixenden, erhitzten Gesichter der Betrunkenen in ihren edlen Kleidern. Er sah auf die halb nackten Tänzerinnen, auf Fricka, die schöne junge Braut, die er heute vermählt hatte. Die Katze nutzte den Moment und floh aus dem Raum. Der Priester tat es ihr gleich. Kreischendes Gelächter folgte ihm.

Draußen regnete es in Strömen, ein eiskalter, dichter, schwerer Regen. In den engen Gassen stand das Wasser bald knöcheltief, und es regnete immer weiter. Ein mächtiger Wind pfiff, gegen den der Priester sich stemmen musste, wollte er überhaupt vorankommen. Plötzlich hielt er inne. Was war das für ein Geräusch? Ein Grollen und Knurren, das er noch nie gehört hatte. Es kam nicht vom Himmel. Es war das Meer, begriff er plötzlich schaudernd. Der Deich war nicht mehr weit. Er rannte dorthin.

Auf dem Deich hatten sich noch andere versammelt, einfache Fischer und Bauern, die in die Dunkelheit hinaus auf das Wasser starrten, schreckensbleich im strömenden Regen. Keiner von ihnen hatte je so etwas gesehen. Das Meer vor ihnen kochte. Wellen, so hoch, wie es niemand für möglich gehalten hatte, schlugen wütend und tobend gegen den Deich. Immer höher und höher, schon leckten sie an der Deichkrone, wo auch der Priester stand. Er schmeckte Salz auf den Lippen, das Meer kam.

»Was sollen wir tun, Pater?«, schrie ein Fischer, der in der Nähe stand, gegen den Sturm an.

Der Priester sah auf das Wasser. Eine Welle, so hoch wie die stolze neue Kirche, bäumte sich dort draußen auf. Sie kam näher, immer näher. Es gab kein Entrinnen, niemals würde der Deich diesen Wassermassen standhalten können. Der Sturm peitschte, das Meer brüllte. Der Priester warf einen letzten Blick zurück auf die stolze, reiche Stadt, in der sie noch ahnungslos feierten.

»Betet«, brüllte er gegen Wind und Regen an. Er fiel auf die Knie. Die Welle war beinahe schon da.

Epilog

»Und dann macht man das Messer ein bissle nass und fängt an zu scherren. Locker aus ‘m Handgelenk raus.«

»Zu was?«

»Zu ... hm, wie sagt man das auf Hochdeutsch – zu schaben. So.« Lisa nahm Bo das Holzbrett, auf das ein goldgelber, leicht flüssiger Teig gestrichen war, aus der Hand. Sie hielt es über den Topf mit kochendem Wasser und begann dann, mit geübten Griffen schmale Portionen des Teigs mit dem breiten Messer über das Brett zu kratzen und ins Wasser plumpsen zu lassen. Innerhalb weniger Augenblicke schwammen darin die ersten original schwäbischen Spätzle.

»Okay, ich hab’s verstanden.« Bo nickte und streckte die Hand nach Brett und Messer aus. Lisa übergab ihm beides nur zögernd.

»Aber die Spätzle dürfen net zu dick und net zu dünn werden, gell? Im einen Fall sind sie sonst zu fest und im anderen zu lommelich.«

»Zu was?«, wiederholte Bo sich.

»LOMMELIG!«, sagte Lisa ungeduldig. Dann lugte sie in einen großen Topf, der vor sich hin kochte, seit sie mit Minke zusammen in die Küche gekommen war, Imma ihr Gastgeschenk in Form eines bunten Blumenstraußes überreicht und sich die Küchenschürze umgebunden hatte. Heute Abend sollte es zu Bos

Abschied eine schwäbische Spezialität geben: Linsen und Spätzle. Bo hatte großspurig versprochen, sich vorab um die Linsensuppe zu kümmern. Nun starrte Lisa auf das, was dort im Topf köchelte.

»Ähm, was isch denn des?«

»Linsensuppe.« Bo grinste. »Mit ein wenig Exotik.«

Lisa ahnte Schlimmes. Im Topf waren gelbe Stücke zu sehen, die fruchtig rochen. »Sind des …?«

»Mango«, nickte Bo. Außerdem habe ich Cayennepfeffer verwendet und etwas Koriander.«

»Entschuldigung – ich dachte, des hier wär« ein schwäbischer Kochabend.« Lisas Rehaugen blickten so wütend, wie sie überhaupt konnte.

Minke und Imma grinsten sich an. Sie hatten sich in weiser Voraussicht von Anfang an vom Herd ferngehalten, saßen am Küchentisch, Lisas hübschen Strauß in der Vase zwischen sich, und tranken gelassen Weißwein, während sie den Kampf der beiden unterschiedlichen Kochprofis beobachteten. Nun begann Lisa, die Mangostückchen einzeln aus der Suppe zu fischen. »Mango – ich glaub, es geht los!«

»Hey, was soll das? Das ist eine Gesamtkomposition. Die Mango ist ein wichtiger Zwischenklang«, hielt Bo dagegen.

Imma sah Minke an. »Was denkst du, wie lange es dauert, bis wir tatsächlich etwas zu essen bekommen?«

Minke nippte an ihrem Weißwein. »Lange«, sagte sie. Sie kramte in ihrer Jackentasche und zog einen Schokoladenriegel heraus, brach ihn in zwei Hälften und gab eine davon ihrer Mutter. »Hier, für den schlimmsten Hunger.«

»Gut gemacht, Schatz.«

Minke sah aus dem Küchenfenster. Draußen lagen dicke dunkle Wolken über der Hallig und dem Meer. Das Gewitter war beinahe da, die Hitze bald vorbei. Endlich. Minke lehnte sich zurück. Die letzten Tage kamen ihr nun plötzlich vor wie ein verschwommener Fiebertraum aus Hitze, totem Mädchen, Zeitungsmeldungen und Verdächtigungen.

Es war vorbei. Jeske Hein und seine Studenten würden morgen die Hallig verlassen. Das Projekt »Everbeck auf Midsand« war gescheitert. Und Isabel? Das mussten die Jugendrichter entscheiden.

»Denkst du, ich soll Paul wirklich nicht noch einmal anrufen?«, fragte Imma, als hätte sie Minkes Gedanken erraten.

Minke schüttelte den Kopf. »Er will ein bisschen allein sein. Das ist alles nicht leicht für ihn.« Sie sah auf die Uhr. »Aber David sollte schon längst hier sein. Wahrscheinlich kämpft er noch auf dem Dachboden mit der letzten Kommode. Morgen kommen die neuen Eigentümer.«

Sie sah zu Lisa und Bo hinüber, die sich nun darüber stritten, ob die Spätzle die richtige Farbe hatten.

Draußen trieb ein aufkommender Wind die ersten Regentropfen an die Fensterscheiben. Es war wirklich vorbei.

Nach dem Gewitter, als das Meer sich zu einer neuen Ebbe zurückgezogen hatte und der Abendhimmel vanillefarben sanft das Watt beleuchtete, standen Minke und David vor dem großen, stolzen Deichgrafenhof auf Nekpen. »Es ist geschafft«, sagte David. »Unglaublich. Und bald kommen die neuen Besitzer.«

»Wie fühlst du dich?«

David schwieg für einen Moment. Er dachte an die vielen Generationen seiner Vorfahren, die vielen Deichgrafen mit dem Namen Holt, die hier gelebt hatten. Und er dachte an alles, was er selbst in diesem Haus erlebt hatte – es war wenig Schönes dabei.

»Gut«, sagte er schließlich. Der nun endlich kühlere Abendwind wisperte in den Zweigen des alten Birnbaums vor dem Haus; der Sommer war nun wohl vorbei. »Komm, wir machen noch einen kleinen Spaziergang«, schlug David vor. »Um Nekpen durchs Watt, zum Abschied.«

Sie gingen den Warfthügel hinunter dorthin, wo bei Flut die Nordsee begann, zogen die Schuhe aus, fühlten das weiche Watt, den Sand und den Schlick unter den Zehen. Eine Weile gingen sie schweigend. Plötzlich sagte David: »Schau mal, da glitzert doch etwas, oder nicht? Dort neben dem Priel.«

Sie beugten sich beide darüber. Es war ungefähr an der Stelle, an der sie vor ein paar Tagen Paul beobachtet hatten. Und tatsächlich lag dort etwas im Watt; halb bedeckt, halb frei gespült blitzte es im graubraunen Grund. Minke griff danach. »Eine Halskette«, sagte sie verblüfft. »Und schau mal, wie schön.«

Die geschliffenen roten Steine waren in Gold gefasst, mit feinen Ranken. Es sah kunstvoll aus – und alt.

»Glaubst du, die ist echt?«, fragte David.

Minke grinste. »Aus Everbeck?« Sie richtete sich auf, die wattverschmierte Kette in der Hand, und sah über das Watt mit seinen Muscheln, Prielen, den Pfützen, in denen sich das Abendlicht spiegelte. Vielleicht hatte Paul ja tatsächlich recht.

»Heute bin ich über Rungholt gefahren«, begann David.

Minke steckte die Kette in ihre Jackentasche. Sie würde sie jemandem zeigen, der etwas davon verstand. »Die Stadt ging unter vor sechshundert Jahren«, ergänzte sie.

Hand in Hand gingen sie zur Hallig zurück.

17. Januar 1362

Am Tag nach dem großen Sturm, als es Everbeck nicht mehr gab, lagen große honigfarbene Brocken dort, wo nun ein neues Ufer war. Die Flut hatte sie aus den Tiefen des Meeres gespült. Aber niemand beachtete sie zunächst.

Die wenigen, die überlebt hatten, waren damit beschäftigt, ihr Hab und Gut zu suchen, das vom Wasser in alle Winde zerstreut worden war. Erst einige Zeit später begannen sie wieder damit, Bernstein zu sammeln, ihn zu schleifen und zu verkaufen. Und sie fingen an, die Geschichte von Everbeck zu erzählen, die Stadt, die bei der Grote Mandränke untergegangen war und deren Kirchenglocken an stillen Tagen unter Wasser läuten.

Nachwort

»Halligzorn« ist ein Kriminalroman. Die Handlung und die Figuren sind erfunden, ebenso wie die beiden Halligen Midsand und Nekpen und das Küstenstädtchen Jüstering. Auch Everbeck ist meiner Fantasie entsprungen, allerdings nicht die zweite Marcellusflut oder die sogenannte »Grote Mandränke«. Diese berühmte Flutkatastrophe hat es wirklich gegeben, auch wenn die Überlieferung dazu überwuchert ist von Legenden und sich widersprechenden Datierungen. Ich habe mich für »Halligzorn« dafür entschieden, das traditionellste Datum für die Sturmflut zu übernehmen und habe sie damit am 16. Januar 1362 – dem Marcellustag, daher der Name – stattfinden lassen. Da neuere Erkenntnisse über Flutzerstörungen im gleichen Zeitraum an der englischen Küste vorliegen, halte ich dieses Datum auch nicht für vollkommen unwahrscheinlich.

Gleichgültig, ob es tatsächlich genau dieser Tag war oder ob sich die gigantische Sturmflut doch ein paar Jahre früher oder später zugetragen hat; es bleibt dabei, dass sich die Grote Mandränke, das »große Ertrinken«, tief in das kollektive Gedächtnis Nordfrieslands eingegraben hat. Die Folgen dieser Naturkatastrophe machen das auch nur zu begreiflich: Viele Tausend Hektar Land gingen den Küstenbewohnern damals verloren, vermutlich um die 45 Orte waren davon betroffen und wurden mehr oder weniger ausgelöscht. Viele Menschen – zum Teil gehen die Schätzungen bis zu Zehntausend, was bei einer recht spärlichen mittelalterlichen Bevölkerung beachtlich ist – verloren ihr Leben. Besonders betroffen war die große Insel Strand. Dort verschlang die Flut über zwanzig Ortschaften, darunter auch die Stadt Rungholt. Die heute noch bestehende Hallig Südfall ist wohl ein Überbleibsel des Landes, auf dem die Stadt einst gestanden hat. Rungholt wurde im Laufe der folgenden Jahrhunderte durch Legenden und mündliche Überlieferung zunehmend zu einer Art nordfriesischem Atlantis: sagenhaft reich, stolz und letztlich vom Zorn Gottes verschlungen. Die untergegangene Stadt fand auch Eingang in Literatur und Dichtung, wie in das Gedicht »Trutz Blanke Hans«, aus dem der eingangs zitierte Vers stammt. Erst im frühen zwanzigsten Jahrhundert begann eine wissenschaftliche Beschäftigung mit der Stadt Rungholt. Besonders verdient hat sich hier Andreas Busch (1883–1972) gemacht, Landwirt und Heimathistoriker, der Rungholt und seine Erforschung zu seinem Lebensthema machte, viele Funde im Watt zutage förderte und begann, die Spuren Rungholts zu kartografieren. 1963 erhielt er dafür die Universitätsmedaille der Universität Kiel. Ein wenig von Andreas Buschs Begeisterung für die Spuren im Watt findet wohl sein Alter Ego in Paul Breitmann. Die Geschichte mit der mittelalterlichen Flöte im Watt, deren Klänge die berühmte »Halliggräfin« von Südfall, Diana von Reventlow-Criminil (1863–1953), hörte und die damit einem abgestürzten englischen Luftwaffenpiloten das Leben rettete, ist übrigens wahr. Zumindest kann sie wahr sein – wie bei so vielen historischen Anekdoten regt sich auch hier Widerspruch, aber die Flöte gab es immerhin, genauso wie es die Halliggräfin gab. Ich jedenfalls glaube vorerst daran.

Die Existenz von Rungholt, genauso wie sein Untergang durch die verheerende Sturmflut, gilt heute in jedem Fall als historisch gesichert. Der sagenhafte Reichtum der Stadt ist jedoch wohl eher ins Reich der Legenden zu verweisen, ebenso wie der Zorn Gottes, der Grund für den Untergang gewesen sein soll. Für mein erfundenes Everbeck war jedoch beides – der Stolz und Zorn Gottes – unwiderstehlich, zumal für eine Geschichte, die von Zorn handelt.

Die Geschichte Nordfrieslands ist außergewöhnlich und faszinierend, voller Legenden, aber auch harter Lebensumstände, zäher Menschen und ungewöhnlicher Ideen. Ich hoffe, das Buch hat Lust auf ein bisschen mehr Nordfriesland gemacht.

Ihre Greta Henning

Am Ostseestrand zwischen Dünen und Kiefernwäldern lauert der Tod

Im Schatten des Leuchtturms Dahmeshöved wird unter einer Segeljacht die Leiche eines Jugendlichen gefunden. Kommissarin Frida Beck und ihr Partner Deniz Yilmaz von der Kripo Lübeck übernehmen den Fall. Rasch finden sie heraus, dass der Vater des Opfers sich an der Küste durch den Kauf von Immobilien Feinde gemacht hat. Vor allem ein Nachbar, der seit Jahren Leuchtturmführungen für Touristen anbietet, ist nicht gut auf ihn zu sprechen. Als ein weiterer Toter in Dahmeshöved entdeckt wird, erkennt die Kommissarin, dass die Mordserie noch nicht zu Ende ist …

Jonas Brandt
Die Küstenkommissarin – Der Tote am Leuchtturm
Ostsee-Krimi

Taschenbuch
Auch als E-Book erhältlich
www.ullstein.de

ullstein

Torte, Tod und Kuckucksuhr – im Schwarzwald geht ein Mörder um

Im verschlafenen Schwarzwalddorf Maria Brunn wird am helllichten Tage der erfolgreiche Unternehmer Bertie Haberland in seinem Garten ermordet. Maria Brunn steht unter Schock. Doch nicht alle Dorfbewohner scheinen dem Verstorbenen nachzutrauern. Für die pensionierte Kriminalkommissarin Christa Haas ist der Mord ein Lichtblick. Sie ist gerade erst wegen eines Oberschenkelhalsbruchs ins örtliche Betreute Wohnen gezogen. Endlich mehr Action als die verschrobene Altenheimbackgruppe, zu der ihre Tochter sie angemeldet hat. Christa beginnt zu ermitteln und stößt bald auf alten Zorn und offene Rechnungen unter der heilen Oberfläche von Maria Brunn.

Mona Franz

Schwarzwälder Kirsch

Taschenbuch
Auch als E-Book erhältlich
www.ullstein.de

ullstein